Travels with Charley
In Search of America

横越美国

〔美〕约翰·斯坦贝克 著　　麦慧芬 译

人民文学出版社
PEOPLE'S LITERATURE PUBLISHING HOUSE

著作权合同登记号　图字 01-2016-6932

TRAVELS WITH CHARLEY：In Search of America
by John Steinbeck
Copyright © The Curtis Publishing Co., Inc., 1961, 1962
Copyright © John Steinbeck, 1962
Copyright renewed Elaine Steinbeck, Thom Steinbeck, and John Steinbeck IV, 1989, 1990
Published by arrangement with McIntosh and Otis, Inc.
through Bardon-Chinese Media Agency
Simplified Chinese translation copyright © 2016
by Shanghai 99 Culture Consulting Co., Ltd.
ALL RIGHTS RESERVED

图书在版编目（CIP）数据

横越美国/（美）约翰·斯坦贝克著；麦慧芬译.
—北京：人民文学出版社，2016（2025.3 重印）
（远行译丛）
ISBN 978-7-02-011878-6

Ⅰ.①横… Ⅱ.①约… ②麦… Ⅲ.①游记-作品集-
美国-现代 Ⅳ.①I712.65

中国版本图书馆 CIP 数据核字（2016）第 169616 号

出 品 人　黄育海
责任编辑　朱卫净　邰莉莉
封面设计　汪佳诗

出版发行　人民文学出版社
社　　址　北京市朝内大街 166 号
邮政编码　100705
印　　刷　山东临沂新华印刷物流集团有限责任公司
经　　销　全国新华书店等
字　　数　185 千字
开　　本　890 毫米×1240 毫米　1/32
印　　张　9.5　插页　5
版　　次　2017 年 1 月北京第 1 版
印　　次　2025 年 3 月第 2 次印刷
书　　号　978-7-02-011878-6
定　　价　69.00 元

如有印装质量问题，请与本社图书销售中心调换。电话:01065233595

谨将此书献给

哈罗德·金兹伯格 *

借以表达共事之敬与初萌之谊……

目　录

第一部

出发

从很小的时候开始，我就一直有股冲动想要到其他的地方去，当时成熟的大人信誓旦旦地向我保证，成长会让这股冲动平息下来。等岁月说明了我已长大成人时，大家又说治疗这种冲动的药方叫做中年。年届中年，有人再次向我保证，等年纪更大一点时，这股冲动就会冷却下来，现在，我已经五十八岁了，或许老迈可以浇熄心中的渴望。但是什么都没用。船笛发出的四声沙哑巨响，依然能够让我脖子上的汗毛竖立、让我的双脚轻踏。喷射机的声音、引擎的预热声，甚至鞋子踩在路上的踢踏声，都能够撩起这种久远的战栗，让我嘴干眼直、手心发热、胃在肋骨窝下翻搅。换句话说，我的情况一直没有改善；再换句话说，狗改不了吃屎。这个毛病恐怕没救了。这个认知并不是为了要告诉其他人，而是要让我自己了解。

当浮躁的病毒开始攻陷一个刚毅的男人，而这儿以外的路又似乎更宽、更直、更美妙的时候，遭病毒侵害的受害者首先会为自己找出一个不得不走出去的正当理由。这对一个经验丰富的流浪汉来说一点都不困难。这种人天生就有一卡车的理由可以任意挑选。下一步,这位受害者必须在时间与空间上计划行程,选择一个方向与目的地。最后,他需要执行这个行程。怎么走、带些什么、待多久。过程中的这个部分一成不变,而且永远都不会变。我之所以把这些说出来,是因为那些天生有流浪因子的新手,譬如怀抱着新孵化出来的罪恶感的十几岁青少年,就不会以为自己是这些过程的创造者了。

行程一旦设计完成,装备也准备完毕,就要付诸实行;这时会出现一个新的因素取代所有焦点。每趟旅行、冒险或探险都是一个独立存在的实体,跟其他的旅游不同。旅行有自己的个性、气质、特质与独特性。旅行本身就是一个个体;世界上没有完全相同的两个个体。所有的计划、安全措施、方法以及强迫性都是没有意义的。好几年之后我们才发现,原来一向都不是我们在主导旅行,而是旅行在带领我们。导游、旅游行程、订位都会毫无转圜又无法避免地彻底消弭旅行的个性。只有在体认出这些道理后,天生存在着流浪因子的人才能放松,并顺其自然;只有了解这些道理,他们心中的挫败感才会消退。从这个角度来看,旅行就像婚姻:如果想控制,那么一定会出错。把这些说出来以后,我现在觉得舒坦多了,不过只有亲身经历过这些过程的人,才会真正懂得我说的话。

出发之前

我的计划清楚、具体又合理,至少我自己这么认为。多年来,我曾造访过世界上很多地方。在美国,我住在纽约,或者偶尔在芝加哥或旧金山蜻蜓点水式地稍作停留。但是纽约不完全代表美国,就像巴黎不完全代表法国或伦敦不尽然是英国一样。因此我发现其实我并不认识自己的国家。身为一个写美国故事的美国作家,事实上我写的全都是记忆中的美国,而记忆充其量只不过是个残缺不全、偏斜不正的储藏所。我已经许久未曾听过美国说的话,没有闻过美国青草、树木以及下水道的味道,没有见过美国的山丘与流水,也没有看到过美国的颜色与光线的特色了。我对所有变化的知识都来自书本与报纸。但更重要的是,我已经有二十五年没有感觉过这个国家了。简言之,我一直都在写些其实我并不了解的东西,我觉得这对一个所谓的作家来说,简直就是罪恶。二十五年的时间,扭曲了我的记忆。

我曾经坐着一辆破旧的面包贩售车旅行,那是一辆嘎啦作响的两门货车,车厢的地上铺着垫子。我在人群驻足或聚集的地方停留,听、看、感觉,路上我的脑子里一直有一幅自己国家的精准图像,图中不精准的地方全都归罪于我的缺失。

因此我决意再细看一次,试着重新发现这块巨大的土地。否则,在写作的过程中,我将无法分辨出较大层面的事实所赖以为基础的小事实是否为真。但是这个决定的确碰上了重大的困难。过去的二十五年内，大家对我的名字变得相当熟悉。我亲身的经验告诉我，人一旦知道了你的名字，不论他们喜不喜欢你，态度都会有所改变；不论是害羞或是其他在公开场合所显露的态度，反正他们的表现跟平时不一样。因此，在这趟旅行中，我必须把自己的名字和身份留在家里。我必须成为一对四处巡游的眼睛或耳朵，成为一种活动的明胶照相感光版。我不能到饭店登记住宿、不能跟认识的人见面、不能访问其他人，甚至不能询问尖锐的问题。更有甚者，两人或更多人的同行，就会妨碍一个区域的生态。所以我必须单独行动，必须像把房子背在背上的随性乌龟一样自给自足。

就因为这些顾虑，我写了封信给一家生产卡车的大公司总部，向他们详述了我的目的与需要。我需要一台三吨半的客货两用车，必须能够在各种严苛的情况下行驶，我还需要在车上盖间像小船船屋一样的屋子。拖车很难在山路上行驶，而且通常没地方停，即使有空位，也可能是违章停车，除此之外，拖车还受到许多其他限制。到了预定的时间，车子的规格出来了，一部坚固、快速、舒适的车子装了个车顶房——一间小屋子，里面有双人床、四嘴炉、暖气、冰箱、储藏室、防蚊虫的纱窗——完全符合我的需要。夏天，这辆车送到了靠近长岛的萨格港，我的一个小钓鱼区里。我虽然不打算在劳动节①前出发，因为那时全国人民都要回到正常的作息时间，但是我却想早点习惯这个蜗居，

---

① 美国的劳动节为每年九月的第一个星期一。

早点把行李装好、学习如何操作车子。车子送达的时候是八月，那真是个漂亮的东西，强而有力却又柔顺。这辆车几乎跟轿车一样容易操作。因为这趟旅行引起了朋友间一些讽刺的言论，所以我为这辆车命名为"驽骍难得"，你们应该记得，这是堂吉诃德坐骑的名字。

因为我的计划不是秘密，所以在亲朋好友之间引起了一些争议（计划中的旅程总是会出现坚持不同说法的各家顾问）。有人说，因为出版商尽可能到处发送我的照片，所以我不可能在其他人认不出来的情况下到处走动。我要在这儿先声明一下，在这趟一万多英里、跨越三十四州的旅途中，我一次都没被人认出来。我坚信，人必须要在前后一致的环境下才能辨识事物；即使有些人在正常的环境中可能认得出我，他们也不可能认出坐在"驽骍难得"中的我。

有人对我说，把"驽骍难得"的名字用十六世纪的西班牙书写体漆在车身上，会在某些地方引起注意和疑虑。我不知道一路上有多少人认出了这个名字，但我肯定的是，没有人问过我。

接下来，又有人告诉我，一个在国内各地游荡的陌生人的意图会受到询问与怀疑。就因为这个原因，我在车里多带了一把猎枪、两把来福枪以及几根鱼竿；根据我的经验，大家很容易明白一个猎人和钓者的意图，甚至还会给予赞许。事实上，我的打猎生涯已经结束。我不再猎杀或捕捉任何装不进煎锅里的东西；我老了，打猎已经不适合我。结果证明，这些安排纯属过虑。

有人说我的纽约车牌会引起其他人的兴趣，甚至疑虑，因为车牌是我唯一的外在标示。这些车牌的确引起了其他人的兴趣——在整趟旅程中大概引起过二三十次的注意。但是这类接触都遵循着一套类似下列那种固定不变的模式：

当地居民："纽约啊?"

我："对。"

当地居民："我在一九三八年去过纽约——还是一九三九? 爱丽丝,我们去纽约那年是三八年还是三九年?"

爱丽丝："是三六年。我记得,因为爱佛瑞就是那年过世的。"

当地居民："反正,我讨厌那个地方。就算你付我钱,我都不愿意住那儿。"

有些人真的担心我独自旅行,怕我遭到攻击、抢劫、殴打。我们国家的道路危险是举世皆知的。在这一点上,我承认自己有点愚蠢的恐惧。孤独、默默无名、没有朋友、缺乏家庭和朋友以及同伴带来的安全感已经是好几年以前的事了。然而事实上根本没有危险。只有在一开始,我感到非常孤单、无助——一种孤零零的感觉。为了解决这个问题,我带了一个同行的伴侣——一条名为查理的法国绅士老鬈毛狗。实际上,他的全名是狗儿查尔斯(Charles le Chien)①。他生于巴黎郊外的柏西,在

————————
① 原文为法语。

法国受训，但是却听得懂一点鬈毛狗英文，他对法文指令的反应非常敏捷。如果不是法文，他就需要经过翻译，反应的速度也就会慢下来。他是一只非常大的鬈毛狗，浑身上下散发着一种贵族气质，干净的时候透着蓝色。查理是个天生的外交官；他喜爱交涉胜过战斗，或许他并没有其他选择，因为打架不是他的专长。在十年的生命中，他只有一次身陷麻烦——那次他遇到了一条拒绝谈判的狗；查理的右耳在那次战役中少了一块。不过他是一只非常优秀的看家犬——狮子般的吠声让夜晚游荡的陌生人完全无法想象，其实他是一只连陷在纸卷里都无法咬出一条出路的狗。他是个好朋友，也是个旅游的好同伴，他热爱旅游远超过所有他能想象到的活动。如果他在这部纪录中占了很大的篇幅，那也是因为他对这趟旅程贡献良多。狗儿，尤其是像查理这样的外国品种，是陌生人之间的粘合剂。许多在路上发生的对话都有着这样的开头："这是只什么狗啊？"

与他人开始对谈的技巧，天下皆同。这我很早以前就知道，但这次我又发现，若想吸引注意力、得到协助以及进行对话，最好的方式就是迷路。即使是个会一脚踢开自己饿死在街头的母亲以清出一条路的人，也会高兴地花上几个小时，指引一位自称迷路的陌生人一些错误的方向。

飓风唐娜

"驽骍难得"停在我萨格港住处的大橡树下，英挺而设备齐全，邻居们前来参观，其中还有些我们从不晓得是自己邻居的人。我在他们的眼中，看到了我在这个国家每个地方都曾见过的东西——一种想出走、想前进、想出发到随便一个地方，只要是离开这儿的渴望。他们静静谈论自己多么希望有一天能够无牵无挂地离开，漫无目的地四处走动。不是要往某个目标前进，而是想摆脱某些事物。这种表情、这种渴望，我在造访过的每一州都看得到。差不多所有美国人都热切渴望离开。有一个大概十三岁的小男孩每天都来报到。他害羞地远远站在一边，注视着"驽骍难得"；他从车门往里面看，还会躺在地上研究车子坚固的弹簧。他是那种随处可见的安静的小男孩。他甚至会在晚上跑来直盯着"驽骍难得"瞧。一个星期后，他终于忍不住了。他想要说的话冲破了害羞的藩篱。他对我说："如果你愿意带我一起去的话，嗯，我什么都愿意做。我可以煮饭、洗碗，做所有的事，我还会照顾你。"

我知道他渴望的心情，这对我来说实在不是件开心的事。"我真希望可以带你去，"我说，"可是学校的老师、你的爸爸妈妈，还有许多其他的人都会说我不可以这么做。"

"我什么都愿意做。"他说。我相信他什么都愿意做。我想他从未放弃过这个希望，一直到我没有带着他出发。他的这个梦，我已经做了一辈子，这种情况是没有解药的。

把旅行行当装上"驽骍难得"是个冗长却开心的过程。我带的东西远比需要用到的多，但当时我并不晓得自己会碰到什么情况。紧急时用到的工具、拖吊缆、小型的滑车组、一套挖掘工具和铁锹，还有各种修理与制造用的工具。除此之外，还有紧急情况下所需的食物。我到西北部的时间很晚，因此会碰上大雪。我准备了至少一个星期分量的紧急食物。水倒不是问题；"驽骍难得"配备了一个三十加仑的水桶。

我想我可能会在路上写点什么，也许是短文，一定会做笔记，当然还少不了信件。我带了白纸、复写纸、打字机、笔、笔记本，除了这些，还有字典、一套袖珍百科全书，以及十几本厚重的参考书籍。我觉得人类自欺的潜力无穷。我很清楚自己几乎从来不做笔记，就算做了笔记，最后不是弄丢，就是连自己都搞不清楚当初写的是什么字。另外，三十年的工作习惯也让我知道自己不能写些正在兴头上的东西。所有的东西都必须沉淀。我必须像一位朋友说的那样，"反刍"一段时间后才能消化。尽管有这些自知之明，我依然在"驽骍难得"中塞了足够写十本书的写作文具。我还堆了一百五十磅从没时间看的书——当然，我永远都不会有时间看那些书。罐头、猎枪子弹、来福枪弹匣、工具箱、比实际需要多出许多的衣服、毯子、枕头，以及太多太多的鞋子、靴子、加了尼龙里以因应零度以下气温时的保暖内衣、塑胶碗盘，外加一只塑胶洗碗盆、一桶备用的桶装瓦斯。不胜负荷的弹簧在叹息，车身愈压愈低。现在想起来，每样东西我大概都比实际所需多带了四倍。

话说回来，查理是一只懂人心思的狗。他一辈子到过不少地方，但大多时候都被留置家中。皮箱还没拿出来，他就晓得我们会离家一段较长的时间，这时他会来回不停地走，流露出焦急的表情、发出低低的哀怨声，从他的年纪看来，他呈现出的是一种轻度的歇斯底里症状。在我准备行当的几个礼拜里，他一直都碍手碍脚，成了个十足的讨厌鬼。有时候还会跑到车子里面躲起来，一动也不动地趴着，试着让自己看起来很小。

劳动节愈来愈近，到时候好几百万名孩童都会回到学校，好几千万名父母也都不会再奔驰于高速公路上。我准备在劳动节后尽快出发。大约就在那个时候，气象报道飓风唐娜一路以雷霆万钧之势冲出了加勒比海，朝着我们的方向袭来。位于长岛顶端的我们所经历过的情况，足以让大家对唐娜充满敬畏之心。随着飓风的接近，每个人都做好了备战准备。其实我们的小港相当安全，不过不是绝对安全。唐娜朝我们悄悄接近，我在油灯里加满了油、启动了水井的手动控制马达，还绑住了所有会动的东西。我有一艘名叫美丽伊莲的二十二英尺长船屋。我在舱口钉上木条，并把船开到海湾中央，抛下了一个连着半英寸粗铁链的古式巨锚，让船能够随风大力摇摆。除非船首被风扯下来，否则这套装备可以让船在时速一百五十英里的大风内乘风破浪。

唐娜偷偷摸摸地继续接近。唐娜袭击的时候一定会大规模停电，所以我们准备了一个使用电池的收音机，以掌握最新动态。不过现在我们还多了一层顾虑——待在大树之下的"驽骍难得"。有一次，我做了一个栩栩如生的恶梦，梦里，我看到一棵树当头砸下，像踩死一只小虫般砸烂了车子。因此我把车子驶离可能直接被树砸到的位置，然而那却不表示整个车顶能免于被飞越五十英尺的树砸毁。

大清早，我们从收音机中得知唐娜即将抵达，十点，报道说飓风眼会通过我们这个地方，唐娜将于一点零七分到达——真是精准。海湾非常平静，没有丝毫涟漪，但是海水依然暗沉，美丽伊莲也依然在她停泊的地方娇娆地起伏。

与大多数海湾比较，我们的海湾有相当的屏障，因此许多小船都开进来寻求庇护。我很惶恐地看到很多船主根本不晓得如何下锚。最后有两艘漂亮的小船驶进了港湾，一艘拖着另外一艘。船上的人抛下一个轻锚后就离开了，其中一艘船的船首拴着另一艘的船尾，而两艘船都在美丽伊莲晃动的范围之内。我在自己的码头边取出了扩音器，试着抗议船主的愚蠢行为，不过他们不是没听见，就是搞不清楚状况，再不然就是一点都不在乎。

飓风果然在预报的时间抵达，海水就像一匹黑布般任它撕裂。飓风像拳头一样捶下来。我们在小屋里亲眼看到一棵橡树的整个树顶就这么被击碎。下一阵风紧接着刺穿了屋里最大的一扇窗子。我奋力地用一把斧头转动窗子上的木楔，把风赶出窗外。唐娜初试身手就切断了电源和电话，在我们的意料中，这是一定会发生的情况。我们还预料到会有八英尺高的巨浪。大家看到风像前仆后继的猎犬一样撕扯着陆地与海洋。大树像小草般上下晃动、前后弯腰，受到鞭打的海水冒出一层奶油似的泡沫。有艘船被打离了停泊处，快速滑向岸边，接着又是另外一艘。暖春和初夏才盖好的房子，连二楼窗子都得忍受巨浪的肆虐。我们的小屋位于一个高于海平面三十英尺的小丘上。但是愈升愈高的海浪却已经可以冲盖住我们高位置的码头。随着风向的改变，我把"驽骅难得"驶离原停车处，让她一直处在我们家大橡树的下风处。美丽伊莲在海浪中勇敢起伏，像一支远离多变强风的风向标一样摇摆。

那两艘绑在一起的船这时候已经惨不忍睹，推进器、船舵下的拖缆，还有两个船身互相倾轧、擦撞。另外一艘船拖着锚被冲回岸边，搁浅在泥滩中。

查理是一只没有神经的狗。不论是枪声、雷声、爆炸或大风，完全影响不到他。在呼啸的暴风雨中，他在桌子底下找到了一个温暖的地方，呼呼大睡。

飓风戛然而止，就像它的出现一样突然，海浪虽然依旧不合节奏地拍击，却见不到飓风吹打，海潮也愈涨愈高。围绕着我们那个小海湾的码头全都消失在海水中，只剩下码头上的高桩和扶手栅栏。寂静像一种急流的声音。收音机的报道告诉我们现在正处在飓风眼中，这是旋转飓风正中央沉默而令人恐惧的平静。我不晓得这种平静维持了多久，似乎等了很长的一段时间。然后飓风眼的另一边就开始从反方向攻击我们。美丽伊莲轻快地随风摇晃，昂首向风。但是那两艘绑在一起的船却拖着锚朝美丽伊莲的方向攀爬，并把美丽伊莲围了起来。她拼命挣扎，抵抗飓风，但仍被拖扯到附近的防波堤边，我们听到她的船身夹在一大片橡木桩间呼号。这时，风速已经达到了每小时九十五英里。

我发现自己顶着风，沿着海湾往船只遭到飓风击损的码头方向跑。我想我的妻子伊莲——也是我之所以将船命名为美丽伊莲的原因——追了出来，大声喝令我停下来。码头当时已经低于海面四英尺，但是柱桩与扶手栏杆依然露在水面之上。我慢慢一点一点地让自己衬衫口袋以上的身子浮在水面上，吹向岸边的风不断把海水打进我的嘴里。我的船靠在柱桩之间哭泣哀叫，像只受惊的小犊般扶摇不稳。接着我跳了上去，笨拙地上了船。有生以来第一次，我需要用刀的时候，身边竟然有把刀。包夹的两艘船一直把伊莲往码头推挤。我割断了锚绳与拖缆，用脚把这两条绳子踢开，两艘船被风吹上了泥岸。但是伊莲的锚链却完好无缺，硕大的旧泥锚仍旧沉在海底，那是一条用一百磅重的像铁铲一样宽的矛型铁制锚爪。

　　伊莲的引擎并不是每次都很听话，但这天引擎一碰就启动了。我硬撑着，站在甲板上，伸出左手去掌控船内的舵、节流阀与离合器。船儿试着帮我——我想她一定吓坏了。我慢慢让船侧身移开，同时用右手去解决锚链的问题。在正常的情况下，就算沉着应付，我也几乎无法用两只手把锚拉起来。不过这次一切都很顺利。我把锚爪往侧边动了动，锚爪翻了一下，松开了原本抓住的位置。我接着把锚拉起来，让船底不再有所牵绊，然后小心而缓慢地让船钻进风中，我减慢了船的速度，就这样船与人一头冲进了要命的风中，最后我们打赢了这场仗。期间，我们就像在稠粥中硬往前行一般。我在离岸一百码的地方下锚，锚爪立刻沉入海中抓住了海底。美丽伊莲这时站直了身子，重新扬起船头，似乎叹了一口大气。

就这样，在离岸一百码的地方，唐娜像一群白须猎犬灰天暗地地朝我扑卷。在这样的风势之下，任何小船都不可能挡得住一分钟。我旁边滑过一根树枝，于是我跳进水中追赶那根树枝。这样做并没有危险。如果我可以一直让头维持在水面之上，就可以让风把我吹上岸，但是我得承认自己穿着的半长统塑胶雨鞋变得相当重。从这会儿到我在水里被另外一位美丽的伊莲以及邻居拉起来的时间，绝对不可能超过三分钟。我一直到上了岸才开始发抖，不过往海上眺望，看到我们的小船安然无恙地随波起伏，感觉很好。单手拉锚的时候，一定有什么地方拉伤了，因为我需要一点协助才回得了家；厨房桌上的一大杯威士忌也很有帮助。那次之后，我曾试过单手拉锚，但从未成功过。

飓风很快就过去了，留下了断垣残壁——电线掉落，一个礼拜电话不通。但是"驽骀难得"却毫发无伤。

第二部

路上的风景

在旅行的长远规划的过程中,我想自己曾偷偷期盼过这趟旅程永远也成不了行。随着出发日期一天天接近,我对暖暖的床、舒适的屋子愈来愈眷恋,妻子也变得弥足珍贵。我竟然要为了未知的恐惧与看似疯狂的不安而放弃这些东西整整三个月。我不想走了。一定要出些什么事情让我无法成行,然而什么事都没发生。当然我可以生病,不过这趟旅行最主要而且最秘密的原因之一,正是为了要治愈我的病。去年冬天,一种大家谨慎命名的失调状况找上了我,病况相当严重,这是渐行渐近的老迈在向我私语。病愈之后,我又得聆听要我放慢步调、减肥、控制胆固醇的摄取量这些一再重弹的老调。很多人都遇到过这种情况,我想大夫们也都已经把这些唠叨的话全背下来了。我的很多好朋友也有这种经验。类似的训话都是这么结束的:"放慢速度。你已经不像以前那么年轻了。"我看到很多人就这样开始用脱脂棉把自己的生活包起来、抑制住所有的冲动、罩起所有的热情,然后从一个男人慢慢退化成一种生理与精神都处于半病状态的人。退化过程中,还有妻子与亲戚的鼓励,真是个甜蜜的陷阱。

谁不希望自己成为大家关心的焦点?于是二度童年就这样降临在许多男人身上。他们用自己的放纵去交换延长一小段生命的承诺。结果,一家之主成了一家之最幼子。我曾戒慎恐惧地思考过这种可能性。我一直都过着放纵的生活,大口喝酒、暴食或完全不进食、睡一整天或连着两夜不阖眼,不然就是长时间全心投入工作或彻底邋遢懒散一段时间。我举重、划船、伐木、爬山,尽情享受生活,把宿醉当成一种奖励,而不是惩罚。我并不想因为多掌握一点点的生命使用权而放弃热情。我的妻子嫁的是一个男人;我找不出她应该接收一个婴儿的理由。我知道独自开着卡车,在各种可能的路面上行驶一万、一万两千英里,一路无人照应,将会很辛苦,然而对我而言,这也是针对中毒职业病人的一剂解药。在我的生命中,我绝不愿意拿质量去与数量妥协。即使最后证明这趟即将成行的旅程远超过能力所及,现在的我还是应该出发。我看过太多男人用一种病态、不愿意脱离当时环境的态度,拖延自我放逐的时间。这是一种很糟的情况,也是一种很糟的生活。我很庆幸有个喜欢当女人的妻子,这表示她喜欢男人,而不是老孩子。虽然我们两个人并没有谈过人生旅程的最后阶段,但是我相信她一定了解。

早晨来了,一个阳光普照、带着茶褐色秋天气息的早晨。妻子和我很快道了再见,我们两个都痛恨道别,而且当其中一人离开时,另外一个也不喜欢单独留下。因此她踩下了汽车油门,前往纽约去发泄情绪。同时,有查理坐在身边的我,驾着"驽骍难得"往庇护岛渡轮口出发,然后转到第二个渡轮口去绿港,再搭第三艘渡轮,穿过长岛海峡①,从东方港到康涅狄格州海岸。这样做是因为我想避开纽约的交通,顺利上路。路上,我承认自己已经感觉到一股灰涩的凄凉了。

渡轮的甲板上阳光刺眼,大陆的沿岸仅在一个小时的路程之外。有一艘可爱的帆船立在离我们不远的地方,船身上的大型三角帆像一条弯曲的围巾,所有海岸边的船舶,不是蹒跚地往海峡聚集,就是朝着纽约剧烈地摇晃前进。有一艘潜水艇悄悄浮现在半英里外的海面上,遮住了部分白昼的光亮。更远一点,也有个灰暗的东西在破海前进,除此之外,又出现了一艘;当然,这些都是驻扎在新伦敦市②的舰艇,这个地方是它们的家。或许使用这种恶毒的东西,为的就是要维护世界和平。我真希望自己能喜欢潜水艇,那样,我就会觉得它们很漂亮,然而这些东西存在的目的是破坏,即使当它们在海底探索,将记录入图、在北极冰下画出新的贸易路线时,主要的目的仍是威胁。当年随着船队横跨北极时,我们清楚知道有些灰暗的大东西正潜伏在

---

① 长岛海峡(Long Island Sound),纽约长岛有两条长年行驶的渡轮路线,供居民横越长岛海峡到杰弗逊港(Port Jefferson)与东方港,然后各自通往康涅狄格州的西南部的桥港(Bridgeport)与东南部的新伦敦市(New London)。

② 新伦敦市(New London),美国康涅狄格州东南部新伦敦县城市,也是长岛海峡的港口。

某处,用它们单管的眼睛寻找着我们的踪迹,这种记忆至今仍历历在目。不知道为什么,当我看到这些潜艇时,眼前的光线突然萧瑟起来,我记起了灼伤的人被拖离满覆油渍的海面的景象。现在的潜水艇都配备可执行大规模杀戮的武器,这是我们阻止其他大规模杀戮愚蠢而唯一的方式。

只有寥寥数人冒风站在渡轮哐啷作响的铁甲板上。有一位身着风衣、一头金发、眼睛像飞燕草但眼角泛红的年轻人站在阴郁的风里,他一边指着海面,一边对我说话。"那是艘新艇,"他说,"它可以在海底待三个月。"

"你怎么分辨?"

"我对这些舰艇很熟。我曾在艇上服过役。"

"在核潜水艇上吗?"

"还没有机会,不过我有个叔叔在核潜水艇上工作,我可能也快了。"

"你没穿制服。"

"刚休假。"

"你喜欢在潜艇上工作吗?"

"当然喜欢。薪水很好,还有各种——前途。"

"你想在海底待三个月吗?"

"会习惯的。伙食很好,有电影,还有——我想到北极或南极的海底去,你不想吗?"

"我想我也会想去吧。"

"还有电影,跟各式各样的——前途。"

"你的老家在哪儿?"

"那儿——新伦敦——我在那儿出生。我叔叔现在正在服役,还有两个表兄也是。我想我们可以算是一个潜水艇家族。"

"潜水艇让我觉得不安。"

"噢,你会克服那种感觉的,先生。没多久,你甚至不会觉得自己是在海底——当然,有毛病的话另当别论。曾有过幽闭恐惧症的情况吗?"

"没有。"

"那就没问题了。你很快就会适应。要不要下去喝杯咖啡?时间还很长。"

"好啊。"

或许他是对的,错的是我。这个世界是他的,再也不是我的了。在他酷似飞燕草的眼睛中,没有愤怒,也没有恐惧与仇恨,所以,也许他是对的。那只是一份薪水与前途都不错的工作。我不可以把自己的记忆和恐惧加诸在他的身上。或许我的认知再也不是事实了,再怎么说,那是他的观点。这是他的世界了。或许他了解一些我永远都不会知道的事情。

我们用纸杯啜着自己的咖啡,透过方正的渡轮窗子,他指着干船坞与新舰艇的骨架。

"潜水艇的好处就在于有暴风雨的时候,你可以沉到海底中,然后一切就都变得很平静。大家可以像婴儿一样睡觉,任上面闹得翻天覆地。"他指点了我一些出城的路线,这是这整趟旅程中极少数正确的路线指点。

"再见，"我说，"祝你有个美好的——前途。"

"其实我的前途还不错。再见，先生。"

沿着康涅狄格州偏僻的路驾驶，一路上都是以树为界，处处都是花园，我知道那位年轻人让我觉得更安心，也更有信心。

好几个礼拜以来，我一直在研究地图，大比例尺或小比例尺都有，但是地图毕竟不是真实的情况——它们也可能成为专制的君主。我认识一些非常热衷地图的人，这些人可以路过乡间却视而不见，还有一些人就像是身在囚车中，完全依循地图所示找路。我把"驽骍难得"停进一个由康涅狄格州政府负责维护的小野餐区，然后拿出我的地图册。突然间，美国大得令人难以置信，要横越它更是一件异想天开的事。我真弄不清楚怎么会让自己陷入这样一个无法实践的计划。这跟着手写小说一样。当我要面对写一本五百页小说那种孤寂的不可能性时，一股挫败的病态感觉就会当头罩下，我知道，我永远也写不完。这种情况每次都会出现。但慢慢地，我还是会一页页地写下去。一天的工作量是我所能允许自己预期的最大极限，同时，我也不再去想写完这本书的可能性。当我看着颜色鲜艳的巨大美国缩略图时，就是这种感觉。营区边的树上挂着已经停止生长的树叶，又厚又重，无精打采，等着第一道霜为它们打上色彩，然后第二道霜将它们打落地面，结束它们的这一年。

查理长得很高。当他坐在我身边的车位上时，他的头几乎和我一样高。他把鼻子凑近我的耳朵，说了声"夫特"。他是我认识唯一会发"夫"音的狗。那是因为他的前齿有点弯，这项缺憾让他此生与狗展无缘；但也正是因为他的上前齿稍稍与下唇接合，所以查理能发出"夫"的音。当他说"夫特"这个词时，通常表示他想对一丛灌木或一棵树致意。我开了车门让他出去，他就此开始他的一套祭典。他不需要思考就能做得很好。根据我的经验，查理在很多地方都比我聪明，但是在其他地方，则是无可救药的无知。他不识字，不会开车，对于数学一点概念都没有。然而在他努力的领域里，也就是他现在正在做的事——缓慢而高贵地把整个区域闻个够、留下足够的气味——则是打遍天下无敌手。当然，他的领域有限，但我的领域又有多宽呢？

秋日旅途

我们在秋日的下午继续上路往北行。因为车上的设备相当齐全，所以我想如果能邀请一些路上碰到的人一起到家中喝一杯，应该不错，不过我却粗心地忘了装些酒在车上。幸好这个州的乡村小径有几家很小的售酒商店。我知道有些州禁酒，但忘了是哪几州，所以最好存一点在车上。有一家位置很偏僻的小店，立在一丛糖槭林中。这家店有花园与花箱，都维护得很好。店主是一位有一张阴郁脸孔但年纪不算太大的老先生，我猜他一定是个绝对戒酒主义者。他打开了订单本，极有耐性地将复写纸摊平。你永远都不会晓得其他人想要喝什么酒。我订了波旁、苏格兰威士忌、琴酒、苦艾酒、伏特加、品质中等的威士忌、陈年苹果酒，还有一箱啤酒。我想这些应该足够应付大多数的情况了。对一家小店来说，这是笔大生意，所以店主相当感动。

"一定是个很大的宴会吧。"

"不是——只是旅行途中喝的。"

店主帮我把酒箱搬出店外，我打开了"驽骍难得"的车门。

"你开这辆车？"

"对。"

"上哪儿去？"

"哪儿都去。"

接着，我看到途中见过许多次的表情——一种期盼的表情。"老天，我希望我也能去。"

"你不喜欢这儿吗？"

"当然喜欢。这儿不错，不过我还是希望自己能去。"

"你连我要去哪儿都不晓得。"

"那不重要。哪里我都想去。"

最后我还是得离开绿树遮掩的道路，绕道城市，然后使出浑身解数。哈特福特与普洛维登①都是忙着生产而交通一团糟的大城市。穿越城市所需要的时间，比行驶好几百英里空闲道路的时间要长得多。大家在错综复杂的交通模式中，试着寻找自己要走的路，根本不可能看到任何东西。不过现在的我，在各种不同的天候下，衬着各种不同的景色，已走过好几百个乡镇与城市。这些地方当然各有千秋，人民也有不同的观点，但在某些方

---

① 哈特福特（Hartford）与普洛维登（Providence），前者为康涅狄格州首府，后者为罗德岛州首府。

面,彼此之间依然有相似之处。美国的城市就像獾的洞穴,周围都是垃圾——没有一个城市例外——成堆破损与生锈的汽车包围着这些地方,整个城市几乎被垃圾覆盖。我们所有用的东西,一开始都用盒子、箱子这些大家非常钟爱的所谓包装材料包着。我们丢弃的大量东西,远比使用的多。关于这一点的证据,不妨看看我们疯狂而轻率的丰沛生产,浪费似乎成了一种指标。一边开着车,我一边想着法国跟意大利会如何将我们丢弃的每项东西留做他用。我这样说并不是在批评哪种制度,但是我真的怀疑,将来会不会出现我们再也无法负担自己的浪费这种情况:河川中的化学废料、到处可见的金属废料,还有深埋在地底或沉在海底的原子废料。当印第安村落把一个地方弄得太脏乱时,他们会迁居。我们却无处可迁。

我答应过小儿子要经过他在麻省鹿野的学校,跟他说再见,但是我到得太晚,没赶上叫他起床的时间,于是我开车上山,找到一座牛奶场,买了点牛奶,并得到奶场主人的允许,在一棵苹果树下落脚。奶场主人是个数学博士,而且一定上过哲学方面的课程。他喜欢现在做的事情,一点都不想去其他地方——在我的整趟旅程中,他是极少数满于现状的人。

我宁愿不提造访鹰溪学校的事。可以想见"驽骍难得"对两百名十多岁刚准备服冬天刑罚的教育囚犯所产生的效果。这些孩子成群结队地来参观我的车子,小小的车厢里,最高纪录是一次可以挤进十五个人。他们边有礼貌地咒骂着边看着我,因为我可以离开,但他们不可以。我儿子或许永远都不会原谅我。

上路后没多久，我还特别停下车检查有没有偷渡的家伙。

我的路线是先往佛蒙特州的北边走，进入新罕布什尔州的怀特山脉后接着朝东行。路边摊上堆满了金色的南瓜、赤褐色的瓠瓜，还有一篓篓又脆又甜的红苹果，每咬一口，苹果汁就像要爆出来一样。我买了苹果和一加仑的鲜榨苹果汁。我相信每个沿着公路摆设的摊位都贩售鹿皮鞋或鹿皮手套。就算没卖这两样东西的摊子，也一定会卖山羊奶糖。之前，我从未见过自产自销的工厂商店在开阔乡间贩售鞋子与衣服的景况。我想这儿的村庄是全国最漂亮的，除了交通和铺设好的街道外，漆成白色的整洁屋舍——汽车旅馆和观光客区不算——百年来一直都维持着这副模样。

天气很快就转凉了，树木一眨眼就改换成了你无法置信的红色与黄色。那不仅仅是色彩，更是光辉，就像树叶贪婪地嚼食了秋阳的光芒，然后慢慢释放出来一样。这些色彩中有一种火的特质。傍晚前，我赶到了山上。溪边有一块招牌写着新鲜鸡蛋降价出售，于是我把车子开上通往农场的路，买了些鸡蛋，并请农场主人同意让我付钱在溪边扎营。

农场主人身材细瘦，有着一张我们认为是北方佬的脸，说得一口北方佬发音的英文，元音特别平。

"不必付钱，"他说，"这块地反正也闲着。不过我想看看你有什么装备。"

我对他说："先让我找块平坦的地方，把一切安置妥当后，再请你过来喝杯咖啡——或其他的东西。"

我倒车重新出发，直到找到一块可以听到湍急溪流的噼啪声的平地；天色几乎全黑了。查理已经对我说过好几次"夫特"，这一次他的意思是饿了。我打开"弩骍难得"的车门，扭开灯，发现车里一塌糊涂。我经常得在海浪翻腾的时候把船泊好，但是开卡车时的紧急煞车与再启动却是另一番风险。地上全是散落的书籍和纸张。打字机非常不舒适地栖息在一堆塑胶盘上，有一把来福枪掉了下来，在炉子边给自己挤了个位子，还有一整叠共五百张的白纸，像飘落的雪花一样盖住了整片地板。我点燃瓦斯罩灯，把破损的东西堆进一个小橱子里，然后盛水煮咖啡。早上我得重新整理车上的东西。没有人知道该怎么做。每个人都必须透过我所学习的方法——从错误中学习——取得这门技术。这个时候天色已经完全黑了，天气也冷得刺骨，不过灯光和炉火温暖了我的小屋，让它显得很舒适。查理吃过晚餐，完成任务后，就回到桌子底下铺了地毯的角落。未来的三个月，这是他的地盘。

　　许多时髦的设计都可以让生活更轻松。之前在我的船上，我发现了一次性的铝制烹煮用具、煎锅与深口盘这类用品。煎完一条鱼，可以把煎锅丢进海里。我的车上也有各式各样类似的器具。开了一罐腌牛肉杂烩，倒进一个一次性的盘子里，然后把盘子放在石棉垫上，用小火慢慢加热。当查理发出他的狮吼时，咖啡差不多已经煮好了。黑暗中，被告知有人接近的感觉是一种无法形容的安心。如果接近的人刚好意图不轨，又不知道查理天生爱好和平与圆融的天性，那么这声巨吼就足够让来人裹足不前。

农场主人敲了我的门，我请他进来。

"你这儿很不错，"他说，"真的，你这儿很不错。"

他轻轻坐进桌子旁的沙发。这张桌子在晚上可以放低，椅垫可以折成一张双人床。"很不错。"他又说了一遍。

我倒了杯咖啡给他。下霜的时候，我觉得咖啡的气味更佳。"要不要再来点什么？"我问他，"来点够资格的饮料？"

"不用了——这样就好了。这样很不错。"

"不来点苹果酒吗？我开车开得很累，所以我要喝点。"

他带着一种沉静的乐趣看着我，这种态度对非北方佬而言，是一种沉默寡言的表现。"如果我不喝的话，你还是会喝一杯吗？"

"不会吧，我想不会。"

"那就恭敬不如从命了——只要一小口就可以了。"

于是我为两人各倒了一小杯二十一年陈的苹果酒，然后陷进我这边的沙发里。查理挪动了一下位置，给我让出更多的空间，之后把下巴放在我的脚上。空气中充斥着一种假文雅的气氛，彼此都避免直接或私人的问题，这在世界各地都只是单纯的礼貌行为。他没问我的名字，我也没问他的，但是我看到他的眼睛快速从橡皮吊带中的轻型武器扫到绑在墙上的两根钓竿。

赫鲁晓夫当时在正联合国开会，这是我要待在纽约的少数的原因之一。我问他："你今天有没有听收音机？"

"听了五点的新闻。"

"联合国怎么样？我忘了听。"

"你绝对不会相信，"他说，"赫先生脱下鞋子，用鞋敲桌子。"

"为什么？"

"不喜欢人家说的话。"

"抗议方式好像有点奇怪。"

"不过，受到了注意。新闻大概就讲了这么多。"

"他们应该给他一支议事槌，好让他鞋不离脚。"

"这个主意不错。也许可以把议事槌做成鞋子的模样，这样他才不会觉得不好意思。"他啜了一口苹果酒，非常欣赏。"这个酒非常好。"他说。

"这儿的人对我们反驳俄国人的反应怎么样？"

"我不晓得其他人怎么想。不过我认为反驳有点像后卫做的事。我倒希望我们做些事情，让他们来反驳我们。"

"有道理。"

"我觉得我们一直都在防御。"

我为我们两个各自又加满了咖啡，也加了些苹果酒。"你认为我们应该发动攻击吗？"

"我认为我们至少应该偶尔取得发球权。"

"我并不是要做民调，不过这儿选举的情况怎么样？"

"我真希望我晓得，"他说，"大家都避而不谈。我想这可能是我们经历过的最秘密的一次投票。大家就是不愿意公开表示意见。"

"会不会是他们根本就没有意见。"

"可能,也可能是他们不愿意说。我记得其他选举的时候,都会有些相当激烈的辩论。这次我连一句都没听到。"

这跟我在全国各地所发现的情形一样——没有争论,也没有讨论。

"其他地方——是不是也一样?"他一定是注意到了我的车牌,不过他并没有提起。

"我看起来好像是这样。你觉得大家是不是害怕发表意见?"

"有些人也许是这样。不过我认识一些不怕发表意见的人,只是他们一样也什么都不说。"

"我也有过这样的经验,"我说,"但我真的不知道。"

"我也不知道。或许都是同一回事,只是不同的角度。我不想谈,谢谢,讨论结束。我闻到香味了,你的晚餐应该已经差不多了。我该告辞了。"

"什么是'同一回事,只是不同的角度'?"

"嗯,就拿我的祖父与曾祖父来说——我的曾祖父一直到我十二岁才去世。他们知道一些自己很确定的事情。他们非常清楚多让一英寸,应该会有什么样的后果。然而现在——会有什么后果呢?"

"我不晓得。"

"没有人晓得。如果你不晓得的话,光有意见有什么用?我的祖父知道老天爷有几根胡子。而我却连昨天发生了什么事情都不知道,遑论明天了。他知道一颗石头、一张桌子是用什么做成的。我却连固定的公式都看不懂,这说明大家都不懂。我们没有什么可以继续下去的事情——思考也没有方向。我要告辞了。明天早上见得到你吗?”

“不知道。我明天一早就得出发。我要穿过整个缅因州到鹿岛去。”

“嘿,那地方很漂亮,你说是吧?”

“还不晓得。从没去过。”

“很不错的地方。你会喜欢的。谢谢你的——咖啡。晚安。”

查理目送他离去,叹了口气,睡觉去了。我吃了自己的腌牛肉杂烩后,把床放下来,挖出了一本夏伊勒①的《第三帝国的兴亡》来看。但是我发现自己根本看不下去,灯熄了,我依然无法入睡。打在石头上的喧闹溪流是一种很好的应答,不过与农场主人的对话一直萦绕在耳边——他是个体贴而周详的人。我不奢望能够碰到很多这类人。或许他点出了重点。人类也许花了一百万年的时间才习惯把火当成一种东西以及一种概念。在这期间,有个人被电击到的树灼伤了手指,一直到另一个人带了一些火进入洞穴,发现这些火可以让人保暖,这中间或许历经了十万年,从这之后,一直到底特律市的鼓风炉出现,又是多长的时间呢?

现在我们掌握着一股不知道比火大上多少倍的力量,但是却来不及发展出思考的方式。人类必须先有感觉,然后有语言,

---

① 威廉·夏伊勒(William L.Shirer, 1904—1993),美国记者,一九三四年至一九四〇年十二月居住在德国。

之后才可能接近一种思想。这个过程，至少在过去，是需要很长的时间。

公鸡在我合眼前就开始啼叫。我终于觉得自己的旅程已经开始了。我想在这之前，我一直都不相信自己的旅程已经开始。

荒谬的意外

查理喜欢早起，他也喜欢我早起。他怎么会不喜欢早起呢？吃完早餐后，他马上又倒头大睡。过去这几年，他开发了好几种看似无辜的方式叫我起床。他会摇摆全身，从他颈圈发出来的声音，大得足以吵醒死人。如果这个方法行不通，他还有个连环喷嚏法。但是他最让人生气的一招是安静地坐在床边，脸上挂着甜美而宽容的表情，盯着我的脸猛看；即使在沉睡中，我也会有种被人盯着瞧的感觉。不过我也学会了紧闭眼睛。只要眨眨眼，查理就会开始又打喷嚏又伸懒腰，我的夜间睡眠也就得宣告结束。通常这种意志之战都要僵持好一阵子，我紧紧闭着眼睛，他会原谅我，只不过几乎总是他赢得最后的胜利。查理非常喜欢旅行，所以他想早早出发。"早"这个字对他来说，是黑暗与黎明的调和。

没多久我就发现，如果旅行中的陌生人想要偷听当地人的谈话内容，那么当地的酒馆与教堂就是他应该溜进去并保持静默的地方。不过有些新英格兰的小镇并没有酒馆，教堂也只在星期天开门。另一个退而求其次的好地方是路边的餐厅，当地的男人在工作和打猎前,都会在这些餐厅用早餐。想要赶上这些地方人声鼎沸的时刻,你就得起个大早。然而即使找到这样的地方,也会有出师不利的时候。早起的男人不仅对陌生人话不多,他们彼此间也鲜少交谈。早餐的对话都局限在一连串简洁的嘟囔中。新英格兰人天生的沉默寡言,在早餐时分臻至辉煌的完美境界。

我喂过查理,带他在有限的空间内散了个步后,再度上路。一层似冰的薄雾罩住了山丘,并在我的挡风玻璃上结霜。我通常不吃早餐,但在这儿却必须吃早饭,不然除非到加油站,否则一个人影也看不到。我在第一个亮灯的路边餐厅停了下来,在餐台边找了个位置坐下。餐厅客人像蕨类一样紧抱着他们的咖啡杯不放。在这儿的典型对谈如下:

女侍:"一样?"

客人:"没错。"

女侍:"够冷吧?"

客人:"没错。"

(十分钟后。)

女侍:"加咖啡?"

客人:"没错。"

这可真是个爱说话的客人。有些人把回答缩短成打嗝时的"哦",还有些人根本不回答。一大早值班的新英格兰女侍过着孤独的生活,不过我很快就发现,如果想在女侍的生活中用欢愉的话加点活力与欢乐,她也只是垂着眼回答"没错"或"嗯"。不管怎么样，我还是觉得他们之中有某种沟通，只不过我说不出来沟通的是什么。

最好的了解工具就是早上的新闻，这是我慢慢学会喜爱的东西。每个拥有数千人的小镇都有自己的电台，取代以前地方老报纸的功用。电台会公告买卖与交易、社交活动、大宗物资的价格，还有留言。电台播放的唱片，则全国都一样。如果《少年天使》（Teen-Age Angel）在缅因州的播放率高居前几名，在蒙大拿州一定也是名列前茅。一天下来，你可能会听到三四十次《少年天使》。但是除了当地的新闻与时事外，还会看到一些挤进来的外来广告。愈往北走，气候愈冷，我注意到佛罗里达州的房地产广告也就愈多，随着漫长而酷寒严冬的接近，我可以了解为什么佛罗里达会变成一个黄金词汇。一路走来，我发现愈来愈多的人渴望佛罗里达，数以千计的人真的迁居到那儿去，还有更多数以千计的人想去或将会去佛罗里达。因为有美国联邦通信委员会的监督，这些广告除了陈述他们所贩售的东西是在佛罗里达州这个事实外，其他的诉求重点少之又少。有些广告乏人问津，于是多加了一条产品一定高于涨潮位置的保证。不过这些都不重要；单凭佛罗里达这几个字就已经传递了一种温暖、轻松与舒适的讯息。这是挡都挡不住的。

我一直都住在气候宜人的地方，这让我觉得无聊透顶。我喜欢天气胜于气候。我曾经住过的墨西哥库埃纳瓦卡①，那儿

---

① 库埃纳瓦卡（Cuernavaca），墨西哥中南部的城市。

的气候几乎接近人类可以想象的完美境界，但我发现离开那儿的人，通常都会搬到阿拉斯加去。我倒想看看阿鲁斯图克县①的人能忍受佛罗里达多久。问题是，一旦搬到佛罗里达州并在那儿投资，就没有财力再搬回来了。骰子既已离手，就没有第二次的机会了。不过我真的很好奇，十月的佛罗里达州下午，在毫无变化的绿草地上，一个坐在尼龙跟铝合制的椅子上打蚊子的新英格兰人——我真的很怀疑回忆的戳刺会不会攻击他胃部上端、肋骨下面那个会隐隐作痛的位置。在那始终潮湿的夏天里，我敢说他脑海中的画面绝不会回到对色彩的欢呼上，而是会回到寒冻空气中那股清新的刺激、回到松木燃烧的气味以及厨房令人安慰的温暖上。一个处在永久的绿色中的人，要如何去分辨颜色；没有寒冷，一个人如何得知温暖的甜美呢？

我尽可能依照规定与不耐烦的法律所允许的缓慢速度慢慢开车。这是唯一可以看到身边景物的方式。各州政府每隔几英里就提供一个路边休息站或挡风遮雨的地方，有时候这些地方还会设在深暗的溪流旁。这种地方都有涂上油漆的汽油桶垃圾箱、野餐桌，偶尔还会看到火炉或烤肉坑。每隔一段时间，我就会把"驽骍难得"驶离道路，把查理放出来闻闻上一批客人留下的痕迹。然后我会热上我的咖啡，舒适地坐在车后的阶梯上，凝视着树木、河流以及顶上冠了高耸入云的针叶木、枞树，还撒了雪的快速隆起的山丘。很久以前的一个复活节，我得到了一颗

---

① 阿鲁斯图克县（Aroostook County），缅因州北部一县，其西边与西北边是加拿大的魁北克省，北边与东边是加拿大的新不伦瑞克省。

看看蛋（looking-egg）。从蛋壳上的小孔往里看，我可以看到一个很可爱的小农场，一种梦幻式的农场，在农庄的烟囱上，还有只坐在自己巢中的鹳鸟。我一直认为那是个神话农场，并确定那是想象出来的，就像小鬼怪坐在毒蕈上一样不真实。但是在丹麦，我真的看到了那个农场，或者是那所农场的兄弟农场，它真真切切地存在，就跟看看蛋里的一样。在我长大的加州萨利纳斯，虽然偶尔有霜，但是气候既冷又多雾。因此当我们看到佛蒙特州秋天森林的彩色照片时，又觉得是另一个神话境界，我们实在不相信它们的真实性。因为在学校里，我们虽然要熟记关于冰霜老杰克①的《困雪》②、其他小诗以及跟老杰克有关的画，但是冰霜老杰克唯一能为我们做的，只是让水槽上结上一层很薄的冰，而且连这个画面都很少见。对我来说，发现这种色彩的喧闹不但真实存在，而且连照片的诠释都显得逊色与不正确，是相当令人惊讶的事情。如果没有亲眼看到树林，我根本无法想象树林的颜色。我不晓得经常性的联想会不会造成注意力不集中，于是我请教一位在新英格兰土生土长的女士。她说秋天每

---

① 《冰霜老杰克》是一首美国童谣，歌词如下："冰霜老杰克是个快乐的小家伙，每当冬天的风开始呼啸，他就像只小鸟一样在空中飞翔，还会钻进各处的小缝里。他捏捏小孩子的鼻子，他捏捏小孩子的脚趾，他捏捏小孩子的耳朵，又从他们的眼睛里拉出又大又圆的眼泪。他让小女孩哭喊着噢噢噢，他让小男孩叫着 kkk，然后我们点上了一大盆火，冰霜老杰克就注定要退休了。这个快乐的小家伙顺着烟囱往上爬，所有的孩子都高兴地大叫。他让小女孩哭喊着噢噢噢，他让小男孩叫着 kkk。"

② 《困雪》（*Snowbound*），美国诗人 J.G.惠蒂埃（John Greenleaf Whittier，1807—1892）的诗作。《困雪》是一首关于冬天的长篇诗歌。

次都带给她惊喜；让她兴高采烈。"秋天很灿烂，"她说，"而且难记，因此总是会带来惊喜。"

我看到休息站边的河里，有一条鳟鱼从一池暗水中跃起，用水花画出一圈银环，查理也看到了这一幕，于是奋身跃进水中，弄得浑身湿淋淋的。这个傻瓜，他从来不考虑将来。我回到"驽骀难得"中拿出少得可怜的垃圾丢进垃圾桶，只有两个空罐子：一个是我吃的，一个是查理吃的。在带来的一堆书中，我看到了一个记忆深刻的封面，于是把这本书拿到阳光下——一只金色的手同时握着一条蛇与一面长了翅膀的镜子，下面用手稿般的字迹写着"《旁观者》①，亨利·莫利编辑"。

身为作者，我似乎有个非常幸运的童年。我的外祖父山姆·汉密尔顿不但热爱好作品，也了解好作品，他还有几个才女型的女儿，我母亲就是其中之一。萨利纳斯就有这样的环境，深色带玻璃门的大胡桃木书柜里，可以找到许多奇怪而精彩的书。我的父母从未主动拿书给我，玻璃门显然在防卫着这些书，因此我就从书柜中偷书看。我的行为没有受到阻止，也没有得到鼓励。我想现在如果我们禁止自己不识字的孩子接触文学里奇妙的东西，或许他们还是会偷看，而且会从中找到秘密的快乐。很小的时候，我就爱上了约瑟夫·艾迪生②，这份喜爱一直到现在

① 《旁观者》(The Spectator)为今天报刊杂志特稿专讯的鼻祖，前身为《闲谈者》(The Tatler)。两份刊物的创办人均为期刊文学的创始者约瑟夫·艾迪生与理查德·斯梯尔。
② 约瑟夫·艾迪生(Joseph Addison, 1672—1719)，英国的散文家与诗人。

都没有改变。他把玩文字就像卡萨尔斯①演奏大提琴一样熟练。我不知道是不是他影响了我的散文风格，但是我真的希望如此。一九六〇年我坐在怀特山脉的阳光下，翻开了一八八三年出版的令人记忆深刻的《旁观者》合订本第一辑。我翻到《旁观者》第一篇——一七一一年三月一日，星期四。开头是这样写的：

Non fumum ex fulgore, sed ex fumo dare luchm

Cogitat, et speciosa dehinc miracula promat.

（他并不是要从燃烧的光中萃取烟雾，而是要从烟雾中提炼出光，这样他便可能描述出灿烂的奇迹。）②——贺拉斯③

我清楚地记得艾迪生每个名词的第一个字母都大写。他在这一天写道：

"我注意到，在读者知道作者是黑人或白人、个性温和或暴躁、单身还是已婚、抱持特殊神宠论者还是自然主义者之前，很

---

① 卡萨尔斯（Pablo Casals，1876—1963），西班牙著名大提琴家、指挥家和作曲家。

② 这段拉丁文谈论的内容是荷马与荷马的诗。意指荷马并不打算做出会化成烟雾的承诺，相反，他想要让光芒破除云雾而出，用闪耀的奇迹让我们惊喜。

③ 贺拉斯，（公元前 65—公元前 8），拉丁诗人和讽刺作家，全名 Quintus Horaitus Flaccus。他最早的作品主要是讽刺诗文，经维吉尔推荐而得到屋大维的一位顾问梅塞纳斯的赞助。后来他得到萨比纳山区一块农田，便专心致力于写作，从而成为当时无与伦比的重要抒情诗人。他在西元前十九年完成了他最伟大的作品：三卷《歌集》。

少会带着喜悦细读一本书，这种态度对正确了解一个作者，有相当大的助益。为了满足这种对读者而言相当自然的好奇心，我设计了这份记录以及以下的这份资料，作为这本著作的开场白，这些资料提供的是参与这份作品的几位人士的故事。汇整这些资料的最大问题——消化与校正——都落在我的头上，为了公平起见，我先从自己的历史开始写起。"

一九六一年一月二十九日，星期日。没错，约瑟夫·艾迪生，我听到了你们的诉求，并在理智的范畴中服从你们的要求，因为看起来，没有其他的方式可以消弭你提到的好奇。我发现许多读者对知道我穿什么，比知道我在想什么要更有兴趣；比起我正在做什么，他们更渴望知道我怎么做。关于我的作品，有些读者宣称，相较于作品想说的话，他们对作品所创造出来的东西更有感觉。既然作品主人的暗示，与圣经的命令没有什么不同，我将以用了艾迪生写作风格的非艾迪生身份出现。

在一般的男人中，我很高——一米八——只不过在我们家的男人中，大家都认为我是个矮子。他们的身高都在一米八五到一米九三之间，我知道，两个儿子完全发育后，也都会比我高。我有一双非常宽广的肩膀，这种情况让我发现自己的臀部很窄。以身材比例来说，我的腿很长，因此大家说我的身材很好。我的头发灰白，蓝眼睛和红润的双颊都遗传自有爱尔兰血统的母亲。我的脸不但没有漠视经历过的岁月，还用痕迹、线条、沟纹以及侵蚀的标记记录下整个过程。我的上颌与下巴都留了胡子，但是我把双颊刮得很干净；说到胡子，不禁会想到背脊中间有一道白色斑纹的黑色臭鼬,这两者之间的确有些关联性。我留胡子,不像一般人都是因为皮肤问题,或刮胡子时的疼痛,也不是想要隐藏长相不佳的下巴等这类说不出口的目的,我留胡子单纯是为了装饰这个厚颜无耻的原因,就像一只孔雀会在自己的尾巴中找到乐趣一样。最后还有一点,那就是在我们那个年代,留胡子是一件女人不可能做得比男人更好的事情,或者,就算她可以胜过男人,也确定只能在马戏团里留名。

　　我的旅行装扮如果有任何小小的怪异之处,也是因为采行实用主义的缘故。软木鞋底的半统塑胶靴让双脚又暖又干。从陆军剩余物资店买来的卡其棉裤,裹住了胫骨;上半身也欢喜地包在一件袖口与领口都是灯芯绒布的狩猎外套里,这件外套后面有一个大到可以走私印度公主、把她带入基督教青年会的大狩猎口袋。头上的蓝斜纹英国海军帽已经戴了很多年,帽檐很短,帽缘上有个像是永远都在争夺英国皇冠的皇家狮与独角兽图。这顶帽子相当破烂,而且上面全都是盐渣,不过这是我在大战时期前往多佛①所搭乘的鱼雷艇的舰长送给我的礼物——他是一位很和善的绅士,也是一名刽子手。我离开他的管辖之后,他攻击了一艘德国鱼雷快艇,不过因为没有俘虏任何人,所以他停了火,想要接收德国快艇,结果在此过程中溺毙。从那之后,我就一直戴着这顶帽子,为了纪念他,也为了记住他的这段历史。另外一个原因是我很喜欢这顶帽子。在美国东部的时候,

----

① 多佛(Dover),英格兰东南部的海港,为英国最靠近欧洲大陆之处。

没有人会对这顶帽子看上第二眼，不过后来在威斯康星、北达科他以及蒙大拿这些让我把海远远甩在后面的州，我认为这顶帽子引起了相当的注意，因此买了一顶我们称之为仓库管理员帽的宽边高筒帽，这顶帽子的帽缘并不是很宽，西部牛仔味十足，却很保守，是我那位牛见愁的叔叔常戴的帽子。我一直到西雅图的另外一片海面，才再把水手帽戴上。

艾迪生的训诫到此也该结束了，但是读者却让我回到了新罕布什尔州的野餐地点。我坐在野餐地一边用手指循着《旁观者》第一辑的每个字读，一边思考着脑子通常如何同时进行着两件意识到的以及许多件完全没有意识到的事情，这时一辆豪华轿车驶进了野餐区，一位相当肥硕、穿着俗丽的妇人，解开了一头相当肥硕、装扮俗丽的博美母狗。我不知道这是只母狗，但是查理很清楚。他突然从垃圾桶后冒出头来，他觉得她很漂亮，于是他的法国血统爆发，连看在那位淑女主人松弛的眼睛里，查理都在明显地献殷勤。那个女人像只受伤的兔子般发出一声尖叫，然后像一摊泄了闸的软泥一样冲出车外，如果她的腰能够弯得够低，她一定会一把将她的心肝宝贝捞进怀里。不过她能做到的只是在查理高高的头上打了一巴掌。查理在进行求爱之前，自然又满不在乎地咬了一口那只打过来的手。我在那一刻之前，从未真正了解"震天价响"①是什么意思。首先，我并不认识"天"的单词，事后我才去查了一下词典。那位壮硕的泼妇的

---

① 英语中，to make a welkin ring，字面解释为"让整个天空都响了起来"，welkin 意为"苍穹"。

确让整个天空都响了起来。我抓住这个女人的手，结果看到她的皮肤居然毫发无伤，于是我抓住了她的狗，在我轻轻掐住这个小畜生的喉咙之前，她迅速地狠咬了我一口，把血都咬出来了。

查理觉得整件事情都非常荒谬。他在垃圾上大概尿了二十次，结束了他的这一天。

那位女士花了好一阵子才平静下来。我拿出一瓶可能会让她致命的白兰地，而她也喝下了可能会让她致命的一整杯。

在我帮查理处理了这么多善后事宜后，你一定以为他会飞奔过来帮忙，可惜他既不喜欢神经质的人，也不喜欢酒鬼。他爬进"驽骍难得"，并钻到桌子下开始睡觉。真是典型的法国佬德性。

最后，这位夫人连手煞车都没撤掉就飞驰而去，我之前酝酿半天所建立起来的一天，就这么灰飞烟灭。艾迪生在巨焰中撞毁，又笨又丑的欧巴桑也不会再惊动一摊水。一片云遮住了太阳，为大气中添加了一点寒意。我发现自己的速度比需要的还快，天空开始下起雨，冷冷硬硬的雨。我并没有对可爱的村庄投注它们应得的注意力，没多久我就已经跨入缅因州，继续东行。

我希望随便哪两个州可以一起决定速限。当开车的人刚习惯五十英里的时速时，一过州界，速限就变成了六十五英里。我真不了解他们为什么不能坐下来一起解决这件事。不过，不管怎样，所有的州都同意一件事——每一州都认为自己是美国最好的州，并在大家跨越州界的时候，用斗大的字写出这个事实。在我游览过的将近四十个州中，没有任何一个州不为自己说好话。这种做法有点粗野。让旅客自己发现这些好处应该比较好。不过话又说回来，如果没有这些自吹自擂的好话，我们也不会发现这些州究竟好不好。

路上的生活

新英格兰的过冬准备是非常不一样的。这儿夏天的人口一定相当庞大，因为普通道路与高速公路都塞满了从波士顿和纽约那种黏人的热气中逃出来的难民。现在热狗摊、冰淇淋店、古董店、鹿皮靴与鹿皮手套商店都停业大吉，许多商店还挂出了"明年夏天开业"的牌子。我永远都不会习惯沿路数千家古董店林立的情况，每家都充斥着前人留下来并经过证明的垃圾真品。我相信当初东部十三州殖民地①总人口不到四百万人，但是每家都疯狂地把他们的桌子、椅子、瓷器、玻璃、烛台，以及各种奇形怪状的铁块、红黄铜块，转变成将来可以卖给二十世纪观光客的货品。光是新英格兰沿路贩售的古董，就足够供应五千万户家庭装饰他们的房子了。如果我是个精明的生意人，而且丝毫不关心尚未出世的子孙（事实上，我的确不关心），我会把所有的垃圾和损坏的汽车收集起来，然后翻遍城里的垃圾桶，把捡回来的东西堆成一座座小山，再在上面喷些海军在暂时搁置的船只上所喷的东西。一百年后，我的子孙获准掘出这批宝藏，他们很

---

① 英国人最早在美国建立的殖民地。

快就会成为世界上的古董大王。如果我们的祖先想要丢弃的破烂现在可以带来这么多钱，那么想想看，一辆一九五四年的奥兹莫比尔轿车，或一台一九六〇年的烤面包机可以换成多少钱——还有葡萄酒混合器——老天，真是有无限的可能性！我们要付钱让人家拖走的东西竟然可以带来财富。

如果我对垃圾过度着迷，那是因为我的确对垃圾有兴趣，而且我也有很多垃圾——半个车库里全都是破旧零件。我用这些东西修补其他东西。最近我把车子停在萨格港附近的一家垃圾业者的展示场前。当我很有礼貌地看着这些库存件时，我突然发现自己的存货比他还多。由此可见我对不值钱的东西的确有一种纯正而且几乎是贪婪的兴趣。我的理由是，在这个有计划作废的时代，当某样东西损坏时，通常我能从自己的收藏品中找到东西修理——马桶、马达或割草机。不过，我想真正的原因应该是：我就是喜欢垃圾。

开始这趟旅行之前，我就知道自己在途中会每隔几天就到汽车旅馆里歇脚，主要不是为了睡觉，而是为了热乎乎、奢华的热水澡。在"驽骍难得"上，我用茶壶烧水，然后用海绵擦澡，不过在水桶里洗澡，感觉洗不干净，而且一点乐趣都没有。深浸在滚烫热水澡盆里的泡澡才是完全的欢愉。然而旅程开始没多久，我就发明了一种你可能要很长时间才能进化出来的洗衣法。这个方法是这样的：我有一个带盖子与提把的大塑胶桶，车子正常的摆动总是让这个桶子翻倒，于是我用一条结实的棉质松紧绳把桶子绑在小衣橱里的挂衣杆上，这样即使桶子里摇得昏天黑地,桶子中的东西也不会掉出来。就这样,一天过后,我会把桶子里的东西拿出来倒在路边的垃圾桶中,结果我发现桶子里的垃圾是我这辈子见过混揉得最彻底的垃圾。我想所有伟大的发明都是出自一些类似的经验吧。第二天早上,我把塑胶桶洗干净,放进两件衬衫、内衣以及袜子,加了点热水与洗衣粉,再把桶子用橡皮绳绑在挂衣杆上,这些脏衣服在桶子里可以疯狂地摇晃舞动一整天。那天晚上我在河里把衣服冲干净,你一定从来都没见过这么干净的衣服。我在"驽骍难得"里靠近窗子的地方拉了一条尼龙绳晾衣服。从那个时候开始,我的衣服都是开车的时候洗一天,第二天晾干。我甚至更异想天开地用这种方式洗起我的床单和枕头套。洗衣方式虽然讲究,却解决不了热水澡的问题。

我停在离班戈市①不远的一家郊区汽车旅馆前,租了一间房。房价并不贵。旅馆招牌上写着"冬季特惠价"。房间很干净;所有的用具都是塑胶制品——地板、窗帘、洁白的防热塑胶桌布,还有塑胶灯罩。只有寝具与毛巾是天然材质。我到街口的小餐厅去。里面也全是塑胶制品——包括桌巾、牛油碟。糖跟饼干都包在玻璃纸里,小塑胶盒中的果冻也用玻璃纸包起来。当时还不是太晚,我是店里唯一的客人。店里连女服务生都穿着可以用海绵擦拭的围裙。她并不是太高兴,但也没有不高兴。她什么感觉都没有。不过我不相信世上存在着没有感觉的人。

---

① 班戈市(Bangor),缅因州南部的城市。

即使只是为了要留住我们的臭皮囊,每个人的心里一定都藏了些什么。无神的眼睛、懒散的手、粉扑得像甜甜圈上那层糖粉一样的淡红色面颊后面,一定有一份记忆或梦想。

我抓住机会问她:"你什么时候去佛罗里达?"

"下个礼拜。"她意兴阑珊地说。但是在她令人难过的空虚中,仍有什么事情令她混乱。"喂,你怎么知道我要走?"

"我想,我看透了你的心事。"

她盯着我的胡子。"你是做表演的吗?"

"不是。"

"那看透了我的心事是什么意思?"

"也许是我猜的。那儿好吗?"

"噢,当然好!我每年都去。在那儿,冬天有很多侍应生的工作。"

"你到那儿做什么?我指玩乐方面。"

"噢,什么都不做。到处闲晃。"

"钓鱼或游泳吗?"

"不常去。就只是到处闲晃。我不喜欢沙子,会发痒。"

"钱赚得多吗?"

"那儿的人很小气。"

"小气?"

"他们宁愿把钱拿去买酒。"

"宁愿买酒,是跟什么比?"

"给小费呀。就跟夏天到这儿来的人一样。小气。"

真是奇怪，一个人的兴奋可以让整间屋子充满活力。当时还有其他人，这位女士只是其中一位，他们能够抽干所有的活力与欢乐、吸干所有的喜悦，但是却无法从中得到任何滋养。这种人在他们周围的空气中散播一种灰涩。我开车开了很长时间，也许已经没有足够的精力，而抵抗力也很差。她胜利了。我觉得又难过又凄惨，只想爬回塑胶套里寻死。她一定是个很不一样的约会对象，很不一样的情人！我试着想象她当情人的模样，但想不出个所以然来。有那么一会儿，我曾考虑给她五块钱小费，不过我晓得这么做的后果。她不会高兴。她只会觉得我是个神经病。

　　我回到自己干净的旅馆房间里。我从来不独自喝酒。那一点都不好玩。而且我认为除非哪天变成了酒鬼，否则也不会一个人喝酒。不过这天晚上我从自己的酒藏里拿瓶伏特加到旅馆房间。在浴室里，两个封上了玻璃纸的漱口杯，纸上写着："为了您的使用安全，这些杯子均已消毒处理。"马桶盖上也横摆着一张纸条，上面写着："为了您的使用安全，本马桶盖经紫外线消毒。"每个人都在保护我，真是恐怖。我扯掉了漱口杯上的玻璃纸，用我的脚亵渎了马桶盖上的封条。我倒了半个漱口杯的伏特加，一口气喝下，又倒了半杯。之后我躺进浴池深深的热水中，觉得极度凄凉，觉得天下一无是处。

　　查理也感染了我的凄凉，不过他是只勇敢的狗。他走进浴室，然后这个老笨蛋就像只小狗一样玩着地上的塑胶踏垫。他的个性多有力量！多好的朋友！接着他冲到门边拼命叫，就好像打算要袭击我。如果不是满地的塑胶,他的袭击很可能已经成功了。

我记起了一个在南非的阿拉伯老人,他的手从未碰过水。他请我喝了一杯用玻璃杯盛的薄荷茶,玻璃杯因为使用过于频繁,已变得一点都不透明,但是他递给我的是友谊,那杯茶也因为友谊而变得极为可口。当时没有任何的保护,但是我的牙没有掉,身上也没有出现什么持续的疼痛。因此我开始自定一个关于保护关系与独立的新法则。一个悲哀的灵魂杀死你的速度,比一个细菌要快,而且快得多。

如果那时查理没有摇着身体,上下跳动地对我说"夫特",我可能已经忘了他每天晚上都要吃两片狗饼干,以及散一个可以令他头脑清楚的步。我穿上干净的衣服,跟他一起走进由繁星交织而成的夜晚。北极星也出来了。这一辈子,我只见过几次北极星。北极星挂在那儿,在固定的位置里庄严地移动,像个永恒的旅者,在无穷的舞台上,抢尽了其他星星的风头。在夜晚的衬托下,北极星带着红紫的色彩移动、跳动,因冰霜而更显明亮的星光就这么照穿了它。在我如此迫切需要北极星导引的时候,这是多么棒的景致!有一会儿,我不晓得是否应该抓住那位女服务生,朝她的屁股踢一脚,让她来看看这幅景色,不过我现在一点都不在乎了。她大可以让永恒与无限全都溶解,并从指缝中流逝。空气中有一种属于冰霜的甜美刺痛感,在前面带路的查理,向一整排修剪过的水蜡树仔细地致敬,一路走一路撒尿。当他回到我身边时很开心,同时也为我感到高兴。我给了他三块狗饼干，弄乱了消过毒的床，然后走到"驽骓难得"里去睡觉。

无法描述的世界

在往西的路上往东走，颇符合我的行径。我一直都是这个样子。我有个去鹿岛的好理由。我的老朋友兼同事伊丽莎白·奥蒂斯每年都会去鹿岛。当她提起这个地方时，眼睛里总流露出另外一个世界的眼神，言语也变得完全不知所云。当我计划这趟旅程时，她说："你当然得在鹿岛停一停。"

"不顺路。"

"胡说。"她用一种知之甚详的语气说。她的语气和态度告诉我，如果我不去鹿岛，最好这辈子就别在纽约露脸了。之后她打了通电话给去鹿岛时常住在一起的艾莉诺·布雷斯小姐，事情就这么定了。我也就这么被定了下来。我对鹿岛的唯一了解就是那是个无法用言语形容的地方，但是如果我不去，那我一定是疯了。除了这些原因外，还有一位布雷斯小姐在等着我。

在大量的交通与卡车阵、鸣叫的喇叭与变换的灯示中，我在班戈市完全迷失了方向。我依稀记得自己应该上美国高速公路，我找到了路，却掉转方向，回头往纽约开了十英里。我有详细的书面指示告诉我该如何到那儿，不过不晓得你有没有注意过，一个知道路的人所给的指示，即使非常正确，通常也只会让人迷路得更彻底？我在大家都说不可能迷路的南极艾斯沃斯高原也迷过路。路愈来愈窄,伐木卡车从我旁边呼啸而过。虽然我后来找到了蓝山与塞奇威克①,但我整天都在迷路。在那个令人绝望的午后稍晚些时候,我把车停了下来,走近一位威严的缅因州州警。多魁梧的家伙啊,刚硬的跟波特兰市采出来的石头一样,真是未来骑马雕像的完美模特儿。不晓得将来雕刻出来的英雄是开着石雕吉普车还是巡逻车?

"警官,我好像迷路了。不知道您是否可以指引一下?"

"你要去哪儿?"

"我想要去鹿岛。"

他仔细端详着我,直到他确定我不是开玩笑时,才摇着屁股,指着对街一小段绵延的开阔河流,连话都懒得说。

"那就是了吗?"

他的头从上到下点了一下,然后就停留在下面的位置。

"那么,我该怎么到那儿去呢?"

以前常听说缅因州的人沉默寡言,不过对这位在一个下午用手指引了两次路的拉什莫尔山②警官而言,寡言对他都是令人难以忍受的多话。他抬了抬下巴,朝我曾经经过的地方画出了一个小弧线。如果不是那天下午忙着赶路,我一定会继续尝试让他开口说话,就算最后失败也认了。"谢谢。"我说,听起来

---

① 蓝山(Blue Hill)与塞奇威克(Sedgwick),两个地方都位于缅因州。
② 拉什莫尔山(Mount Rushmore),南达科他州西部黑山地区,海拔一九四三米。为美国一处国家纪念地,以其四座美国总统(华盛顿、杰斐逊、罗斯福、林肯)巨型雕像闻名。

好像一直是我在自言自语地念叨。

一开始是一座非常高的铁桥，高高的弧线就像一道彩虹，之后再穿过几座架设在S形弯道上的矮石桥，我就到鹿岛了。我手上的书面指示说我必须在每个岔路右转，而"每个"这两个字下面还画了线。我爬过一座山丘后往右转，顺着一条较小的路进入一片松木林，接着又在每条窄路的路口往右转，循着地面松针上的轮胎轨迹前进。一旦过了这段路，你会觉得简单极了。我根本不相信自己可以找到那个地方，不过就在一百码之内，出现了布雷斯女士住的老旧大房子，而且她已经在门口准备迎接我了。我让查理先下车，突然间，一道愤怒的灰色线条烧过松树间的空地，飞奔进屋。那是乔治。他并不欢迎我，更不欢迎查理。我从未好好地端详过乔治，但是他愠怒的气息却无所不在。乔治是一只灰色的老猫，他累积了许多对人、对事的愤怒，这种怒气强烈到即使他藏身在楼上，你也可以感受到他传达出来希望你离开的愿望。如果有一颗炸弹落下，消灭了所有的生物，只剩下布雷斯女士，乔治一定会非常开心。如果世界可以依照他的愿望设计，这就是他要的世界。他永远都不会知道查理对他的兴趣纯粹出于好奇；如果他知道的话，他一定会更加愤世嫉俗，因为查理对猫一点兴趣都没有，连追都懒得追。

其实我们并没有给乔治带来任何麻烦，因为连着两天晚上我们都睡在"驽骍难得"里，不过我听说，每当有客人睡在屋里，乔治就会钻进松林，一面从远处监视，一面抱怨心中的不满、喃喃倾诉他的嫌恶。布雷斯女士也承认乔治一无是处，不管养猫有什么好处,乔治都不具备。他不是个好伴侣、没有同情心,而且几乎没有任何美丽的价值。

"或许他会抓老鼠。"我主动帮忙地提出。

"从来没抓过,"布雷斯女士说,"连想都不会想。还有,你知道吗?乔治其实是只母猫。"

我必须约束查理的活动,因为乔治看不见的身影几乎无所不在。在以前那种大家都比较了解巫婆与妖精的较开明的年代里,乔治的下场一定免不了是在营火中了结他或她的性命,因为如果世上真有妖精这种魔鬼的使者与邪魔的伙伴,乔治一定有份。

鹿岛的怪异,连不敏感的人都感受得到。如果一个长年来一直造访此地的人都无法描述这个地方,仅待了两天的我又能做什么呢?这是个像窝在缅因州胸膛里的乳兽一样的小岛,不过缅因州有许多这样的小岛。受到庇护的幽暗河水似乎要将光线全部吞没,我曾经见过这样的景色。松树沙沙作响,风呼啸过开阔的乡野,就像达特穆尔①一样。不论在外观或建筑上,鹿岛的主要城镇斯托宁顿一点也不像美国典型的城镇。这儿的房子一层层地沿着海湾平静的海水往下盖。这个城跟多塞特县②海岸的莱姆里杰斯③很相似,我敢打赌最早到这儿来定居的拓荒

---

① 达特穆尔(Dartmoor),英格兰的国家公园,位于英格兰南部德文县。以花岗岩山崖和悬垂栎树著名,有几处铜器与铁器时代的遗迹。
② 多塞特县(Dorset),位于英国西南部,临英吉利海峡。
③ 莱姆里杰斯(Lyme Regis),位于多塞特县西部,海岸城市,又称"多塞特县之珠"。

者，一定不出多塞特县、萨默塞特县①以及康沃尔县②这三个地方。缅因的语言跟英国西部乡间的语言很像，双元音的发音法就跟典型的英国人一样，不过这种相似在鹿岛更是明显。布里斯托尔海峡③以南的海岸居民都很神秘，或许都会魔法。那儿的居民眼睛后面藏着一切事物，隐藏得如此之深，或许甚至连他们自己都不晓得他们有这些秘密。这也是鹿岛人的写照。简单地说，这个岛上的人就像阿瓦隆乐园④中的人民；你不在的时候，他们一定也消失不见。或者拿缅因猫⑤来作例子，这种无尾的大猫，身上披着黑条纹的灰色毛皮，这是他们被称为浣熊猫的原因。这些大猫都是野生动物；他们住在森林里，非常凶暴。有时原住民会带回一只幼猫扶养，对这位原住民来说，这是一种乐趣，几乎是一种荣耀，但缅因猫绝少会被驯服，甚至连驯服的边都不可能沾上。你随时都可能被抓或被咬。这些猫显然都属于曼克斯品种⑥，即使与家猫混种，产出的仍然是无尾的后代。据说某些船的船长把缅因猫的远祖带到这个地方后，这些猫很快就变野了。不过我却很好奇这些猫怎么会这么大。它们比我见

---

①　萨默塞特县(Somerset)，位于英国西南部。
②　康沃尔县(Cornwall)，位于英国西南部。
③　布里斯托尔海峡(Bristol Channel)，威尔斯与英格兰西南部之间的海峡。
④　阿瓦隆乐园(Avalon)，神话中西海的一个岛上乐园，为亚瑟王与其他英雄的葬身之处。
⑤　缅因猫(coon cat)，直译为浣熊猫。
⑥　这是源自于英吉利海峡曼岛上的猫品种，出现在十八世纪以前。无尾与"兔子跳"的步伐是这种猫的特色。毛色与图案多样。

过的任何一只曼克斯猫都要大上两倍。会不会是它们曾跟山猫混种？我不知道，没有人知道。

斯托宁顿的海岸有许多夏天的船只被拖上岸保管。不只这里，连附近的海口都有非常大的龙虾塘，里面爬行着来自暗沉海水里的暗壳龙虾，这些是世界上最好的龙虾。布雷斯女士订购了三只大龙虾，她说每只不到一磅半，那天晚上，这些龙虾毫无疑问展现了它们的绝佳美味。没有比这更好吃的龙虾了——仅用水煮，没有任何精心设计的酱料，只佐以融化了的奶油与柠檬，就已经天下无双了。这些龙虾即使是活的，不论陆运或空运，只要离开它们黑暗的居所，就会流失美味。

我在斯托宁顿的一家半五金、半船上杂货的绝妙小店里，为"驽骍难得"买了一盏罩着锡质反射镜的煤油灯。之前我一直担心丁烷气不知道什么时候会用完，到时候我要如何在床上看书？我把买来的煤油灯架拴在床边的墙上，并把灯芯修剪了一下，让照出来的光变成一只金色的火焰蝴蝶。在旅程中，这盏灯除了当作照明设备外，还常常散发温暖与增添色彩。这盏灯跟我小时候所有牧场房间中的灯一模一样。虽然老一辈的人都说用鲸油烧出来的光更美好，但我还是认为这是我见过的设计最令人愉悦的灯光。

我已经坦承自己无法描述鹿岛。这个地方有一种言语无法触及的东西。但是这些东西后来却会一直跟着你，更有甚者，有些你根本不晓得曾经见过的东西也会在你离开后跟着你。有件事我记得很清楚：或许是因为季节的光线特质，也或许是因为秋天的清澄,鹿岛所有的东西都显得突出而醒目——一颗石头、沙滩上一块经海水洗磨的圆形残木浮枝或一线屋顶的轮廓。即使每株松树都属于树林的一部分,却也各自傲然独立。如果就这个题目吹个很大的牛皮,我能不能说人类也有同样的特质呢?我能肯定的是,自己从未遇过如此个性鲜明的人,如果真的碰到这种人,我一定非常不愿意去强迫他们做他们不喜欢的事。我听过许多关于这个岛的故事,也听过很多沉默的建议——我记得这是个小岛,不是个大岛。在这儿,我只想举出一个土生土长的缅因人曾给我的劝告,不过我不会透漏这个人的名字,以免遭他报复。

"千万不要向缅因人问路。"他这么告诉我。

"为什么?"

"不知道为什么,我们觉得指引别人错的路很好玩,这么做的时候我们绝对不会露出笑意,不过肚子里却在大笑。这是我们的天性。"

不晓得这是不是真的。我永远也无法去测试这个说法,因为在我自己的努力下,即使没有人协助,我大部分的时间也都处于迷路状态。

只要提到"驽骍难得",我都会露出赞许,甚至迷恋之情,不过我对一般的露营卡车却没有这种好感。这是一辆新款车,配备强而有力的六缸引擎,还有自动变速器以及一个超大型的发电机,在必要的时候提供车内的灯光。车子冷却系统里装的防冻剂,足够让这辆车抵抗极地气候。我一直认为美国生产轿车的目的在于消耗，为了让大家不得不更换新车。但卡车却完全不同。卡车司机比轿车车主需要多好几千英里的良好服务。配件、装备或小玩意都无法迷惑卡车司机，他们也不会因身份地位或必须打肿脸充胖子的面子问题而每年换车。我这辆卡车的每个配件都耐用耐磨。这辆车的车架重，金属牢固，引擎又大又结实。当然，在更换机油与润滑油方面，我也算尽了善待这辆车的责任，没有硬把车子开到它的极限，也没有强迫它像跑车一样大跳有氧舞蹈。这辆车的驾驶室采用了双层内壁，并配备了一台很好的暖气。经过一万多英里的行驶回家后，车子引擎正好处于驾驶操作最顺手的巅峰状态。而且在整趟旅程中，这辆车连一次熄火或不顺的情况都没有发生过。

　　我往北开到了缅因州的海岸边，穿过米尔布里奇市、阿迪森市、马柴厄斯市、佩里市与南罗宾斯顿市①，直到没有海岸线为止。我从不知道，或者我已经忘了缅因州多么像一只伸进加拿大东部新不伦瑞克省②的大拇指。我们对自己的地理知之甚少。你知道，缅因州向北伸展，几乎正对着圣劳伦斯河③河口，它北方的州界或许在加拿大魁北克省北部。另外一件很自然就被我遗忘的事情是美国有多么不可思议的广大。当我穿越这些小镇往北走时，愈来愈多的森林往地平线边开展，季节快速变

---

① 以上均为缅因州的海岸城市。
② 新不伦瑞克省（New Brunswick），加拿大东部一省。西接美国，东临圣劳伦斯湾，南濒芬迪湾。
③ 圣劳伦斯河（St.Lawrence），加拿大东部大河，美国五大湖的水均注入此河。

化,完全失掉了调和。或许是因为我远离了海洋规律的掌握,也或许是因为我往北走了很久,这儿的房子都呈现着一种被雪蹂躏的面貌,还有许多遭到压垮或弃置的屋子,被寒冬压迫成一抔尘土。除了现有的城镇外,这儿很明显有过人口聚集的迹象,那些人曾在这儿居住、耕作,留下踪迹,然后从这儿被驱离。森林开始往后倒退,以前农场货车曾经出没的地方,现在只剩下呼啸而过的大型伐木卡车。猎物也都回来了;鹿在路上闲晃,还有熊留下的标记。

这儿的风俗、观点、神话、趋势以及改变,似乎都属于美国架构的一部分。我提议讨论以下这些话题,是因为这些层面是第一个引起我注意的动力。进行这些讨论的时候,你可以想象我不是沿着某条小路打转,就是把车停在一座桥后,再不然就是正在煮一大锅的青豆与腌猪肉。要讨论的第一件事与打猎有关。如果有必要,我绝不会逃避打猎,因为开放狩猎的期间让秋天更闪亮动人。我们的许多处事态度都遗传自近世祖先,他们就像圣经里跟天使角力的雅各一样①跟这块大地搏斗,最后也获得了胜利。从我们祖先的身上,大家相信每个美国人都是天生的猎人。因此每年秋季都有许多人出发,想要证明即使自己没有天分、未经训练,又缺乏知识或练习,仍是来福枪或猎枪的神枪手。结果当然很恐怖。从我离开萨格港的那一刻起,枪支就对

---

① 根据圣经故事,雅各在与哥哥以扫见面的前一天晚上,与天使发生争执。在黎明时分,雅各赢得了胜利并坚持要天使给予他祝福。于是天使给了他一个新的名字当作祝福,这个名字就是以色列。

准迁徙的野鸭发射，当我在缅因州境内行驶的时候，森林里传来的来福枪声足以吓跑所有不知道发生了什么事情的美国大兵。这种行径注定也要让我这个猎人冠上一个臭名，不过我得立刻声明，我并不反对猎杀动物。我觉得，总得有什么来猎杀它们。年轻时，我常常顶着刺骨的寒风匍匐好几英里，只为了享受射杀一只连泡在盐水里都很难吃的泥鸡那种单纯的荣耀时刻。除了肝，我对鹿、熊与麋鹿的肉并没有太大的兴趣。然而食谱、药草、酒这些美食的必要前置物品，可以把一只破鞋变成老饕的喜悦。如果我饿了，不论地上跑的、爬的，天上飞的，甚至是这些动物的亲戚，我都会非常高兴地猎杀，然后用牙扯开它们的肉大啖一番。然而促使上百万全副武装的美国男人，在每年秋天走进森林与山间的动机并非饥饿，这个事实从心脏病发作的猎人的庞大数量就可以证明。狩猎的过程一定跟男子汉的刚毅之气有相当大的关系，但我不太了解其中真正的关系。我知道很多厉害的猎人知道自己在做什么；但更多的猎人是喝饱了威士忌、装配了强大火力的过重男士。他们对着所有会移动或看起来可能会移动的东西开枪，这些人若成功地彼此射杀，那么一定可以预防人口暴增的问题。如果伤亡者真的只限于他们这群人之间，也不会有任何困扰，问题是，他们对牛、猪、农夫、狗和高速公路路标的屠杀，使得秋天变成了一个旅游的危险季节。居住在纽约州北部的农场主人，用黑色的大字在他的白色母牛两侧写上"牛"，不过猎人还是照样猎杀不误。当我开车穿过威斯康星州时，有位猎人开枪射穿了他向导的胸腔。验尸官问这位猎人：

"你以为他是只鹿吗？"

"是的，先生，我的确以为他是只鹿。"

"但是你并不确定他是不是只鹿。"

"嗯，不确定，先生。我想我并不肯定。"

缅因州这种枪林弹雨的情况，当然让我很担心自身的安全。狩猎季开放的第一天就有四辆轿车被子弹击中，不过我最担心的还是查理。我知道鬈毛狗对某些猎人来说，活脱脱就像一只麋鹿，因此我必须想办法保护查理。"驽骍难得"里有一盒可丽舒纸巾，那是别人送给我的礼物。我用橡皮筋把红色的纸巾绑在查理的尾巴上。每天早晨我都会重新整理查理的小红旗，而他就这么戴着他的小旗在枪林弹雨的环境下跟着我一路往西走。这么做并不是为了要制造笑料。收音机一直在警告大家不要随身携带白色手帕，因为有太多猎人把挥动的一小片白色当成是鹿逃跑时晃动的尾巴，然后对准白色目标开枪，藉以解决自己头脑不清的毛病。

我们拓荒祖先流传下来的这种行为当然不是新鲜事。当我还是个住在加州萨利纳斯附近农庄里的孩子时，有一位中国厨师李先生，总是能定期从这些传统行为中得到好处。当时在离我们不太远的屋脊上，有一棵凭藉着两根破枝干杵在旁边的美国梧桐木。这根带斑点的褐黄色残木上的弹孔，引起了李的注意。他于是在这根残木的两边钉上一对鹿角，然后把木头竖在他的小木屋上，一直到狩猎季节结束后，再把所有的铅弹从旧树枝上挖出来。有些时候他可以取出五六十磅的铅。这虽然不是什么大财，但总不无小补。几年后这根残木被打烂了，李又用四个装了沙的麻布袋和同样的一对鹿角代替。结果这样做，反而更容易收成。如果他能做五十个这种沙袋，一定就发财了，不过李是个很谦虚的人，他对大量制造没兴趣。

法裔加拿大雇农

缅因州似乎无止境地延展。当培里①接近他以为是北极的地方时，一定有着和我相同的感受。我想看看阿鲁斯图克县这个缅因州北部的大县。美国有三大马铃薯培育区——爱达荷州、长岛的萨福克县以及缅因州的阿鲁斯图克县。很多人都向我提过阿鲁斯图克县，但我从未碰到过真正在那儿住过的人。我听说那儿的谷物都是雇用法裔加拿大人收割，这些人在收成时会蜂拥而至穿过边界。我驶过的路不断穿过森林区，还经过了好几个尚未结冰的湖。我尽可能选择森林小道，因为这些路不会给人想加速的感觉。气温开始上升，雨也开始下个不停，所有的森林都在哭泣。查理的身上一直都没干过，闻起来就像一条发霉的狗。天空是那种潮湿的灰铝色，在这张半透明的盾罩之上，太阳没有一点要出来的意思，因此我也无从判断方向。在一条弯曲的路上，我走的方向可能不是我想去的北方，而是东方、南方或西方。青苔长在树皮北面这个老掉牙的假资讯，在我

①　培里（1856—1920），美国海军军官与北极探险家。

当童子军的时候就骗过我一次。事实上青苔是长在树皮阴暗的那一面，不一定是哪一面。我决定在下一个镇买个罗盘，但我走的这条路没有任何下一个镇。夜色罩下来，雨水打鼓似的敲着车子的铁皮顶，雨刷呜咽地泣诉一道道弧线。深沉的大树列在路旁，紧贴着碎石路。似乎已经好几个小时没有与任何车辆交错，也没有看到任何路边的民房或商店了，因为这个县的方向是在森林那边。一种孤独的寂寞感在我身上安顿下来——几乎是一种令人害怕的寂寞。又湿又冷的查理蜷曲在他座位旁的角落里，没有带给我任何友谊的安抚。我把车子停在一座水泥桥后，却无法在这段斜坡的路旁找到平坦的泊车之处。

连车上的小屋都凄凉而潮湿。我把瓦斯灯扭到最亮、点亮了煤油灯，还点燃了炉子的两个炉嘴，尝试把寂寞驱逐出境。雨继续敲着车子的铁皮顶。在雨鼓声中，我似乎听到了其他的声音，就好像是一大群人在舞台后喃喃说话的声音。查理显得焦躁不安。他并不是警告性地吠叫，而是一种生气的咆哮与不安的低哼，这些举动都非常反常，除此之外，他既不吃晚餐，也完全没碰水碗——通常查理每天要喝下跟他体重同等分量的水，因为他消耗的水分很多。我完全屈服在自己的孤独感下，因此做了两份花生酱三明治吃下肚后，就上床写家书，把寂寞散播出去。不一会儿，雨停了，树上的水往下滴，我自己吓自己地在心中产生了一大堆神秘的危险感。噢，即使自认见多识广、信心十足，相信天底下没有什么解释不通的事情，我们仍会把许多恐惧安置在黑暗中。我完全相信四方向我涌来的黑暗事物，不是不存在，就是没有危险，但是我依旧感到害怕。我在想，当人类知道黑暗中存在着什么致命的东西时，夜晚会变得多么可怕。但事实并非如此。如果我知道有什么东西在那儿，我就会用武器、符咒、祷文或结合某种势均力敌但站在我这边的武力联盟来对抗。但如果确知外面什么都没有，只会让我不知所措，或许也因此更让我感到害怕。

很久以前，我在美国加州的圣塔克鲁斯山脉拥有过一个小农场。那儿有个由巨大的北美南石形成的树林，大树枝桠在空中交错，遮掩着下面一潭如假包换的幽暗泉水湖。如果世上真有鬼怪出没的场所，小湖一定有鬼怪，叶缝中滤过的微暗光线，以及从不同角度所产生的错觉都会让人有这样的感觉。那时我雇用了一名菲律宾山地人，身材矮小、皮肤黝黑、沉默寡言。他也许是毛利人。我想一定是部落体系的关系，他认为看不到的东西也是真实世界的一部分。有一次我问这个家伙是不是不怕鬼怪出没的地方，而且特别不怕夜晚时分。他说他不怕，因为好几年以前，有一位巫医给了他一个抵抗邪灵的护身符。

"让我看看那个护身符。"我央求他。

"是一段话。"他说，"这是个用说的护身符。"

"你可以说给我听吗？"

"当然可以，"然后他用单调而低沉的声音说，"In nomini Patris et Fillii et Spiritus Sancti。"

"这是什么意思？"

他耸了耸肩。"我不知道，"他说，"这是对抗邪灵的一个护身符,所以我一点都不怕邪灵。"

我从这句话中听出了一些听来很奇怪的西班牙文,但无疑这是他的护身符,而且对他非常有效。

这个哭泣的夜晚,我躺在床上尽最大努力看书,希望能赶走那份凄凉,然而即使我的眼睛在字里行间游移,耳朵却依然倾听着夜晚的动静。快睡着的时候,突然有个新出现的声音让我惊跳起来,我猜那是脚步声,平稳地在碎石路上移动。我起身从墙上取下了三〇—三〇的卡宾枪①,贴着"驽骍难得"的门边再次倾听——我听到脚步声从更近的地方发出。接着查理发出了警告的狂吼,这时我打开车门,用手电筒照着路面。外面是个穿着靴子与黄雨衣的男人。手电筒的光把他一动也不动地钉在原地。

"你要干什么?"

他一定吓了一跳。因为过了一会儿他才回答。"我要回家。我家在路的那一头。"

这时我突然觉得整件事情非常可笑,是那种事情接二连三叠在一起的荒谬模式。"你要不要进来喝杯咖啡?或喝杯酒?"

"不用,已经很晚了。如果你可以把手电筒从我脸上移开,我就可以继续往前走。"

我一关掉手电筒,他就消失了,不过他的声音却传了过来:"现在想想,你在这儿干什么?"

----

① 口径为点三〇厘米,枪管长九十厘米。

"露营，"我说，"只在这儿过一晚。"然后我回到车子里，倒头就睡。

醒来的时候，太阳已经高挂在天，世界重新开始，闪闪动人。天底下有很多不同的世界，就像有各种不同的日子，就像猫眼石会变换色彩与光泽来配合一天的特质一样，我也不例外。夜晚的恐惧与孤寂都离我如此遥远，远得让我几乎忘了它们曾经存在过。

就连全身脏兮兮、盖满了松针的"驽骍难得"似乎也是雀跃地跳上了路。这时，湖泊与树林之间夹着旷野，而旷野上全是马铃薯喜爱的易碎性粉状土壤。设有装货平台的卡车满载着空马铃薯篓在道路上穿梭，自动马铃薯挖掘机则长长地翻挖出一列列的淡皮块茎。

西班牙文里有一个我在英文中找不到合适对应的词。这个词就是动词 vacilar①，它的现在分词是 vacilando。这个西班牙文单词跟英文的 vacillating② 一点关系都没有。如果一个人 vacilando，那表示那个人要去某个地方，不过并不太在意去哪儿，或者即使他有个目标，也不在乎能不能抵达目的地。我的朋友杰克·瓦格纳在墨西哥就常常处于这种状态。这样解释吧，我们想在墨西哥市的街上走，但并不是毫无目的地走，我们想找到某种几乎可以确定这儿根本就没有的物品，而且开始勤奋寻找。

我想要在西行之前到缅因州的屋脊去开始这趟旅程。这样

---

① 意为"摇摆、摇晃、闪烁"。
② 意为"犹豫不决"。

似乎给了这趟行程一个计划,世界上的所有事情都必须有计划,否则就会遭到人脑的排斥。然而除此之外,每件事情还必须有一个目的,不然就会被人类的对错观念扬弃。缅因州是我的计划,马铃薯是我的目的。如果我没有见到任何一颗马铃薯,那么我就没有恪尽一个 vacilador 的职责。结果我看到了比需要亲眼所见的更多的马铃薯。我看到成山——成海——的马铃薯,数量之多,你会以为比全世界人口一百年所能消耗的马铃薯还要多。

我在这个国家见过许多来帮忙采收农作的雇农移民:印度人、菲律宾人、墨西哥人以及一些离开自己州境的流动雇农。缅因很大一部分的雇农,是在采收季节跨越边界的法裔加拿大人。这让我想到以前迦太基人雇用佣兵替他们打仗,我们美国人也用雇农来替我们做这些又辛苦又卑微的工作。我希望那些不太高傲、不太懒惰、愿意向大地低头采收我们食物的人,有朝一日不会将我们全部淹没。

这些法裔加拿大人都是吃苦耐劳的人。他们以一个家庭或好几个家庭,甚至以家族为单位移动:男人、女人、男孩、女孩,连小娃娃都在内。他们之中只有婴儿不采收马铃薯,大人把他们放在篓子里。美国人负责驾驶卡车,并用绞盘和一种吊艇架把装满马铃薯的篓子吊上卡车。接着他们把车开走,把农作储藏在马铃薯仓中,马铃薯周围会堆上高高的土,以防冰冻。

我对法裔加拿大人的知识全都来自动作片,这些片子大多都由尼尔森·艾迪与珍妮特·麦克唐纳主演,他们的台词里有大量的"By gar"①。但奇怪的是，我从未听到任何一位采马铃薯的人说过"By gar"，他们一定也都看过那些电影，所以知道怎么正确发音。工作的妇女与女孩通常都穿着灯芯绒的裙子与厚毛衣，头部用色彩亮丽的围巾包起来，以防御田里的尘土，这种土连最微弱的风都吹得起来。这些人大多都以罩着暗色防水帆布的大卡车当作交通工具，但也有一些拖着活动房屋的拖车以及几辆像"驽骍难得"这样的露营用汽车。有些人晚上睡在卡车与拖车中，也有人在令人愉快的地方扎营。从他们烹煮食物的营火那儿传过来的味道，显示他们并没有失去法国人做汤的天分。

幸好他们的帐篷、卡车以及两辆拖车都停在一口清澈而可爱的湖的旁边。我把"驽骍难得"停在离他们大概九十五码远的地方，也在湖边。停好车后，我煮上咖啡，把已经在洗衣垃圾桶里待了两天的衣服拿到湖边漂洗。我们对陌生人的观点总是神秘地出现在脑子里。我当时正处在营区的下风处，所以他们做的汤的香气飘散到我这儿来。就我的知识范围来看，那些人或许是杀人凶手、虐待狂，也或许是残暴成性、又丑又蠢的次等人类，但是我发现当时自己竟然想着："多么有趣的人，这些人又有天分又美丽。真希望认识他们。"而这些想法全都奠基于汤的美味。

在与陌生人建立关系这方面，查理是我的外交大使。我放了他，他立刻朝目标游荡过去，或者我该说他朝着可能在准备晚

---

① 标准英文的发音为 By God，即老天爷的意思。

餐的目标移动。我把他拉了回来，怕他会打扰到邻居——不过成了！小孩子也可以达到同样的效果，但是狗的效果更佳。整个事情的发展就如一本经过周全排练的试验性脚本所能期待的结果一样顺畅。我把狗放了出去，然后趁着他正进行任务的时候，掌握时间喝了杯咖啡。接着再散步到营区，把邻居从我那不太懂廉耻的赖皮狗的打扰中解救出来。他们都长得很好看，不算孩子的话，一共是十二个大人，三个很漂亮的女孩，她们正在吃吃地笑，两位丰满的妇人，另外一位带着孩子的妇人身材比前两位更丰满，还有一位大家长，两位连襟，以及几个年轻人，这几个人正在往成为连襟的路上努力。不过负责管理这群人的领导是一位大约三十五岁的英俊家伙，宽阔的肩膀、柔软的身躯，唇红齿白得像个女孩，他有一头清爽的黑色鬈发。

这只狗没有带来任何麻烦，他说。真实情况是他们还说查理是一只漂亮的狗。当然，身为他的主人，即使查理有缺点，我也会对他有所偏爱，不过除此之外，查理还有一项大多数狗都望尘莫及的优势：他是一只法国土生土长的狗。

这群人围了上来。三个女孩子的笑声立刻因领导人海蓝色的眼睛，以及大家长附和的谴责嘘声而终止。

是真的吗？法国的哪里？

柏西，巴黎的郊区，他们知道吗？

不知道，很遗憾，他们从未去过他们的祖国。

我希望他们能有机会弥补这个遗憾。

他们从查理的举止上就应该知道他是一只法国狗。他们很羡慕地观察着我的轮盘。

车子简单而舒适。如果他们方便的话,我很乐意为他们介绍。

我很客气。他们很想了解这辆车子。

如果你以为这些客气的话全都是法文,那你就错了。他们的首领说得一口纯正而谨慎的英文。唯一用到的法文单词是roulote（轮盘）。他们之间的对话用的是加拿大法文。反正我的法文程度也很可笑。你误会了,想要建立和善的关系,有一小部分必须奠基在这种客套语气上。我把查理叫回身边。我可以等他们吃完晚饭再过来吗？我从营火上闻到的味道判断,他们该吃晚饭了。

他们届时会来打扰。

我回去整理小屋,热了一罐墨西哥辣椒与牛肉罐头吃,并确认过啤酒依然是冰的,我甚至还采了一束秋叶放在桌上的牛奶瓶中。有一长条为了应付这种场合准备的纸杯,在出发的第一天就被飞跃的词典压扁了,不过我用纸巾折了很多纸盘。筹备聚会还真是麻烦。没多久,查理用吠叫声欢迎客人进门,我就在自己的屋子里招待他们。桌子后面可以挤进六个人,于是便有六个人挤了进来。我身边站了两位,另外后门也点缀了好多小孩子的脸。他们都是很好的人,但都相当拘谨。我为大人开了啤酒,为小孩子准备了汽水。

一段时间过后,这些人告诉了我相当多关于他们的事。他们每年都会穿越边界过来采收马铃薯。因为每个人都工作,所以可以小赚一笔财富过冬。他们在边界移民官那儿有没有碰上麻烦？嗯，没有。移民的规定在农收期间似乎都放宽了，另外，抽取他们一小部分收入的发包厂商也会让过程顺畅。不过这些雇农并没有真正付钱给发包商。发包商直接向农人收款。这几年我认识了不少移民——法裔加拿大人、非法偷渡的墨西哥人，还有移居到新泽西与长岛的尼亚加拉瓜人。不论我在哪儿见到这些移民，他们背后永远都有个为了酬金帮他们打通关节的承包商。许多年前，美国农场主试着招揽比实际需要的更多的劳工，藉以降低工资。不过这招现在好像不管用了，因为政府相关部门只开放所需的劳工数量，并维持最低薪资。另外还有些季节性工人，因为贫困与迫切的需要而四处迁移以及应聘季节性的工作。

当然那天晚上的客人既未受到不公平的待遇，也没有迫切的需要。这个家族把自己位于魁北克省的小农庄暂时搁置在旁，跨过边界来这儿赚些储备金。他们甚至还带着一点度假的感觉，几乎就像从伦敦与英格兰中部城市来美国采麻和草莓的人。我的客人都是身体健壮、家境小康、有能力照顾自己的人。我又开了些啤酒。经过了一个寂寞的夜晚，处在亲切、友善又谨慎的人之中，感觉很好。我从这种感觉良好的深井中汲取泉源，用自己洋泾浜的法语发表了一个小小的演说。开场是这样的："各位。我从美丽的法国——特别是夏朗德河流域①——为你们带来了一件珍贵的纪念品。"

---

① 夏朗德河流域（Charente），法国中西部，此流域主要以葡萄园著称。

他们似乎吃了一惊，但依然表现出浓厚的兴趣。接着他们的首领约翰把我的演讲词慢慢翻译成高中水平的英文，然后再翻译回加拿大式法文。"夏朗德?"他问。"为什么是夏朗德?"我弯下腰，打开了水槽下的一个小柜子，举起一瓶我带在身边以备碰上婚礼、冻伤或心脏病发作时使用的白兰地，这瓶酒年份非常久远而且颇具名气。约翰用那种虔诚基督徒对待圣餐般的虔诚态度研究酒瓶上的标签。他说的话也相当恭敬："老天爷，"他说，"我都忘了。夏朗德——那是干邑①的所在地。"接着他开始细读这瓶酒原产地的可能出厂年份，然后又再次轻声重复之前说的那句话。

他把这瓶酒递给坐在另一侧角落的大家长，这位老人甜美地张口笑了，我第一次看到他的门牙全都掉光了。约翰的连襟像只公猫般从喉咙里发出了低低的吼声，而大腹便便的女士们则像一群海鸥对着阳光高唱一样兴奋不已。我一边准备酒杯——三个塑胶咖啡杯、一个果酱杯、一个刮胡子时用的马克杯以及数个宽口的药罐子，一边递给约翰一把开瓶器。我把他们杯子里的东西全倒入一个炖锅，打开水龙头冲掉了杯子里的麦芽味。这瓶酒年份非常非常久远，从第一声"干杯"以及第一口发出喷嘴声的啜饮，我们感受到了男人之间的兄弟之情正在增长——还有姐妹之情——一直到"驽骓难得"的屋子里到处弥漫着这份感情。

---

① 干邑（Cognac），法国最著名的白兰地产地，位于夏朗德河流域。

他们婉拒第二杯，不过我坚持要请他们喝。倒第三杯的理由在于留下的酒不多，没有必要存放。大家手上第三杯所分到的几滴酒，让"驽骍难得"笼罩在一种欢欣的人类魔力当中，而这种魔力足以庇佑一间屋子或者一辆卡车——聚集在一起的九个人沉浸在完全的无言中，九个个体构成了一个完整的整体，就像我的手脚都是我的一部分，既是个别存在，也是无法分割一样。"驽骍难得"从此罩上了一层永远也剥离不了的灿烂。

这种组合无法持久，也不应该持久。大家长发出了某种信号。我的客人从他们各自位于桌子后头的拥挤座位上挣扎起身，他们的道别像他们应有的态度般简短而正式。告别之后，他们走进夜色，首领约翰提着一盏锡制的煤油灯，照亮回家的路。大人夹在想睡觉而脚步蹒跚的孩子当中安静地走着，我从未再见过他们。不过我喜欢他们。

我并没有把床放下来，因为第二天想很早就出发。我蜷曲在桌子后面小睡片刻，直到黯淡的曙光出现，查理盯着我的脸猛看，并说了一声"夫特"。热咖啡的那段时间，我用纸板做了一个小告示牌，插在空了的白兰地瓶子上，稍后经过大家熟睡的营区时，我停了下来，把瓶子杵在他们看得到的地方。告示牌上写着："法国的孩子，为了祖国牺牲。"就这样，我尽可能安静地驶离那块地方，我打算这天晚一点往西行后，接着走南下的漫长公路，进入长长的缅因州区域。有些时刻会让一个人终生珍惜，在碰到某些勾起全部回忆的事物时，这些令人珍惜的时刻会清晰而强烈地燃烧起来。那天早上，我觉得自己很幸运。

不同版本的事实

我走的这趟旅程，途中有这么多所见所思会尘埃落定地留在脑子里，然后像慢炖锅中的意大利浓汤一样翻搅。世界上有许多地图爱好者，他们的快乐就是慷慨地把更多注意力投注在一张张色彩鲜艳的纸上，而不是亲身用车轮滚过的彩色土地上。我曾听过这类游者如数家珍地讲述他们记得的每条公路号码、每个记得的速限，以及每个发现的小乡村。另外一种游者要求随时随地知道自己位于地图上的哪个位置，似乎那些黑红线条、点标、不规则的蓝色河川，还有代表山岳的描影为他们提供了某种安全感。我可不是这样。我天生就是个会迷路的家伙，也不觉得让别人找到自己有什么乐趣，对那些象征大陆与各州形状的图标也没有什么认同感。再说，在我们国家，改道、开新路、拓宽与弃用道路极为频繁，买地图必须像买日报一样。不过既然我了解地图爱好者的热情，我大可以这么向大家报告：我大概是在缅因州往南行，或者也可以说，我走在美国一号高速公路上，穿越霍尔顿（Houlton）、马斯希尔、普雷斯克岛（Presaque Isle）、卡里布（Caribou）、范布伦（Van Buren）后转向西，依旧在一号公路上，然后经马达瓦斯卡（Madawaska）、北弗伦奇维尔（Upper Frenchville）、肯特堡（Fort Kent）后往正南行，接州立十一号公路经鹰湖（Eagle Lake）、波蒂奇、史瓜凹地（Squa Pan）、马萨迪斯（Masardis）、诺勒斯角（Knowles Corner）、帕顿（Pattern）、舍曼

(Sherman)、磨石(Grindstone)等到米利诺基特(Millinocket)①。

我之所以可以这样报告是因为我面前也有一张地图，不过我记得的东西跟数字或彩色的直线、曲线无关。这条路线纯粹只是为了取悦爱地图的人，但我绝不会将这种描述习以为常。一路上，我所记得的是森林中长长的林荫大道；为了度冬而补强的农庄与屋舍；停车在十字路口商店里补货时，所听到简洁而没有抑扬的缅因话。我也记得许多蹄步轻盈、有如弹簧塑胶般跃过马路并与行驶中的"驽骈难得"擦身而过的鹿与咆哮的伐木卡车。还有我永远都记得这块现在遭到废弃，但曾经有过许多居民的广大区域，这块地现在由悄悄靠近的森林、动物、伐木帐篷以及寒冷所接收。大城愈来愈大，乡镇愈来愈小。小村庄里的商店，不论是卖杂货、五金或衣物，都无法跟超级市场或连锁店匹敌。我们所珍惜与怀念的乡村杂货店、让消息灵通的乡绅人士聚集起来交换意见并整理出具有国家特色的泛泛之论的小店等画面都在快速消失。曾经支撑着家庭堡垒，抵抗强风和恶劣天候，对抗霜害、饥荒与虫敌的人，现在都簇集在大城市忙碌的胸脯之中。

新美国人在交通令人窒息、天空弥漫于烟雾与工业酸里、塑胶嘶吼、屋舍以失控的速度鳞次成长、小市镇凋零死亡的环境中，找到了自己的挑战与爱情。就这一点来说，我发现德州的情况与缅因州相同。克拉伦登②屈服在阿马里洛之下，就像缅因

---

① 以上各城镇均位于缅因州。
② 克拉伦登(Clarendon)，德州城市。

州斯特西维尔的养分全流入木材集散、空气中嗅得到化学物质、河川中毒且堵塞、街道上移动着大群快乐而匆忙的人类的米利诺基特一样毋庸置疑。我不是批评,只是陈述自己的观察。我确信,当钟摆摇荡到另一边时,这些膨胀的城市最终一定会像爆开的子宫一样破裂,把孩子们重新送回乡间。这个预言已经有人背书,因为有钱人现在正慢慢朝这个方向前进。有钱人去的地方,穷人一定会追随,或至少会试着追随。

几年前,我在 A&F 店①买了一个牛叫模拟器,这是一种利用杠杆控制的自动喇叭,几乎可以模仿所有牛的感情,从浪漫小母牛甜美的低音,到公牛青春期及成牛出于强烈欲望的咆哮,都可以模仿。"驽骍难得"上也有这种珍奇的装置,而且极为有效。当喇叭开始鸣叫时,所有在听力所及范围内的牛都会停止低头吃草的动作,抬起头来,并朝着发声的方向移动。

在一个缅因州寒意刺骨的银白色午后,我开着车沉重地驶过路面坑坑洼洼的林道时,看到四头母麋鹿带着威严的沉闷经过我的车头。当我接近它们时,它们加快速度,步伐换成了一种强力避震的疾行。一时心血来潮,我按下了牛叫模拟器的杠杆,喇叭发出一声吼叫,声音就像一头缪拉牛以蝶式快速冲向第一位斗牛士前,驻足立定时所发出的一样。正要消失在森林中的麋鹿女士们,一听到这个声音,就停下脚步回头,然后加速朝我冲过来,每一只眼中都带着在我看来像是谈情说爱的眼神——

---

① 全名为 Abercrombie & Fitch,原以专卖昂贵及特殊运动器材而闻名的纽约市运动器材用品店,后来因为财务问题于一九八八年被购并。

不过这儿同时有四个情人,而且每个重量都超过一千磅!虽然不论从哪个角度来说,我都喜欢恋爱这玩意儿,不过我当时还是踩下了加速器,迅速离开。我还记得伟大的弗雷德·艾伦①说的故事。故事中的主角是缅因人,他讲了一个猎麋鹿的故事。"我坐在一根断木上吹了麋鹿叫声模拟器后,静静等着。突然间,我感觉到像热水洗过的一张草席落在我的脖子与头上。亲爱的先生们,结果是一只母麋鹿在舔我,眼里还散发着热情的光芒。"

"你杀了那只母鹿吗?"有人问他。

"没有。我迅速地逃离现场,不过我一直在想,缅因州的某个地方,有一只心碎的麋鹿。"

缅因州的北部跟南部一样长,或许更长。我可以到巴克斯特州立公园去,若去的话,应该也已经到了,不过我并没有去。我耽搁了太久的时间,天气愈来愈冷,我的脑中泛起了莫斯科的拿破仑以及列宁格勒的德国人。因此我聪明地撤退——布朗维尔会合站(Brownville Junction)、迈洛(Milo)、多佛-福克斯克罗夫特(Dover-Foxcroft)、吉尔福德(Guilford)、宾厄姆(Bingham)、斯考希根(Skowhegan)、墨西哥市(Mexico),最后在拉姆福(Rumford)②接上一条当初在穿越怀特山脉时所走的路。或许这对我并不是个好的选择,然而我依旧想走下去。河里全都是砍伐下来的木头,从这岸到彼岸绵延好几英里,它们在等待属于

---

① 弗雷德·艾伦(Fred Allen, 1894—1956),美国喜剧演员。

② 以上各城市全在缅因州。

自己的那一刻,等锯木场给它们一颗木头心,因为诸如《时代杂志》与《每日新闻》这类我们的文化捍卫者,必须靠这些木头才能存活,才能帮助我们抵抗无知。但不论从哪一方面来说,碾磨业的城镇都是虫身上一节节的瘤。刚从沉静的乡间走出来,就突然被抛进呼啸的交通风暴,被打得扁扁的。正当你在快速飞驰的金属的疯狂挤压中,盲目杀出一条路来时,突然一切又都逐渐消失,重新回归到平静与沉默的乡间。两者之间没有界限,也没有重叠。这是一种神秘而快乐的经历。

在我过了怀特山脉后这段短短的时间里,山里的叶子已经全换了颜色,变得褴褛不堪。有些叶子正在掉落,有些叶子被卷进灰暗的云中翻滚,斜坡上的针叶木全都覆上了一层白雪。我狂暴地开车,开了很长的时间,查理非常不以为然。他好几次对我说"夫特",但遭到我刻意的漠视,我继续疾驶横过新罕布什尔州翘起的拇指区。我想洗个澡,还想要一张新床、一杯酒以及一点人类的商业行为,我猜这些在康涅狄格河畔都可以找到。奇怪的是,当你为自己设立了一个目标后,你就会朝着目标行动,即使过程麻烦,甚至连目的都不是那么殷殷期盼,依然很难不坚持下去。这条路比我想象的更长,我非常累。年龄透过酸痛的肩膀对我说话,成功引起了我的注意,但是我仍然对准康涅狄格河驶去,漠视疲惫,这实在非常愚昧。等我在离新罕布什尔州兰卡斯特市不远的地方找到了想要的地方时,天色几乎已经暗了下来。康涅狄格河河面宽广怡人,岸边有树,河畔是令人愉悦的草地。靠近岸边的地方耸立着我热切盼望的目标——一排落在河边绿草地上的整齐的白色小屋,以及一间简洁的租屋办公室与提供便餐的餐厅,办公室的路边有个牌子写着"营业中"以及"还有空屋"这几个欢迎客人的字。我把"驽骍难得"驶离道路,打开车门让查理出去。

午后的光线让办公室与餐厅的窗子成了一面面镜子。当我推开办公室的门走进去时,整个身子都因为长途行驶而感到酸痛。办公室里连个鬼影都没有。登记簿在办公桌上,高脚凳在餐厅柜台边,馅饼跟蛋糕都被封在塑胶套下;冰箱嗡嗡作响;不锈钢水槽里的肥皂水浸着几个脏盘子,水龙头的水缓慢地滴入水槽。

我按了一下办公桌上的服务铃后大叫:"有人在吗?"没有回答,什么回应都没有。我坐在高脚凳上等着负责人回来。开启白色小屋、标了号码的钥匙挂在一面板子上。白昼的光线悄悄滑走,整个地方暗了下来。我走出去把查理叫回来,这么做的另外一个目的是为了证实门口牌子上确实写着印象中的"营业中"以及"还有空屋"。这时,天色已全黑。我拿出一个手电筒,在办公室里看了一遍,希望能找到一张上面写着"十分钟后返回"的纸条,可是什么都没看到。我怪异地感觉到自己像个偷窥狂;我并不属于这儿。之后我走出办公室,把"驽骍难得"驶离车道、喂了查理、煮了一些咖啡,继续等待。

拿把钥匙,在柜台留张字条说我这么做了,然后打开一间白色小屋,其实很简单。但是这么做不对。我无法这么做。高速公路上有几辆车子经过,这些车子过桥到了河的另一边,但没有任何一部车转进来。办公室的窗子与烤架随着接近与离开的车灯而明灭。我本来打算吃一顿简单的晚餐,然后疲惫地倒头就睡。我铺好了床,发现自己一点都不饿,于是直接躺下。可惜睡眠一直不来造访。我仔细等着负责人回来的声音。最后我点亮了自己的瓦斯罩灯,试着看点书,只不过要顾着听就无法看懂文字。我终于睡着了,黑夜中醒来,往外看了看——什么都没有,也没有人。我这段短暂的睡眠,睡得相当不安稳。

我在黎明起床,做了一顿过程冗长而缓慢的早餐。太阳升起来了,搜寻着窗子的踪迹。我走到河边陪查理散完步后转回来,甚至刮了胡子,还在水桶里用海绵擦了个澡。太阳已经高挂在天空。我走进办公室。冰箱嗡嗡作响、水龙头的水滴进水槽的冷肥皂水中。一只翅膀厚实的新生胖苍蝇焦躁地爬行在塑胶套上。九点半,我开车上路,没有任何人回来,所有东西都维持原样。牌子上依然写着"营业中"与"还有空屋"。我把车子驶过铁桥,弄得铁板桥面嘎嘎作响。那个没有人的地方让我感到极度不安,而且现在想想,那个地方依然让我感到非常不安。

长途旅程中,疑惑常常陪伴着我。有些记者造访一个区域、访谈重要人士、询问关键问题、采出意见样本,然后像绘制地图般制作出一份井井有条的报告,我一直都非常羡慕这种人。我嫉妒这种技巧,但却不相信这是事实的完整呈现。我觉得世上有太多事实。我所整理出来的都是事实,直到某个其他人走过同样的那条路,然后用他自己的风格重新安排这个世界。在文学批评里,批评家别无选择地把他所注意的受害者修改成他自己的尺寸、形状。

在这份报告中，我不想愚弄自己，让自己认为是在应付常数。很久以前当我在布拉格的一个古城里时，大家公认的著名地方与活动评论家约瑟夫·艾尔索普碰巧也待在那里。他与见多识广的人士、官员、使节对谈；他阅读报告，甚至连小字印刷的文件与数据都不放过；同一时间，我带着闲散的态度，漫游于演员、吉普赛人与流浪汉之间。约瑟夫和我搭乘同一架飞机回美国，路上他告诉我布拉格的相关事件，但他的布拉格跟我所见所闻的布拉格毫无关联。那根本就不是同一个地方，然而我们两个人都很诚实，没有人是骗子，不管从任何标准看，两个人也都是相当敏锐的观察者，只是我们带回家的，是两个不同的城市，两个不同的事实。正因为这个原因，我不能向你推荐我描述的美国会是你的版本。要看的有那么多，但是我们早上的眼睛所描述的世界，跟下午的眼睛所看到的世界不同，就因为这样，我们夜晚疲惫的眼睛所能回报的世界，也只会是个疲惫的夜晚世界。

星期天早晨，我在佛蒙特州的一个小镇，这是我在新英格兰区的最后一天。我刮了胡子，穿上西装，擦亮皮鞋，洗干净墓碑似的脸，想找个教堂去做礼拜。不记得当时为了什么原因淘汰了几个教堂，但是一看到约翰·诺克斯①教堂，我立即就驶进一条巷道，把"驽骍难得"停在大家看不到的地方，指示查理看着卡

① 约翰·诺克斯（John Knox, 1513—1572），苏格兰宗教改革家、政治家兼历史学家。

车,然后端庄地走向一间由令人目眩的白色木板接合起来的教堂。我坐在这个一尘不染、擦得光亮的参拜场后面的位子上。祈祷者全都有针对性地把上帝的注意力引导至某项我认定我也有的缺点与世俗癖好上,这些都应该只能与聚集在那儿的人分享。

这个礼拜对我的身体很有好处,希望对心灵也能有些益处。我已经很久没有听过这样的讲道了。至少在大城市里,我们的方法是从具有精神疗效的神职人员那儿找出我们的罪恶,然而这些罪恶其实也并不是真正的罪恶,它们只是由超出我们掌控能力之外的力量所催生的意外事件。这所教堂中没有这类的胡言乱语。牧师是一位冷酷的人,有一双钢铁机械般的眼睛,讲道时像一支压缩钻孔机,他以祈祷文开场,一再保证我们是非常悲哀的一群家伙。他一点都没说错。首先,我们并没有什么大本事,因为鄙俗的努力,我们更是每况愈下。稍后,软化了我们之后,他开始了一段精彩的讲道,一场充满可怕刑罚的说教。在证明我们,或许只有我一个人,真是他妈的一无是处后,他用一种冷峻的肯定态度继续描述,如果大家不进行某些其实他也不觉得有什么希望的基本改造,我们可能会有怎样的下场。他像个专家般讲述地狱的情况,那可不是现在这些好日子里随随便便的地狱,而是加了许多燃料、由纪律一流的技工掌管的炽烈地狱。这位牧师把地狱描述成一个我们可以了解的实体,一堆炽烈燃烧的煤火、非常多的通风口、一整列的平炉魔鬼,他们会把你的心变成他们的工作,而他们工作的目标就是我。我开始觉得通体舒畅。直到现在已经好几年了,上帝一直是我的老友,我们一起信教,但这种情况让我有一种空虚感,就像老子陪儿子打垒球一样。然而这个佛蒙特的上帝却非常关心我,因为他愿意不嫌麻烦地把我心里的地狱给踢出来。他让我以新的角度审视自己的罪恶。虽然都是些不严重、恶劣、令人不愉快且最好完全忘掉的罪恶,但是这位牧师却给了这些罪恶一些分量、光芒以及尊严。我已经好几年都没有好好地审视自己了,如果我的罪恶这么有分量,那表示我还残留了一些自尊。我不是个顽皮的孩子,而是个一级的罪人,我打算接受这样的说法。

我觉得精神全都恢复了,因此我放了五块钱在善施的盘子里,随后在教堂前,我热切地与牧师握手,就像在其他许多宗教聚会上会做的一样。这场布道让我对恶行有一种愉快的感觉,而且这种感觉一直清晰地维持到星期二。我甚至考虑把查理打一顿,让他也有点满足感,因为查理的罪恶只比我少一点点。在整趟横越国家的旅程中,我都是在星期日上教堂,每个星期都去不同教派的教堂,但是却再也没有在任何其他地方发现过那位佛蒙特牧师的特质。他编造出一种可以持续下去的宗教,而不是一种把即将过气的东西转化成易消化品的宗教。

我从饶瑟斯角①横入纽约州,尽可能贴着安大略湖走,因为我想看看从未见识过的尼亚加拉瀑布,然后从那儿静静地进入加拿大,接着从汉米顿②到温莎③,一直在伊利湖的北方行驶,最

---

① 饶瑟斯角(Rouses Point),纽约州港口。
② 哈密尔顿(Hamilton),俄亥俄州城市。
③ 温莎(Windsor),康涅狄格州城市。

后从底特律冒出来——一种迂回的走法，一种压倒地理形势的小小胜利。我们当然晓得每个州都是独立个体，而且每个州都以自己为傲。他们不满足于自己的州名，于是加上了些描述性的头衔——帝国之州①、花园之州②、花岗石之州③等等——这些得意洋洋挂上去的头衔，一点都不含蓄。但是现在，我第一次开始觉得每个州的确都有属于自己的散文风格，这些风格从各州的高速公路路标就可以极为明显地看出来。一个人在穿越州界时就会注意到这种措词上的改变。新英格兰六州使用的是一种指示性的简洁文体，话少、印刷风格简洁，完全没有赘言；纽约州则老是对你吼叫：这样做，那样做，往左边挤，往右边挤，每隔几英尺就会出现一个专横的命令；俄亥俄州的标示就温和多了。他们提供友善的劝告，这些劝告其实更像建议。有些州使用的是一种可以不费吹灰之力就让你迷路的虚饰文体。有些州会告诉你前面会碰到些什么路况，另外一些州则让你自己去摸索。几乎所有的州都用副词而舍形容词。慢行。安全驾驶。

　　我是个贪婪的读者，阅读所有的标志，我发现发抒对各州感情的散文以及大多数的抒情诗都在历史性的标志中臻至光辉的巅峰。我更进一步确定，至少我个人非常满意这个推断，历史最短的州以及发生过最少震撼全世界事件的州，拥有最多的历史标志。有些西部的州甚至夸耀大家都不太记得的谋杀事件与银

---

　　①　指纽约州。
　　②　指新泽西州。
　　③　指新罕布什尔州。

行抢劫案。不想屈居人后的城镇骄傲地昭告自己出了名的子孙——猫王的出生地、科尔·波特①的出生地、亚伦·哈金斯②的出生地等等。当然,这并不是什么新鲜事。我依稀记得古希腊的小城也曾辛辣地争执究竟谁才是荷马真正的出生地。就我记忆所及,在瑞德·路易斯③写了《大街》这本书后,愤怒的故乡居民希望他回来接受涂以焦油与羽毛的私刑。今天,索克中心却赞颂自己出了这么一个人。身为国家一分子的我们,也跟英国当时杰弗里④虚构他的英国国王历史一样渴望历史,杰弗里制造了许多国王来满足当时日渐庞大的需求。就跟州与地域团体一样,个别美国人的心里也渴望与过去有个正正当当的关系。系谱学家为了在祖先留下来的瓦砾碎片中辨识出少许伟大人物而鞠躬尽瘁。不久前,专家才证明艾森豪威尔⑤系出英国贵族名门,如果必要,每个人都可以证明自己系出另外一个人。我出生的小镇,在我祖父的记忆里,是个位于沼泽地的铁匠铺,但是那个小镇却每年都以华丽的游行来怀念由西班牙先生与吃玫瑰

---

① 科尔·波特(Cole Porter, 1891—1964),美国歌舞喜剧的词曲作家。
② 亚伦·哈金斯(Alan P.Huggins),美国拳击裁判。
③ 瑞德·路易斯(Red Lewis),即辛克莱·路易斯,获诺贝尔文学奖的首位美国作家。出生于明尼苏达州索克中心。
④ 指蒙茅斯的杰弗里(Geoffrey of Monmouth),十一世纪威尔斯编年史家。一一五二年被授予神职,任圣阿瑟夫主教。他的《不列颠列王纪》(Historia Regum Britanniae)在一一四七年前写完,对英国文学影响深刻。他在书中以今人所熟悉的形式介绍了李尔王和辛白林的故事,梅林的预言和亚瑟的传说,尽管这些故事很少有史实根据。
⑤ 艾森豪威尔(1890—1969),美国将军,第三十四届总统(1953—1961)。祖先为德国移民。

的西班牙小姐所构成的光荣过去，这些人物依然存在于大众脑海中，完全占据了以蛆和蚱蜢为食的孤零零小印第安部落的位置，但他们才是真正最早的拓荒者。

我觉得这种情况很有趣，但这并不是为了要质疑历史，也不是要以真实的纪录自居。只不过当我在阅读全国各地的历史标志时，就会想到这些事，想着传说如何取代事实。从较微不足道的层次来说，我接下来要说的经历就是一个传说的制造过程。我造访了自己出生的城镇，跟一位很老的先生聊天，他在我很小的时候就认识我了。他清晰记得当时看到我这个身材纤瘦、发着抖的孩子，在一个严寒的冬天早晨走过他家门前，不合身的外套用大别针固定在我小小的胸膛前面。这个轻描淡写的说法，就是典型的传说题材——这个受苦的可怜孩子，在有限的发展过程中，最后得以光宗耀祖。我虽然不记得这段插曲，不过我知道这绝对不可能是真的。我母亲是一位对缝扣子充满热情的人。掉了一颗扣子不仅仅是邋遢，更是一种罪恶。如果我用别针别住我的外套，我妈一定会狠狠打我。那个故事不可能是真的，但这位老人却非常喜欢这则故事，喜欢到我根本不可能说服他相信这是个假故事，所以我连试都不试。如果我的故乡要我别着别针，那么不论我做什么，都不太可能会改变这种说法，尤其真相，是不可能得到昭雪的。

纽约这个帝国之州在下雨，套句负责撰写高速公路标志的人可能会用的辞句，下着寒冷而无情的雨。的确，因为阴沉的豪雨，我去尼亚加拉瀑布的打算似乎白想了。当时我在梅迪纳市旁边一个看不见尽头的小镇里迷路迷得一塌糊涂,我想当时应该是在梅迪纳附近吧。我把车子靠边停了下来,拿出地图册。然而想要弄清楚该往哪儿去,首先你必须先知道自己在哪儿,而我并不晓得自己身在何处。外头出租车的窗子紧紧关着,倾盆而下的雨水让窗子变得晦暗不明。我车上的收音机正温柔地唱着歌。突然有人在敲我的窗子,并打开了我的门,一个男人闪进来,坐在我身边。这个人脸色很红,口气中传出相当程度的威士忌酒味。他把裤子用红色的扣环夹在遮住他胸口的灰色卫生衣上。

"把这个见鬼的东西关掉,"他说,接着就自行关掉了我的收音机。"我女儿从窗子里看到你,"他继续说,"猜想你大概碰到了麻烦。"他注视着我的地图。"把那些东西丢掉。好了,你想去哪儿?"

我不晓得自己为什么不能老实回答这样的一个问题。事实上,由于交通壅塞,我从宽广的一〇四号高速公路转出来,钻进一些小路,过往的车辆在我的挡风玻璃上喷上一层层的水。我想要去尼亚加拉瀑布。为什么不承认呢? 我低头看着地图,对他说:"我想要去宾州的伊利市。"

"好,"他说,"现在把那些地图丢掉。你现在转弯,过两个红绿灯后,就到了艾格街。从那儿左转在艾格街走大约两百码,向右斜转。那儿有条弯弯曲曲的街,你会在街上碰到一座陆桥,不过别上陆桥。从那儿左转,然后像现在这样转弯——看到了吗? 就像这样。"他的手做了个转弯的动作。"好了,等弯道变直时,你会走到一个三岔路口。左手边的那条路有一栋红房子，所以别走那条。你要走右边的那条支道。现在，你跟得上吗？"

"当然跟得上，"我说，"很简单。"

"那么你覆诵一遍，这样我才知道你走对了路。"

我在弯道的地方就停了下来。我说："或许你可以再说一遍。"

"我就晓得。转弯，过两个红绿灯到艾格街，左转后走两百码向右斜转进入一条弯弯曲曲的街，然后一直走到你碰到陆桥，不过别上桥。"

"很清楚了，"我很快地说，"真谢谢你的帮忙。"

"谢个屁，"他说，"我都还没把你弄出镇呢。"

他真的让我背住了那条别说走，就连记都记不住的出镇路线，相较于那条路，迷宫都只不过是高速公路。当他终于满意并接受了我的道谢后，他走出车子，砰的一声关上了车门。基于自己的社交胆怯，我真的转了弯，因为我晓得他会从窗子里看着我。我开了大概两条街后就跌跌撞撞地回到了一〇四号高速公路，不论交通是否壅塞。

边境插曲

尼亚加拉瀑布非常美丽。它就像放大了的纽约时代广场的旧股票交易看板。我很庆幸自己来看了这个景点，因为从今而后，如果有人问我有没有看过尼亚加拉瀑布，我可以说有，而且说的终于是实话。

当我告诉那位顾问说我要去宾州的伊利市时，其实根本就没打算要去那儿，不过后来竟然真的去了宾州的伊利市。我那时的打算是爬过安大略湖的狭长部分，这样走不仅会经过伊利市，还会经过克利夫兰①和托莱多②。

我从自己丰富的经验中发现我喜欢所有的国家，但是痛恨所有的政府，而我天生的无政府主义思想在国界这种需要有耐性又有效率的公务人员针对移民或海关等事项服勤的地方最强烈。我这辈子从未走私过任何东西。那么在接近海关关卡的时候，为什么会感觉到一种不安的罪恶感呢？我穿过了一座高架收费桥，通过一块无人之地，来到了星条旗与英国国旗并肩站立的地方。加拿大人很亲切。他们问我要去哪儿、待多久，然后草率检查了一下"驽骍难得"，接着轮到查理了。

"这条狗有没有狂犬病疫苗注射证明？"

"没有。你看，他是条老狗。他很久以前注射过狂犬病疫苗。"

另外一位官员走了出来。"那么我们建议你不要带狗通过边界。"

"可是我只要经过加拿大的一小部分，然后重新进入美国境内。"

"我们了解，"他很和气地说。"你可以带他进入加拿大，但

---

① 克利夫兰（Clevland），美国俄亥俄州东北部凯霍加县治所在，为凯霍加河口伊利湖上一大港口。
② 托莱多（Toledo），美国俄亥俄州西北部卢卡斯县县城，位于伊利湖西端莫米河口。

是美国不会让他回去。"

"但就技术层面来说,我目前还是在美国境内,没有人说过什么。"

"如果他越过线,想要再回去,就会有人说话了。"

"好了,可以带他到哪里打针?"

他们不晓得。我至少必须循原路回去二十英里才找到一名兽医,给查理注射了疫苗,然后折返。我穿越国界的目的只在于省点时间,这一下不但省不了时间,反而浪费了更多的时间。

"请你谅解,那是你们政府的要求,不是我们政府的规定。我们单纯只是建议你那么做。这是规定。"

我想这就是我痛恨政府的原因,所有政府都一样。总是规定、规定,然后由一丝不苟的人来执行这些规定。没什么好争的,沮丧的拳头找不到可以捶打的墙。我非常赞成施打疫苗,也觉得这应该是一种义务;因为狂犬病很可怕。但是我发现自己痛恨规定以及所有制定规定的政府。重要的并不是那些打进去的疫苗,而是那一纸证明。政府通常也一样——重要的不是事实,而是一小张文件。这些都是非常好的人,友善又乐于助人。在边界,时间过得很慢。他们给我倒了一杯茶,还给了查理六片饼干。他们似乎对我因为缺少文件而必须回到宾州的伊利市真的感到很抱歉。就这样,我回过头朝着星条旗以及另一个政府的方向驶去。出关的时候并没有人把我拦下来,但是现在国界的栅栏放了下来。

"你是美国公民吗?"

"是的,这是我的护照。"

"你有需要申报的东西吗?"

"我并没有走太远。"

"你的狗有狂犬病疫苗注射证明吗?"

"他也没有走太远。"

"可是你是从加拿大过来的。"

"我并没有去加拿大。"

我看到他眼里露出了坚定的眼神,眉毛压低到怀疑的程度。这一来,不但没有省到一点时间,看起来比去一趟宾州的伊利市要浪费更多时间。

"请到办公室来,好吗?"

这项要求对我产生了跟盖世太保敲门一样的效果。不管我有没有做错,他的话都引起了我的慌张、气愤以及罪恶感。我单纯的气愤让声音变得尖锐,这又引起了他们的怀疑。

"请到办公室来。"

"我告诉你我没有去加拿大。如果你刚刚在看,你会看到我才掉头。"

"请站到这边来,先生。"

然后他们对着电话说:"纽约车牌某某号。是,露营用卡车。是——一只狗。"然后对我说,"狗是什么品种?"

"鬈毛。"

"鬈毛——我说鬈毛狗。淡棕色。"

"是蓝色。"

"淡棕色。好。谢谢。"

我真希望自己并没有感到某种无辜中的悲哀。

"他们说你并没有越过边界。"

"我之前就是这么说的。"

"可以看看你的护照吗?"

"干吗?我又没有离开这个国家。我也不打算离开这个国家。"但我还是把护照递了过去。他匆匆翻了一下,看到其他旅行的出入境章时,他迟疑了一下。他又检查我的照片,翻开钉在护照封底的黄色天花疫苗证明。在最后一页的最下面,他看到一组用铅笔写的字母与数字。"这是什么?"

"不晓得。我看看。噢,那个!那是电话号码。"

"这些号码怎么会在你的护照上?"

"我想当时大概没有纸。我连这是谁的号码都不记得了。"

这个时候,他已经完全打败我了,而他也晓得这一点。"你难道不知道毁损护照犯法吗?"

"我会把这些东西擦掉。"

"你不应该在护照上写任何东西。这是规定。"

"我绝对不会再犯。我保证。"我还想向他保证我不会说谎、不会偷窃、不会与任何道德品行不佳的人有所关联、不会觊觎邻居的妻子或其他事情。他断然合上了我的护照,递还给我。我相信找到那个电话号码让他感觉好多了。因为在这漫长的一天里,经过了这么多麻烦后,他毕竟还是发现我有罪。"谢谢,长官。"我说,"我现在可以走了吗?"

他亲切挥了挥手。"走吧。"他说。

这就是为什么我会往宾州伊利市的方向前进,全都是查理的错。我穿过高架铁桥时停下来付费。收费亭里的人从窗子里探出身子。"走吧,"他说,"这趟就算收费亭的。"

"什么意思?"

"我看到你不久前才从另一边通过。我看到了这条狗。我知道你一定会回头。"

"你为什么不早告诉我?"

"没有人会相信我。走吧。你今天可以免费走一趟。"

你看,这个人不是政府。但是政府可以让你觉得自己非常渺小又很恶劣,一旦有了这种想法,你就需要相当大的努力才能重新建立起自负感。查理和我那天晚上待在一家我们可以找到的最大的汽车旅馆,一个只有有钱人才住得起的地方,里面有令人愉悦的象牙、猩猩与孔雀的圆形天花板,更重要的是还有一个餐厅与客房服务。我点了些冰块与汽水,调制了一杯威士忌汽水,喝完后又调了一杯。接着我让服务生进来,点了一份汤、一块牛排,也为查理点了一份一磅重的生汉堡肉,最后狠下心给了一大堆小费。睡前,我重新思考一遍希望自己当时跟那位移民官员说些什么话,其中有些话非常机灵而刻薄。

高速公路与次要道路

从刚出发,我就一直在避免大家称之为"公路"或"高速公路"这种由水泥与焦油盖成的极高速鞭痕。不同的州对这种路采用不同的名字,不过我都是在新英格兰各州闲晃。冬天很快就到了,我可以预见自己被困在北达科他州风雪中的景况。我找到了美国九〇号公路,那是一条高速公路上的宽广切口,运送国家物资的车辆穿梭在多线道上。"驽骍难得"也一路飞奔。这条路的最低速限比我之前走过的任何一条路都高。我把车驶进从右侧车身劈过来的风中,感受到风的殴击,有时候我还会助长狂风令人茫然的重击。我听得到风吹过露营小房顶方正表面的沙沙声音。路边的指示牌立刻对我狂吼:"勿停车!勿停车。维持速度。"像货船一样长的卡车一辆辆呼啸而过,送出了一阵阵像拳头一样的殴击。这些大路很适合输送货物,但是却不利于检视乡间。你受制于轮胎,眼睛只能看着前方的车子,也要从后视镜看后面的车子,以及从侧视镜中注意即将超过你的轿车或卡车,同时你还必须详读所有的路标以防漏看一些指示或命令。路边没有贩售鲜榨果汁的摊子、没有古董店,也没有农产品或工厂制品的零售店。当我们走这些高速公路横跨整个国家时,就像我们通常都会这么做或必须这么做的时候,从纽约到加州,什么东西都没看到是很可能的事情。

　　每隔一段路就会有休息站提供休憩场所、食物、油料、明信片、新鲜蒸煮的食品,以及新上漆的野餐桌与垃圾桶,还有洁净的厕所,里面充斥着浓浓的除臭剂与洗洁剂的味道,进去过的人,要好一会儿才能找回自己原来的味道。除臭剂这个名字其实并不正确;因为它们是用一种气味取代另一种气味,而它们的气味必须比想要掩盖的味道更强烈、更有穿透性。我忽略自己的国家太久了。在我缺席的这段时间里,文明跨了好几大步。我还记得以前投一块硬币到投币口中,可以换到一条口香糖或一块糖,但是在这些用餐的豪华建筑物中,贩售机用不同的硬币可以换到手帕、仪容与指甲修容套件、润丝精与化妆品、急救用品、像阿斯匹林这类没有危险的成药,以及药效温和的成药和让你保持清醒的药丸。我发现自己陶醉在这些小玩意当中。假设你要喝汽水;你可以随便选择——葡萄汁或可乐——按下按钮、投进硬币、退后。一个纸杯会掉在设定的位置上,饮料开始注入杯子,然后在离杯口还有四分之一英寸的地方停止——一杯保证合成的提神冰饮就这么完成了。咖啡就更有趣了,因为当热热的黑色液体停止注入之后,会喷下一道牛奶,然后还会有一包糖掉在杯子旁边。不过综观所有机器,还是热汤机拨得头筹。在十种选择中选定一种——豆子汤、鸡肉面汤、牛肉蔬菜汤等,然后投进硬币。巨物里面发出一阵隆隆的声音,接着一个指示灯亮起来,上面写着"加热中"。经过一分钟,有个红灯开始明灭不止,直到你打开一个小门,把装着热腾腾汤汁的纸杯拿出来。

这是处于某种文明巅峰的生活。餐厅的设备、围成一个个巨大扇形的柜台以及排着合成皮面的凳子,都洁净无瑕地跟厕所没有两样。所有能保留以及控制的都封在没有污点的塑胶套下。食物全是烤箱里刚拿出来的,洁净无味,未经人手触摸。我难过地记起了在法国与意大利某些经过无数人手碰过的菜肴。

这些休息场所、食品小卖部与加油中心都养着美丽的草坪与花朵。在休息站前面,也就是最靠近高速公路的停放轿车处,还有一大堆汽油油泵。休息站后面是停卡车的地方,这个地方有属于这个地方的服务——庞大的陆路商旅队伍。基本上,因为"驽骍难得"属于卡车一族,所以也停在后面,我很快就跟其他卡车司机混熟了。长途卡车司机是一群跟他们周围生活有所隔阂的人。当先生们载着各种食物、产品与机器横越这个国家时,他们的妻儿正在某个乡镇或城市里生活。长途卡车司机自成一族,非常团结,说着一种特殊的语言。虽然我在这些庞然大物的交通工具中只是个小家伙,但是他们都对我很好,也很帮忙。

我从卡车停放处知道这个地方有冲澡处,还有肥皂和毛巾——这样一来,如果我愿意,也可以把车停在这种地方过夜。这些人跟当地居民显少有贸易往来,但他们都是忠实的收音机听众,他们可以报道全国各地的新闻与政治动态。汽车专用道与高速公路上的食品与加油中心都是各州租赁出去的,但在其他高速公路上则有民营企业设立的卡车休息站,提供打折的油料、床、洗澡以及坐下来打盹的地方。然而过着特殊生活并只跟自己人来往的这样一个特殊团体,却可以让我横越整个国家而不跟任何一个城镇上的人说半句话,因为卡车司机只游走于这个国家的路面之上而不实际融入。当然在他们家人居住的城镇中,他们也可能有自己的根——酒吧、舞厅、爱情,以及谋杀。

我非常喜欢卡车司机,就像我一向都喜欢专家一样。听他们说话让我累积了许多关于路上、轮胎与弹簧,还有超载的词汇。长途卡车司机在沿途的休息站中,会有他们认识的修理员,还有柜台后的女侍应生，他们偶尔也会在这些地方碰上其他卡车上的同类人物。大伙儿聚在一起的最大信号就是咖啡。我发现自己常常停下来喝杯咖啡，并不是因为需要咖啡，而是因为想休息以及希望从一望无际的高速公路中找些变化。不论气动煞车与动力方向盘可以省下多少力气，长途驾驶卡车都需要体力、控制力以及注意力。利用现代的测试方式，应该很容易就能验出开六个小时卡车所需的精力，而且这件事也很有趣。有一次艾德·李克茨①跟我为了收集海洋动物，把一块区域的石头翻了个遍，我们后来试着测量每个收集日所举起来的平均石头重量。我们翻动的石头并不大——介于三磅到五十磅之间。有一个丰收日，我们两个都不太清楚自己花了多少力气，后来估计我们每个人大概举起了四到十吨的石头。别小看这不受重视的转方向盘的小动作，或许每次的使力只需要一磅的能量，换脚踩在加速器上的力道，也许还不到半磅，但六个小时的加总却是个庞大的数字。除此之外，肩膀与脖子部位的肌肉，即使是下意识的动作，也会为了因应紧急状况而持续弯曲，眼睛必须不断往返于路面与后视镜之间，还有数千个因为过于深层、连意识都感觉不到的决定。这一切所需要的能量、精神以及肌肉的运动量都非常大。因此在很多方面，喝咖啡的时间都是一种休息。

我常常跟这些人坐在一起，听他们说话，偶尔也会开口问问题。很快我就学会不要期待他们对自己所经过的地方有所认

---

① 指爱德华·李克茨（Edwand F.Ricketts，1897—1948），海洋生物学家。艾德是爱德华的昵称。

识。除了卡车停靠站外，他们跟任何地方都没有关系。在回家的路上，我突然想到他们跟水手多么相似。记得第一次出海时，我非常惊讶地发现这些航行过世界各地、接触过各种奇怪与异国情调港口的人，与这个世界竟然鲜有联系。有些驾驶长拖车的卡车司机都是两人一组上路，途中轮流开车。没开车的那个人，不是睡觉就是看小说。但是在路上，他们的兴趣就只有引擎、天气、维持时速，让预定的时间表能够准确。他们之中有些人固定往返，有些人则只跑单程。这是一套完整的生活模式，住在这些大卡车穿梭于上的道路两旁的居民，对这种生活模式几乎一无所知。我对这些人所知道的，仅够让我确定，我还想知道更多。

　　如果一个人像我这样驾车多年，那么几乎所有的反应都是下意识的行为。我们根本就不去想应该怎么做。差不多所有的驾驶技巧都深埋在一个类似机器的下意识中。到了这个程度，很大一部分的意识就空下来供你思考用。驾驶时，大家在想什么？如果是短程驾驶，想的也许是抵达目的地或在回忆出发地所发生的事情。但意识还有许多空间，尤其是在极长途的旅程中，做白日梦的空间很大，甚至，老天保佑，还有思考的空间。没有人知道其他人在那块意识的空间中做什么。我曾利用这块空地计划过好几个自己永远都不会盖的房子、永远都不会设置的花园，我还设计出一个方法，把我的海湾到我在萨格港的土地之间的软淤沙和烂贝壳抽取上来，筛出盐分，变成肥沃又多产的土壤。我不知道自己会不会做到这些事情，但一路开下去，我连使用哪种泵、哪种筛盐箱、哪种检定盐分消失的过程等细节都计划好了。驾驶时，我在脑海里设计捕龟陷阱、写下永远都不会出现在纸上，更别提寄出的详尽长信。收音机开着的时候，音乐刺激出的时间与地点的记忆，因为人物与景况而变得完整，这些记忆精准到连对话中的每个字都重现在眼前。我也绘制过未来的景象，跟回忆一样的完整与具有说服力——但都是永远都不会出现的景象。我还在脑子里撰写过短篇小说，也因为自己的幽默而暗自窃笑，或因为结构与内容而悲伤或兴奋。

我只能猜测寂寞的男人在他们的驾驶梦中跟朋友在一起，没有爱的男人想着身边围绕着美丽又对他充满爱意的女人、没有孩子的驾驶员透过梦境想着儿女满堂。遗憾的部分嘛，如果我做了什么什么事，或者没有说什么什么话——老天爷，那混蛋的事情就不会发生了。当我发现自己脑中的这份潜能后，我可以猜测到其他人的想法，但永远不会知道实情，因为没人会告诉我。这就是为什么在这趟设计为观察的旅程中，我尽可能待在可以看到、听到、闻到许多东西的次要道路上，而规避促使自己做白日梦的又大又宽的交通要道了。我在这条又大又平静无事的美国九〇号高速公路上行驶，经过水牛城①、伊利，进入俄亥俄州的麦迪逊，然后找到一条和九〇公路一样宽阔、快速的美国二〇号公路，经过克利夫兰、托莱多与其他城市，进入密歇根州。

---

① 水牛城(Buffalo)，美国纽约州西部伊利县城，伊利湖东北端尼亚加拉河河港。

活动房屋

这些路的生产中心外环,移动着许多由特别设计的卡车拖着的活动房屋,因为这些活动屋满足了我一部分的概论,所以现在不妨去了解一下。旅程刚开始的时候,我就注意到太阳底下的这些新东西以及它们庞大的数量,由于这些屋子在国内各地的数量愈来愈多,因此对它们做些观察或某些猜测也是必要的。这些屋子并不是用自己的车子拖曳的活动屋,而是用像卧铺火车那样又长又光彩夺目的车辆拖着的。从旅程的一开始,我就注意到贩售与更换这种车子的拍卖地点,但接下来我开始察觉这些车子在停车场里停放的时间,长久到令人不安。在缅因州时,有一天晚上我把车子停在这样的停车场里过夜,并跟停车场的管理人员与这种新式房舍的居民聊天,他们都是物以类聚的一群人。

这些屋子都建得非常好,铝外皮、隔音隔热的双层墙,通常还有硬木质料的薄木片嵌板。有时候房子长达四十英尺,两到五个房间,装配有冷气、马桶、浴缸以及不可或缺的电视,设备应有尽有。这些房子停放的停车场有时候经过绿化设计,而且各项设施齐备。我曾与停车场里的人交谈过,他们都很热衷这种住屋。活动房屋聚集到活动房屋停车场上,车主把屋子安置在斜坡上,然后在房子下拴一根重型的塑胶排水管、接上水和电、拉起电视天线,家庭成员就可以入住了。好几位停车场的管理者都同意去年每四栋新屋就有一间活动房屋的说法。停车场人员收取一点点租地费和水电费。几乎每户活动屋都有电话,他们只需要把电话线插进电话匣即可。有时停车场里会有一间杂货店卖些补给品,不过就算没有杂货店,也会有星罗棋布于乡间的超级市场。城镇里的停车问题使得这些活动房屋市场迁移到没有城乡税金的广阔乡间。拖车停车场也是同样的情况。这些房子虽然能够移动,却不表示真的会到处移动。有时候屋主会在一个地方待上好几年,弄个花园、用火山渣砖砌几面小墙、装上遮雨棚以及在花园里摆设一些家具。对我来说,这是一种崭新的生活方式。这些屋子从来都没有便宜过,通常还很昂贵、奢华。我曾见过一些价值两万美金的房子,里面架设了我们日常使用的上千种用具——洗碗机、洗衣机、烘干机、冰箱以及冰柜。

活动屋的屋主不但乐意,还高兴而骄傲地向我展示他们的房子。小小的房间比例相当好。所有可以想象到的装置都是嵌进去的。有些甚至称为观景窗的宽敞窗子摧毁了所有紧迫的感觉;卧室与床都很宽敞,屋里还有令人无法置信的储藏空间。这种房子对我来说是一种成长快速的生活革命。一个家庭为什么会选择住在这样的屋子里呢? 嗯,因为这种屋子舒适、简洁、容易维持清洁、容易保暖。

在缅因州——

“我讨厌住在飕飕寒风吹进来的冷冷谷仓中,讨厌各种小额税捐以及支付零零总总费用的烦恼。这里温暖又舒适,夏天还有冷气让室内维持凉爽。”

"活动屋的屋主收入通常都在哪个范围之内?"

"视情况而定,不过有相当数量的屋主年收入是在一万到两万美金之间。"

"不稳定的工作跟这类房屋的快速成长有关系吗?"

"或许有点关系吧。谁晓得明天会发生什么事? 技工、工厂技师、建筑师、会计,甚至处处可以看到的医生或牙医都住在活动屋里。如果工厂关门了,你不会被卖不出去的房地产困住。假如丈夫有个工作,但买了栋房子后遭到裁员,房子的价值也跟着消失。然而如果他拥有的是活动房屋,租用的是卡车区的服务,那么他可以继续往前走,没有任何损失。屋主或许永远都不会碰到这种情况,但是可以选择这么做的事实,对他是一种安慰。"

"屋主怎么付款?"

"分期付款,跟买车一样。就像付房租。"

接着我发现了所有这类房子的最大卖点——一个几乎渗透到所有美国人生活中的特性。这些房子每年都在翻新。如果你的状况很好,只要付得起价钱,就可以把旧房子拿去换间新屋子,就像拿旧车换新车一样。这是某种身份地位的表征。交换的旧房子价格要比旧汽车高得多,因为目前有现成的二手屋市场。过不了几年,曾经昂贵的屋子可能住了一家较穷困的家庭。这些房子容易维护,因为材质通常都是铝,所以不需要油漆,而且不受地价波动的影响。

"孩子上学怎么办?"

学校交通车会到停车场接孩子,再把他们送回来。家里的轿车载着家长去工作,晚上带着全家去露天电影院看电影。这是一种活在乡间气氛中的健康生活。付款额虽然高昂而且还要加上利息,不过也不会比租间公寓跟房东为暖气争吵更糟。再说,你到哪儿去租一间这样舒适的一楼公寓,外加户外停车位?还有什么地方可以让孩子养狗?查理非常开心地发现几乎每户活动屋都有一条狗。我曾两次受邀到活动屋内吃晚餐,受邀看电视足球转播则有好几次。有一位管理人员告诉我,这种行业的第一个考量就是要找到以及买下电视收讯清楚的地方。因为我并不需要任何设备,不论是排水系统或水电,所以我停下来过夜的费用是一美金。

活动房屋硬生生留给我的第一个印象,是住在屋里的人既不去成就永恒,也不去希冀永恒。他们并不是为了后代子孙买房子,但只要推出负担得起的新屋子,他们就会去买。这些活动屋完全不受停车场小区的局限。你会发现好几百间活动屋都坐落在农舍边。有人向我解释过这种情况。以前,儿子结了婚,多了个媳妇,接着农舍里又多了许多孩子,依照惯例,农舍得加盖厢房,或至少得在主屋旁加个耳屋。现在,在许多情况下,活动屋取代了加盖的房舍。一位卖蛋与烟熏培根给我的农人告诉我这种屋子的优点。这种屋子让每个家庭都有了前所未有的隐私。哭闹的宝宝吵不到老人家。新媳妇有了以前住在加盖屋中从未享有过的隐私以及自己的地方,结果婆媳问题也减少了。当年轻的一代搬出去时——几乎所有的美国人都会搬出去,或想要搬出去——他们也不会在家里留下空着无用的房间。上下两辈的关系有了很大的改善。儿子到父母家作客，父母到儿子家也是客。

活动屋的屋主也有独来独往的人，我也跟这些人谈过话。开车的路上，你会看到高高的山丘上立着单独一间可以眺望极佳景色的活动房屋。有些屋主把屋子安顿在河川或湖泊沿岸的树下。这些独行侠都从地主那儿租下一小块地。他们只需要租足够容纳屋子的地方以及出入的权利。有时独行侠们会在屋旁挖口井或化粪池、弄个小花园，不过也有人是用五十加仑的油桶装水。我们单从这里就可以看到许多明显的匠心巧思，有些独行侠把水源架在高于屋子的地方，然后接上塑胶管，让地心引力确保水流顺畅。

有一次，在活动房屋内享用的晚餐是一间洁净的厨房中准备出来的，这间厨房以塑胶砖为墙，不锈钢的水槽、烤箱与炉子都与墙壁齐平。厨房里使用的燃料是到处都买得到的丁烷或其他的一些瓶装瓦斯。我们在一间凹进去、由桃木薄板装饰而成的餐厅里用餐。这是我有生以来最好，或者说是最舒适的一顿晚餐。我贡献了一瓶买来的威士忌酒，饭后大伙儿陷在垫了泡沫胶的舒适沙发中。这个家庭很喜欢他们的生活方式，一点都不想回到原先的生活模式。这位先生在大约四英里外的修车厂当技工，收入丰厚。两个孩子每天早上走到公路上，黄色的校车会接他们去上学。

晚餐后，我啜着威士忌加汽水，听着厨房里自动洗碗机的冲水声，提出了一个一直困扰我的问题。这些都是善良、体贴、聪明的人。我说："我们最珍贵的感情中，有一种感情与根有关，与希望在一个根植于某块土地或某个小区的环境下长大有关。"在一个没有根的环境下拉拔孩子长大，他们怎么想？是好还是坏？他们会不会怀念有根的环境？

这位父亲是一个英俊、皮肤滑嫩的家伙，有一双黑色的眼睛，他回答了我的问题。"现在有多少人拥有你说的那个东西？一间十二层楼高的公寓里有什么根？一个里面有数百栋或数千栋样式几乎完全相同的小房子的公营住宅社区有什么根？我父亲是意大利人，"他说，"他在托斯卡纳的一间房子里长大，他们家在那间房子里住了大概一千年。那是你所说的根，但房子里没有自来水，没有马桶，他们用煤球或葡萄树枝煮饭。那间房子只有两个房间，一间厨房、一间卧室，全家大小都睡在里面，祖父、父亲，还有所有的孩子，没有读书的地方，没有自己的地方，从来都没有。那样比较好吗？我敢打赌，如果你让我老爸选择，他一定会砍了他的根，过我们这样的日子。"他在舒适的房间里摇了摇手。"事实也是这样，他砍了根搬到美国。他在纽约租房子住——只有一个房间，没有电梯、冷水，没有暖气。我就是在那个房间里出生，童年一直流落街头，直到我老爸在纽约北部的葡萄园地带找了份工作。你知道，他很懂葡萄树，那是他唯一知道的东西。再拿我太太做例子。她是爱尔兰后裔。她的家人也有根。"

"在泥炭洞里，"他的妻子说，"靠马铃薯过日子。"她深情的眼光穿过房门，定在她那间漂亮的厨房上。

"你们难道不怀念某种永恒的感觉吗？"

"谁有永恒？工厂关了门，你得继续往前走。景气好的时候，一切欣欣向荣，你得往更好的地方去。你坐下来、饿肚子，这就是你的根。拿历史书上的拓荒者为例好了。他们全都是迁移的人，弄了一块地后卖掉，继续往前走。我在一本书上看到，林肯的家人是乘筏才到伊利诺伊州的。他们用几桶威士忌当作银行账户。如果美国的孩子能够出去，有多少孩子会选择待在他们出生的地方？"

"你想得真多。"

"根本就不需要想。事情就是这样。我有个很不错的工作。只要有汽车，我就可以找到工作，不过万一我工作的地方破产，我就必须搬到有工作的地方。我可以在三分钟内上班。你觉得只因为我有根，我就应该开二十英里去上班吗？"

稍后他们给我看专门为活动屋居民设计的杂志，里面有成功的活动屋生活的故事、诗作以及建议；如何修补漏水；如何选择一个朝阳或凉爽的地方；还有些小玩意的广告，都是些很有趣的东西，用于煮饭、清洁、洗衣、家具、床具以及婴儿床等等。此外，还有好几页的整版图片，刊登着新型的活动屋，一个比一个大、一个比一个亮眼。

"有好几千种新款，"这位父亲说，"得花好几万美金。"

"乔是个爱做梦的人，"这位太太说，"他老是在计划一些东西。告诉他你的想法，乔。"

"也许人家没有兴趣。"

"我当然有兴趣。"

"嗯，其实并不像她说的是在做梦，这是真的可以实践的计划，而且我打算最近就开始行动。先拿一点资本出来，这以后会赚得回来。我一直在找负担得起的合适二手活动屋。把里面的摆设全都拆掉，重新组装成修车场。工具几乎已经全部备齐，还需要多准备些雨刷、风扇带、汽缸环及内胎等物品。这个市场愈来愈大。有些住在活动屋里的人有两辆轿车。我可以在活动屋旁租块一百平方英尺的地，这样就可以做生意了。所有的车子都符合一个真理，那就是他们总是会有什么地方不对劲，需要修理。我还是有自己的房子，就是这间屋子，把这间屋子安置在店旁边。这样我可以装个铃，二十四小时服务。"

"这个计划听起来非常好。"我说。这个计划真的很好。

"最好的部分是，"乔继续说，"如果生意不好，我只要搬到生意好的地方去就可以了。"

他太太说："乔连蓝图都已经设计好了，什么东西该摆哪儿，每把扳手、钻头，甚至连电动焊接器的位置都决定了。乔是个了不起的焊接工。"

我说："我收回刚才说的话，乔。我想，你在汽车修护职场里已经有了自己的根。"

"情况可能更糟。不过我连这个都想好了。你知道，等孩子长大后，我们甚至可以在冬天到南方去工作，夏天在北方工作。"

"乔的手艺非常好，"他妻子说，"他工作的地方已经有了自己的常客。有些人大老远跑五十英里，就是为了要乔修他们的车子，因为乔修得很好。"

"我的确是个很好的技师。"乔说。

我在托莱多附近的宽广高速公路上行驶时，与查理谈到了根这个话题。他听我说话，不过没有回答。在关于根的固有想法中，我和大多数人一样忘了两件事。美国人会不会是不安于现状的一群人，是一群迁移的人，如果可以选择，他们永远都不会满足自己所在的地方？居住在这块大陆上的拓荒者与移民都是曾经在欧洲不安于现状的人。那些踏实有根的人都待在家里，到现在，他们依然住在原处。但是我们每一个人，除了被迫为奴的尼亚加拉瓜人外，都是这些不安于室、不满于待在家中的任性者的后代。如果我们没有遗传这种性情，不是很奇怪吗？事实上我们都遗传了这种不安定性。但这只是短浅的看法。什么是根，我们拥有根多久？如果人种已经存在了数百万年，那么人的历史是什么？我们最久远的祖先追踪着猎物，搬到有食物的地方，碰到恶劣的天候、结冰期、季节变换就逃到其他地方。然后经过了大家想象不到的好几千年后，他们驯养了一些动物，从此开始跟他们的食物住在一起。之后，出于必要，他们逐草而居，漫无目的地漂泊，求的就是要喂饱牲口。只有当大家开始务农的时候——就整个历史来看，这段期间并不太长——一个地方才有了它的意义、价值与永恒性。但是土地是有形的，有形的东西最终总是会落在少数人手上。就这样，一个人想要拥有土地，同时又需要劳动的苦役，因为总得有人在土地上工作。根存在于土地、有形物质以及无法移动的财产拥有权中。从这个角度看，我们是一个不安定的种类，只拥有根的历史极短，而根也还没有广泛地散布出去。或许我们把根当成一种心灵的需要，是过度高估了根。或许需要根的冲动愈强，心灵的贫瘠也就愈深、愈古老，至于意志力和渴望，那又是另外的话题了。

查理并没有回应我的假设。而且，他简直是惨不忍睹。我曾对自己承诺过要帮查理梳理、剪毛、维持美观，但全都没做到。他脏兮兮的，全身都是毛球。鬈毛狗不像羊那样容易掉毛。每当晚上准备执行这项高尚的梳理工作时，我总是有其他事情要忙。另外，我还发现他有严重的过敏症，这是我从来都不晓得的事情。有一天晚上，我必须在一个大型运牛卡车停车与卡车司机清理车上铺草窝的地方落脚；停车场周围堆着如山的粪便以及像雾一样大片的苍蝇。虽然"驽骍难得"有纱门与纱窗，但成千上万的苍蝇仍然飞了进来，藏在角落，死都不肯飞走。于是我第一次拿出杀虫剂用力喷，那之后查理就开始长时间不停地打喷嚏，他打喷嚏打得很严重，最后我只得把他抱在怀里。第二天早上，小屋里全都是昏昏欲睡的苍蝇，我又喷了杀虫剂，查理再次开始打喷嚏。从此之后，只要有飞进来的不速之客，我就得把查理关在车外，然后在屋内或车厢内喷药，直到所有的害虫都死光了为止。我从来没见识过这么严重的过敏症。

由于已经很久没有去过中西部，所以当我驾车经过俄亥俄州、密歇根州与伊利诺伊州时，许多印象一股脑儿全挤了进来。首先是人口大量的增加。村子变成乡镇，乡镇发展成城市。路上交通壅塞；城里密密麻麻的全是人，所有的注意力都用来避免碰撞到别人或闪躲其他人的碰撞。第二个印象是电力，我说的是一种力量，几乎算是一种能量的流动，效力之大，足以让人震慑在其影响之中。不论哪个方向，不管是好还是坏，到处都是活力。我从来不觉得任何一个在新英格兰看到或谈过话的人不友善或粗鲁，只不过他们都惜言如金，而且通常都要等初来乍到的人先开口说话。在即将穿过俄亥俄州界时，我觉得那儿的人似乎比较开放而且比较外向。路边摊的女侍者在我还来不及开口的时候就对我说早，跟我讨论早餐，就像她很满意我所点的食物一样，她还热心地告诉我天气状况，有时候甚至不需要我问，她就会告诉我一些她自己的事。陌生人之间一点都不设防地随意交谈。我已经忘了乡间是多么馥郁而美丽——深厚的土壤，还有绿树的丰裕，密歇根湖美得像个精雕细琢、穿衫戴宝的女人。我觉得位居核心地带的这片大地似乎慷慨而外向，或许这儿人民的个性就是来自这块大地。

我旅行的其中一个目的就是倾听，听别人说的话、腔调、说话的节奏、话中的话以及话的重点。话，不是只有字词句。我走到哪儿，听到哪儿。我觉得地区性的语言似乎正在消失，还没有完全消失，但正在消失。四十年的收音机，加上二十年的电视，一定会有这样的影响。沟通必须用一种缓慢而必要的过程摧毁地方性。我依然记得自己曾经只凭一个人说的话，就可以准确指出他的故乡。这种辨识能力愈来愈难了，在可预见的将来，这种能力将成为绝响。空间上如果没有突出的部分，那么这一定是一间罕见的房子或建筑物。收音机与电视的语言变成了标准语言，或许他们说的英文比我们以前的都要好。就像我们的面包，搅拌、烘烤、包装、出售，过程中没有偶发的事件，也没有人为疏失，所有的面包都一样优秀，也都一样食之无味，将来等我们的语言统一成功时，也是这种情况。

我这个热爱字词及其无限变化的可能性的人，对这种必然的趋势感到悲哀。因为地区性的乡音会失去其地区性的节奏。惯用语这种丰富的语言、让语言充满地方性与时间性的诗意的语言形态也必会消失。取而代之的是一种全国性的语言，包装精美、规格标准，但毫无品位。各地区性的特色尚未完全流失，但已经式微。自从我上次听过大地的声音之后，这许多年间，语言改变得非常多。沿着南边的路线一路西行，在抵达蒙大拿州之前，我没听过真正的地区性语言。这是我又再度爱上蒙大拿州的原因之一。西岸全都回归到原装英文。西南部的英文仍保有一些地区性，但正在渐渐流失。当然美国最南部的主流派依然坚持他们的地区性表达方式，就像他们坚持并珍惜一些其他过时的东西一样，不过没有任何一个地区抵抗得住高速公路、高压电线以及全国性电视。我哀叹的东西或许并不值得保留，但我依然觉得遗憾。

即使在抗议我们的食物、歌曲语言，最终还有我们的灵魂都是由装配线统一生产时，我也清楚地知道以前烘焙出可口面包的家庭物资缺乏。母亲那个时代的烹调方式除了极少数例外，一概都很糟，没有经过低温杀菌的好喝牛奶，只有苍蝇与一点爬满细菌的粪便碰过,往昔健康的生命常会出现令人费解的疼痛以及不明原因的暴毙,我哀叹的甜美乡音是出自没受过教育的无知孩子。一个年岁渐老、早晚都会碰到障碍的人抗议改变,尤其是好的改变,是正常的现象。但是我们用肥胖取代饥饿也是事实,两者都杀不死我们。改变的阵型已经摆出。我们,或至少我一个人,可以不必去设想一百年或五十年以内人类的生活。或许我最大的智慧就是明白自己的不知。悲哀的是那群浪费精力、试着力挽狂澜的人,因为他们只感受到了失落的痛苦,却体会不到获得的喜悦。

湖边的对话

当我经过或靠近大的生产区——扬斯敦①、克利夫兰、阿克伦②、托莱多、庞蒂亚克、弗林特③以及后来经过的南本德④与加里⑤——我的眼睛以及心灵都会被令人意想不到的巨大与生产活动力打扁,这是一种类似浑沌却又不可能是浑沌的复杂。你可以低头观察一个蚁丘,你会看到这些快速来去的忙碌居民毫无章法、毫无方向而且毫无目的。不可思议的是,我竟然还能再次来

① 扬斯敦(Youngstown),俄亥俄州城市。
② 阿克伦(Akron),美国俄亥俄州东北部萨米特县城,位于小凯霍加河畔。
③ 庞蒂亚克与弗林特都在密歇根州。
④ 南本德(South Bend),美国印第安纳州北部圣约瑟夫县城,位于圣约瑟夫河畔。
⑤ 加里(Gary),印第安纳州城市。

到一条安静的乡间路上,两旁都是树,还有围起来的土地与牛,我可以把"驽骓难得"停在一潭清澈、干净的湖水边,抬头看着排成箭型南飞的野鸭和野雁。在那儿,查理也可以用他敏感的探索鼻,在树丛里与树干上阅读属于他的特别文学,并留下他的信息,或许他留下的东西,在无限的时间里,将跟我写在会腐坏的纸上的这些鬼画符一样重要。在风飘摇于树枝间并搅乱了湖面镜的沉默环境中,我用一次性的铝锅烹调可以下咽的晚餐,并煮了又浓又稠、连指甲都可以浮在上面的咖啡,之后坐在我自己的后门台阶上,终于可以静下来思考一路上所见到的事情,并试着理出些思虑的头绪,让挤在我脑子里丰富的所见所闻能有栖身之所。

让我告诉你那是种什么感觉。到佛罗伦萨乌菲兹①、巴黎的卢浮宫去,你会被大量的作品以及曾经叱咤的势力压得透不过气来,因此你会苦恼地走开,感觉就像便秘。然后当你独处并想起这些作品的时候,一幕幕的画作会自己整理出头绪来;有些会因为你的审美观与有限的能力而被淘汰,其他的则会清晰而干净地显现出来。接着你可以再回到那个地方,专注看着一样作品,这时其他众多作品的叫嚣一点都不会影响你。经过了一段混乱后,我可以走进马德里的普拉多博物馆②,对其他一千张

① 乌菲兹(Ufizzi),意大利佛罗伦萨的一座博物馆,收藏有世界上最多的意大利画家的作品。
② 普拉多博物馆(Museo Nacional del Prado),位于马德里。收藏有世界上最精美的西班牙艺术品,及欧洲其他主要流派的许多展示品。原为西班牙王室收藏,后发展为画廊,一八一九年根据斐迪南七世的命令向大众开放。

想要争取我注意力的画作视而不见，径自走去拜访朋友——一张不太大的格列柯①作品，名为《捧着一本书的圣保罗》（San Pablo con un Libro/Saint Paul with a Book）。画中圣保罗刚合上他的书。他的手指指着刚才读的最后一页，脸上还带着惊喜以及合上书后仍想弄清楚的决心。也许只有在以后，才可能真正了解里面的意思。好几年前，当我还在森林里工作时，伐木工人告诉我他们在妓院里伐木，在树林里做爱。因此现在当我独自坐在北密歇根州的一个湖边时，我必须把自己在中西部大量生产出来的东西整理好。

正当我无忧无虑地坐在一片沉静中时，一辆吉普车拖擦着走了一段路后停在路上，乖查理放下了手边的工作开始咆哮。一个穿着靴子、灯芯绒裤以及厚重红黑方格纹大衣的年轻人爬出了车子，大步走近我。他用一种难听而不友善的语气说话，让人一听就知道这家伙一点都不喜欢他必须要做的工作。

"你不晓得这块地有标示吗？这是私人用地。"

通常他的语气会燃起我的怒火。我会爆出愤怒的丑陋面，然后他就可以开心而一点都不觉得内疚地把我赶出去。我们或许还会发展到激烈地争吵或打斗的地步。不过那是一般会发生的情况，这儿的美丽与安静缓和了我对愤怒的反应，而就在我迟疑之际，愤怒已经消失无踪。我说："我知道这是私有地，我正打算找人征求同意或付些钱在这里休息。"

---

① 格列柯（1541—1614），出生于克里特岛的西班牙画家。

"地主不喜欢露营的人待在这儿。他们会到处留下纸屑，还会在这儿生火。"

"我一点都不怪他。我知道露营的人留下的烂摊子是什么样子。"

"看到树上的告示牌了吗？不得随意进入、不得狩猎、不得钓鱼、不得扎营。"

"嗯，"我说，"听起来好像在谈论生意。如果把我赶出去是你的工作，你就一定得把我赶出去，我会安静离开。不过我只是在这儿煮壶咖啡。你想如果我喝完再走，你的老板会介意吗？如果我请你喝杯咖啡，你老板会介意吗？如果他介意，你可以快点把我赶出去。"

年轻人露齿笑了出来。"管他的，"他说，"你既没有生火，也没有丢垃圾。"

"我做的事情比这两样还糟糕，我在试图用一杯咖啡贿赂你。而且比贿赂更糟糕。我在咖啡里加了一点点老祖父情结。"

他大笑。"管他的！"他说，"我去把吉普车开到旁边。"

就这样，旧有的固定模式被打破了。他盘腿坐在地面的松叶堆里啜着咖啡。查理靠近他闻了闻，然后任凭这个年轻人轻抚着他，这对查理来说，是很不寻常的事情。如果是在其他地方，他不会让陌生人碰他。但这个年轻人的手指找到了查理耳朵后面一块他喜欢让人搔痒的地方，他满足地叹了一口气后坐下。

"你在做什么——打猎吗？我看到你的车子里有枪。"

"只是路过。你知道,有时候看到了一个地方,就是觉得对上了眼,恰巧又累得很,我想这时你就会不由自主地停下车。"

"嗯,"他说,"我了解你的意思。你的衣服蛮好看的。"

"我很喜欢,查理也很喜欢。"

"查理?从来没听过狗的名字叫查理。你好,查理。"

"我不想让你的老板找你麻烦。你觉得我该闪人了吗?"

"管他的,"他说,"他又不在这儿。我管家。你也不会做什么不好的事情。"

"我擅闯私人用地。"

"你知道吗?有个家伙在这儿露营,那人有点神经病。于是我到这儿来赶他。他说了很滑稽的话。他说:'擅闯私人用地不是犯罪,也不是行为失检。'他说那是一种侵权。他说的是妈的什么意思啊?他有神经病。"

"检查检查我吧,"我说,"我不是神经病。让我把你的咖啡热一热。"我用两个火热他的咖啡。

"你煮的咖啡真好喝。"我的东道主说。

"天黑前我得找个地方停车。你知道这条路上有什么地方可以让我过夜吗?"

"如果你把车子开到那些松树后面,路上就没有人看得到你了。"

"但这样我就侵权了。"

"是啊。祈祷老天爷让我知道那是什么意思。"

他开着吉普车在前面带路,帮我在松树林中找到一块平坦的地方。天黑之后，他走进"驽骍难得"赞佩里面的设备，我们一起喝了点威士忌，聊得很愉快，然后对彼此撒了几个小谎。我把从 Ａ＆Ｆ 店里买的时髦的跳动鱼钩和浮标拿出来给他看，并送了他一个，还送了他几本我已经看完了的悬疑小说，这些小说充满色情与暴力，而且内容都抄自《田野与溪流》杂志。为了回报我，他邀请我在这儿一直待到想离开为止，还说第二天再来造访，届时我们可以一起钓点鱼，我答应他至少多待一天。有朋友真好，况且我还需要一点时间整理自己看过的东西、巨大的制造厂与工厂，以及快速的步调与制品。

这位守湖员是个寂寞的人，因为他有个太太，所以更寂寞。他给我看放在他皮夹子塑胶套下面的他太太的照片，一个相当漂亮的金发女孩，尽可能摆出杂志照片上的姿态，这是一个用产品堆砌起来的女孩，家庭烫发剂、洗发精、润丝精、皮肤保养品。她讨厌出门到她所谓的偏僻地区，热切盼望在托莱多或南本德过着高贵优雅的生活。她只有在《诱惑》与《魅力》这类女性杂志的闪亮版面上才能找到朋友。这个女孩最后一定会气呼呼地迈向成功。她的先生将会在某个发展中的铿锵作响的大组织内找到一份工作，从此两个人过着幸福快乐的日子。这些都是从他间接迸出的低声谈话中知道的。她非常清楚自己想要的东西，他却不知道自己要什么，然而他想要的东西，将让他一辈子惦念。他开着吉普车离开后，我设身处地过了一下他的日子，结果让我罩上了一层绝望。他想要他美丽的小妻子，也想要其他的东西，但两者不可能兼得。

查理做了一个很狂暴的梦，把我都吵醒了。他的脚以跑步的姿势抽搐，还发出了低低的汪汪叫声。或许他在梦中追一只大兔子，但没追到。也或许在梦中，有其他的东西在追他。做出第二种推测时，我伸出手摇醒了他，这一定是一场非常猛烈的梦。他喃喃地对着自己抱怨，然后在回去继续睡觉前，喝掉了半碗水。

守湖员在太阳升起后没多久就回来了。他带了一支钓竿，我也拿出我的钓竿装上卷线器，除此之外，我还得找出我的眼镜，才能把涂上鲜艳色彩的浮标绑上去。如果没戴眼镜，单纤维丝的钓鱼线对我来说几乎是透明的。

我说："你知道吗，我没买钓鱼执照。"

"管他的，"他说，"反正我们可能什么都钓不到。"

他说得没错，我们什么都没钓到。

我们走一下，然后抛竿，然后再走一下，用尽了所有知道如何吸引鲈鱼和梭子鱼的方法。我的朋友一直说："只要我们能把讯息传达出去就好了，它们就在这下面。"但是我们的讯息一直都没传出去。如果鱼儿都在下面，那么它们依然还在下面。我钓鱼的绝大部分下场都是这样，不过我还是一样喜欢钓鱼。我的需求其实很简单。我一点都不想在巨鱼战中，钩住一条象征命运的怪物来证明自己的男子气概。不过有时候我也不讳言地喜欢找几条肯合作而且适合煎锅大小的鱼。中午我拒绝了他的晚餐邀请以及与他太太碰面的邀约。我愈来愈想见到自己的太太，所以匆忙上路。

寂寞的美国人

其实还是没多久以前,一个人一旦出海,他的存在便会随之停止两三年,或永远。当加了篷子的马车出发横越这片大陆时,留在家乡的亲朋好友或许再也听不到这些流浪者的消息。日子继续过下去、问题一个个解决、决定一个个做出来。就连我都还记得,那时电报只代表一件事——家里有人去世。但是仅在一段短短的时间内,电话改变了一切。如果在这篇流浪的叙述中,你们觉得我似乎砍断了联系着家庭悲欢、家中小家伙现犯的恶行、小家伙长牙的时刻以及生意上成功与苦闷的那条线,那么我告诉你们,事实并非如此。一个礼拜有三天我会在某个酒吧、超级市场或轮胎与工具杂物服务站,打电话到纽约重建我在时空中的身份。在那三到四分钟内,我像拖着尾巴的彗星一样,有了属于一个人的名字、责任、快乐与挫败。那种感觉就像在两个空间之间来回闪避,是一种冲破声音藩篱的沉默爆炸,那是一种奇异的经验,就像在一种已知却又异化的水中快速沾一下的感觉。

计划中,我的妻子会飞到芝加哥与休息一小段时间的我会面。两个小时之内,至少理论上如此,她会切穿一段我需要开车开好几个星期才能爬过的地球弧线。我被塞在串起印第安纳州北部州界的宽广收费路段上,这条路会经过埃尔克哈特①、南本

---

① 埃尔克哈特(Elkhart),印第安纳州城市。

德与加里,我变得很不耐烦。道路的特质说明旅行的特质。笔直的道路、来往车辆发出的咻咻声,还有不变的速度都令人昏昏欲睡,当距离一点点剥落,无法察觉的疲惫也慢慢开始蔓延。白昼与夜晚本是一体。沉落的太阳既非开车的请柬,也非停车的命令,因为交通会持续循环下去。

晚上很晚了,我才把车子停进休息区,在一个永远不关门的大型简餐厅里吃了一个汉堡后,带着查理到修剪得很浓密的草地上散步。我睡了一个钟头,但是远在天亮之前就醒了。车上有正式的西装、衬衫和鞋子,不过我忘了带一个可以把这些衣服从车上运到饭店里的箱子。事实上,我不晓得车上还有哪个地方摆得下一个箱子。在一盏弓形灯下的垃圾桶里,我找到了一个干净的皱褶硬纸箱装衣裤。我把干净的白衬衫用地图包起来,然后用钓鱼线绑住纸箱。

了解到自己在拥挤交通的怒吼与压迫下有容易惊慌的倾向后,我在离天亮还很久时就上了路。我想在东大使饭店结束这段行程,因为我在那儿预订了房间,而且说实话,我不想再迷路了。最后,灵机一闪,我雇了一位夜间营业的出租车司机带路,果然,之前绕的路真的离我的饭店非常近。即使饭店的门房与服务生觉得我的旅行用品很奇怪,他们也没有流露出心中的想法。我把用衣架挂着的西装递给他们,打猎外套的大口袋里装着皮鞋,衬衫则折叠平整地包在新英格兰区的地图里。"驽骍难得"一下就被带到一间修车厂中停放。查理住到狗旅馆去洗澡与理容。虽然他已经这把年纪了,但还是一条很虚荣、很爱漂亮的狗,不过当他发现自己被单独留下来,而且还是留在芝加哥时,平常的镇静态度就完全走了样,他大声吠叫着他的愤怒与绝望。我把耳朵遮起来快速离开,埋头往我的旅馆走。

我想东大使饭店的人都认识我,而且对我印象不错,但是当我穿着皱皱的猎装抵达饭店时,没有刮胡子的脸覆满了旅途的风尘,再加上一对因为开了大半夜车而出现的惺忪睡眼,这种好感也派不上用场。当然,我之前已经预订了房间,不过房间在中午之前可能无法清出来。饭店曾仔细解释过他们的立场。我了解,而且原谅了这里的管理方式。我的立场是要一个浴缸和一张床,不过既然这也不可能,我只好把东西都堆在大厅的椅子上,睡到房间备妥为止。

我看到柜台人员的眼睛里闪着不安的情绪。连我自己都知道我跟这个高雅、昂贵的愉悦地方格格不入。他向管理助理打了个暗号,也许用的是心电感应法,接着我们就一起找出了解决方法。一位房客刚好为了赶飞机提早退房。他的房间还没有清理好,物品也没有预备好,不过在我的房间准备好前,饭店欢迎我暂时使用那间房。就这样,智慧与耐性把问题给解决了,皆大欢喜——我有机会洗个热水澡、睡个觉,饭店也避开了让我留在大厅的厄运。

那个房间自从前一个房客离开后,完全没有人动过。我坐进一张舒适的椅子中脱靴子,甚至还真脱了一只靴子下来,这时候我开始注意到一些事情,然后注意到更多、更多的事情。在短得令人诧异的时间内,我竟然把洗澡和睡觉这两件事都忘了,我发现自己深深陷入了寂寞哈利的生活。

当一只动物在某地休息或经过某地的时候，会留下压扁了的叶子、脚印，或许还会留下粪便，但一个人在一间房里住过一个晚上后，房间会印下他的个性、传记、最近的历史，有时候还会留下这个人未来的计划与希望。我相信人的性格也会渗进墙里，然后慢慢释放出来。这或许是一种可以解释鬼怪与显灵之说的讲法。即使我的结论也许不正确，但是我对人留下的足迹却非常敏感。除此之外，我一点都不羞于承认自己是个无可救药的偷窥狂。只要经过没有拉帘子的窗子，我一定会往里面瞄一眼，每次听到与我无关的对话，我也一定不会非礼勿听。我可以自圆其说或甚至自抬身价地辩称我的行业就是要了解大众，不过我想其实我只是单纯的好奇而已。

当我坐在没有经过整理的房间里时，寂寞哈利开始成形并有了实体。我可以感觉到刚才离开的那位客人所留下七零八落的物品。当然，就算查理的鼻子并不完美，他也一定可以知道得更多。但是查理现在正在狗舍里剪毛。不过即使如此，哈利仍然真实得像我所遇到的任何一个人，或者比许多我遇到的人更真实。他并不特别，事实上，他属于数量相当大的一群人当中的一个。也因此他成为美国每一个研究所关心的对象。在我开始拼凑出这个人之前，在我让一大群美国男人开始紧张之前，我要先声明，这位房客的名字并不是哈利。他住在康涅狄格州的西港市。这个资讯来自好几个衬衫上的洗衣条。男人通常住在他洗衬衫的地点。我只能猜测他通勤到纽约工作。他旅行到芝加哥的主要目的是出差，不过在其中加了点传统的余兴节目。我知道这个人的名字，因为他在好几张饭店的信纸上签名，每个名字都签得有些歪斜。这似乎表示他在商业界并没有太多自信，还有其他的地方也有这样的迹象。

有一封他着手写给他老婆的信，最后也进了垃圾桶。"亲爱的：这儿一切都好。曾试着打电话给你姑妈，但没人接听。我真希望你在这儿陪我。这是个寂寞的城市。你忘了帮我把袖扣放进行李，所以我在马歇尔·菲尔德店里买了一对便宜的袖扣。我写信的时候正在等着 C.E. 的电话。希望他能带来合……"

就像信上那个亲爱的并没有来这儿为哈利把芝加哥变成一个比较不寂寞的地方，这个人的客人也不是带着合约来访的 C.E.。他的客人是个一头褐发的她，擦着淡色的口红——烟灰缸里的烟屁股，还有桌角的高脚玻璃杯。他们喝了杰克·丹尼威士忌，一整瓶——空的瓶子、六个汽水罐，还有一个曾经装过冰块的桶子。她用味道很浓的香水，并没有留下来过夜——第二个枕头有人用过，但没有人睡过，除此之外，丢掉的面纸上也没有口红印。我觉得她的名字应该是露西——我也不知道为什么这么认为。或许因为她的名字本来就是露西。她是个很紧张的朋友——在哈利休息的时候抽着烟，有滤嘴的香烟，但每根熄掉的烟都只抽了三分之一，就再点上另外一根，还有，她并不是把烟捺熄，而是把烟拧熄，每根烟的底端都是断的。露西戴着一顶那种用排齿梳固定在头发上的小布帽。有根排齿断了。床边的那根断排齿和一根金属弹簧发夹告诉我露西是个褐发女郎。我不晓得露西是不是专业人员,不过至少她在执业。她有良好的职业习惯。她不像业余者在各处留下太多的东西。而且她并没有喝醉。她的杯子是空的,但是红玫瑰的花瓶——管理阶层的殷勤小礼——有杰克·丹尼威士忌的味道,这对玫瑰并没有太大的好处。

不晓得哈利和露西都谈了些什么。不晓得她有没有减轻哈利的寂寞。一种不明原因的感觉让我对这一点抱持怀疑的态度。我认为他们两个都做了大家认为他们会做的事。哈利不应该慢慢喝酒。他的胃无法消化——垃圾桶里有坦适①的包装纸。我猜他从事的是一种神经质的工作。寂寞的哈利在露西离开后,一定又一个人把酒全喝完了。他出现宿醉的现象——盥洗室里有两根铝箔管装的解酸剂。

寂寞的哈利有三件事情一直让我无法释怀。第一,我觉得他没有得到任何乐趣;第二,我认为他真的非常寂寞,或许已经到了一种积习成癖的程度;第三,他的一切行为都在意料之中——没有打破杯子或镜子、没有大发雷霆,也没有留下任何欢愉的具体证据。我一脚脱了靴子满屋跛行,想要找出哈利是个怎么样的人。我甚至还看了床底与衣柜里面。他连领带都没忘记带走。我为哈利感到难过。

---

① 坦适(Tums),美国著名的胃药。

第三部

美国与美国人

芝加哥是旅程中的一个休息点，一段让我恢复名字、身份与快乐已婚状态的时期。我的妻子从东岸飞过来作短暂的停留。我很高兴这样的改变，重新回到自己熟悉与信赖的生活中——但这里却让我遭遇到写作上的困难。

芝加哥破坏了我的连续性。在生活上，这并不碍事，但是写作却不行。因此我没有把芝加哥写进来，因为这段过程牛头不对马嘴。在我的行程中，芝加哥之旅愉快可喜；但在写作上，这段行程只会制造不协调。

当这段时期结束并彼此道了再见后，我必须再次经历与当初同样的失落寂寞感，痛苦的程度不亚于刚开始。然而除了独处之外，寂寞似乎没有解药。

查理同时被三种情绪撕扯——把他单独留下所产生的对我的愤怒、看到"驽骍难得"时的高兴，以及对他自己外表单纯的骄傲。经过梳理与清洗后的查理，对自己满意的程度，就像一个穿上手工精良的衣服的男人，或一个刚经过美容院打理一切的女人，这些人全都能相信自己通体明亮。查理经过梳理的四条腿变得非常高贵，一头银蓝色的毛发潇洒俊俏，尾巴上的毛球像根乐队指挥棒。整理、修剪过的浓密胡子，让他散发出十九世纪法国显贵的风采与姿态，另外，还顺带遮住了他弯曲的前牙。偶然的机会让我知道他没毛是什么德性。有一年夏天，他长出的毛全纠在一起，还生了霉菌，于是我剪光了他的毛。在刚毅犹如塔楼的狗腿下面，是四条纺锤般的胫骨，既细又不太直；剔掉他的襞襟毛后，露出来的是中年狗下垂的肚子。不过查理就算清楚自己不完美的真面目，也没有表现出来。如果仪态造就一个男人，那么仪态加上梳理就可以造就一只鬈毛狗。他直挺而高贵地坐在"驽骅难得"的椅子上，让我了解到获得他的原谅虽然并非不可能，但我必须努力才能赢得。

查理是个骗子，我很清楚这一点。我们家儿子小时候曾参加过夏令营，有一次我们做父母的人去进行那种极为乏味的探访。准备离开时，一位妈妈对我们说她必须尽快离开，否则她的孩子会受不了。这位妈妈紧闭着勇敢却颤抖的双唇逃开了，她隐藏住自己的感觉，就是为了保护孩子。她儿子看她离开后，带着无限轻松的表情回到自己的小团体，继续原来正在做的事情，我知道这孩子之前也在玩游戏。因此我晓得，我离开查理五分钟后，他就会找到新朋友，做好安排让自己开心愉快。但有一件事情，查理没有装模作样。他很高兴我们又要开始旅行了，连着好几天，他都让旅程更添光彩。

意料之外

伊利诺伊州给了我们一个漂亮的秋日,清爽又干净。我们快速朝北前进,往威斯康星州行驶,我们穿过一片拥有良田与宏伟大树的壮观土地,这是一块属于君子的乡间土地,整齐、围着白栅栏,不过我猜地主一定还有其他收入。因为在我看来,这块地不但似乎没有那种可以养活自己与地主的冲劲,反而像一个需要许多无名氏奉养与协助才能继续活下去的漂亮女人。不过话说回来,这个事实一点都不会影响到她的可爱——前提是如果你养得起她的话。

从别处知道某块地方的真相,然后接受并了解这块地方,但同时又对这块土地一无所知,不但是可能发生的事情,而且发生的几率还很大。我从未到过威斯康星州,但这辈子听说过无数这儿的事情、吃过这儿的奶酪,有些威斯康星奶酪还具备了世界水准。除此之外,我一定也看过这儿的照片。每个人一定都看过。那么为什么在面对这个地区美丽而多变的田野、山丘、森林与湖泊时,我还没有准备好呢?现在想想,之前一定是因为威斯康星州丰富的奶制品,让我认定这是一大块平坦的牧牛草地。我从未见过变化这么快速的乡村,正因为我什么都不期待,所以看到的景象令我惊喜。我不晓得这儿在其他季节是什么样子,夏天也许因为酷热而显得又臭又不稳定,冬天也许因为阴暗的寒冷而让人呻吟,但当我第一次,也是唯一的一次,在十月初看到这个地方时,天空因乳白色的阳光而变得浓郁,不但一点都不模糊,反而清爽又干净,每株在霜寒中仍透着欢欣的树被衬得更为出色,起伏的山丘全都独立而分隔,完全没有混淆在一起。光线渗入土壤,让我似乎因此能够深深地透析一切事物,除了希腊,我从未在别处看到过这种光线。现在记起来,曾有人告诉过我威斯康星是个美丽的州,但那番话并没有让我做好准备。那是神奇的一天。整片土地滴落着丰盈,胖牛与肥猪闪烁在一片绿色当中,范围较小的玉米丛,杵着玉米应有的样子,站在各自的小棚中,除此之外,还有满地的南瓜。

我不晓得威斯康星有没有奶酪品尝节,但我这个热爱奶酪的人觉得应该有这么一个节日。到处都有奶酪,奶酪中心、奶酪合作社、奶酪店与奶酪摊,或许还有奶酪冰淇淋。我可以相信关于奶酪的一切事情,因为我看到过一大堆瑞士奶酪糖的广告牌。很遗憾我没有停下来试吃些瑞士奶酪糖,因此现在也无法说服任何人奶酪糖是真有其物,并非出于我的杜撰。

我看到路旁有个非常大的结构体,那是世上最大的贝壳配销处——不过威斯康星州从寒武纪①之前就没见过海了。我曾听过威斯康星峡谷的大名,但却完全没有意料到冰河期能雕刻出如此诡异的地区,这是一片光怪陆离的水流区,经过雕琢的石

---

① 寒武纪,古生代最早的地质时期,距今五亿九千万年至五亿五百万年前。这一时期海洋广布,因此岩石富含海洋无脊椎动物化石,包括三叶虫和腕足动物。现代出露地点有北威尔士、苏格兰、挪威、西班牙和阿巴拉契亚。

头,有黑也有绿。如果一觉醒来身在此处,可能会以为自己置身在某个其他星球的梦境中,因为这儿如果不是有一种不属于尘世的特质,就是保留了这个世界跟现在很不一样的年轻时期的铭刻纪录。紧贴着这个似梦似幻的水道周围的是我们时代的破烂:汽车旅馆、热狗摊、广受夏日观光客喜爱的不入流的廉价商品,不过这些丑陋的疤痕都因为冬天而关上了门、钉上了板子,就算仍在营业,我也怀疑他们能否驱散威斯康星山谷的魔法。

那天晚上我停在一个山坡上,这是个供卡车司机使用但很特别的地方。超大型的运牛卡车在此停靠休息,最近来过的卡车留下了许多残余物。一堆堆成山的粪便,还有粪便山上一片片的苍蝇。查理像个进到法国香水店里的美国女人,狂喜地到处嗅。我无法批评他的品位;青菜萝卜各有所爱。这里的味道很浓,很像土,但并不恶心。

随着夜色深沉,我跟查理在令他欣喜的粪便山之间散步,一直走到山顶,往下俯瞰小山谷。我看到了令人困扰的景象。我想如果不是因为开车开太久视力有点扭曲,就是我的判断力有点混乱,因为我看到下面的黑色土地好像在移动、跳动以及呼吸。那儿没有水,但却像黑色的液体一样出现涟漪。我快速走下山,想甩开这种扭曲的画面。结果山谷里的地面上全是火鸡,看起来就像有好几百万只,因为数量过多、过于拥挤,所以这些火鸡密密麻麻覆盖了整片地面。我大大松了口气。当然,这些火鸡都是为感恩节而准备的。

成群结队、漫无目的地兜圈子,是火鸡到了晚上的天性。我还记得年轻时农场上的火鸡如何为了防范野猫与郊狼而聚成一堆，成群结队地在柏树林里睡觉，这是唯一让我知道火鸡竟然还有智力的线索。了解它们并不代表喜欢它们，因为火鸡既虚荣又可笑。它们总是聚成容易受攻击的团体，然后听到谣言就惊恐不已。所有家禽的疾病都会出现在它们身上，除此之外，它们还会生些自己发明的疾病。火鸡似乎属于燥郁一族，带着红色的肉垂呱呱乱叫，一会儿张尾拍翅做出妖娆的虚张声势状，一会儿又胆小懦弱地挤在一起。实在不太能看出来它们跟那些聪明、爱猜疑的野生禽类有表兄弟的关系。不过这里好几千只盖满了整片大地的火鸡，则全都等着要躺到美国大盘子上。

我知道从未看过著名的圣保罗①与明尼阿波利斯②双子城是件很丢脸的事，但更丢脸的是，我曾经过这两个地方，只是一直到现在仍旧没看过。靠近这两座城市时，一大片车潮吞噬了我，有一波波的旅行车大浪，还有呼啸而过的卡车激流。不晓得为什么每当我太过谨慎地计划一条路线时，结果总是事与愿违，然而当我怀着快乐的无知朝着虚构目标瞎闯乱走时，却总是吉人天相，一路无难无灾。那天一大早我就在研究地图，画出了一条想要走的详细路线。直到现在，我都还保留着那个自大的计划——从十号公路进入圣保罗，然后慢慢转入密西西比州。密西西比的这个S形弯道会提供我三条过河的路。走过这个愉快

①　圣保罗（St.Pual），明尼苏达州首府，位于密西西比河口岸。
②　明尼阿波利斯（Minneapolis），明尼苏达州东南部大城，与圣保罗隔着密西西比河对望，是明尼苏达州最大的城市。

的路线后,我打算穿过因为名字而吸引我的金山谷。看起来够简单的了,或许行得通,但是行得通的人不是我。

首先,交通像涨潮的海浪一样击中了我,带着我往前行,前面是一辆有半条街长的运油车,像块闪亮的船难残骸般在我前面蹦蹦跳跳。后面是个装了轮子的硕大水泥搅拌器,搅拌器上的大榴炮弹一路走一路转。右边,根据我的判断,是一座原子大炮。我跟平常一样,既惊慌又迷了路。于是我像个愈来愈虚弱的泳者,侧身往右边挤,进入一条令人心情舒爽的街道,直到被警察拦了下来,他告诉我卡车以及同属卡车之流危害社会的坏蛋不得进入这条街。他又把我推回了如狼似虎的车潮中。

我开了好几个小时,一直都无法把眼睛从环绕住我的巨兽身上移开。我一定已经开过了头,不过我从头到尾都没有看到河。我一直都没有看到河,也一直没有看到圣保罗或明尼阿波利斯。我只看到川流不息的卡车;我只听到马达嘶吼的声音。空气中弥漫的柴油毒气,在我的肺里燃烧。查理也开始咳嗽,但是我实在挪不出时间来拍他的背。我看到了一盏红灯,说明我正走在疏散路线上。我花了好一段时间才搞清楚那是什么意思。我的头不停地在转,失去了所有方向感。但是那张标志——“疏散路线”——却持续存在。当然,这是一条为了逃离尚未投掷的炸弹所设计的逃亡路线。就在美国中西部的正中间,突然出现一条逃跑路线,一条因为恐惧而设计的道路。在心里,我可以了解,因为我曾看到过人群逃亡的画面——堵塞的路完全无法动弹,人群争先恐后地翻越我们自己设计出来的峭壁四处逃窜。突然间,我想到那整片山谷中的火鸡,心中质疑着我凭什么认为火鸡愚蠢。至少,它们有一样东西比我们强:它们还蛮好吃的。

我花了将近四个小时才穿过双子城。听说这两个城里有些地方很美。我一直都没找到金山谷。查理帮不上一点忙。建造一样东西好让自己将来可以从这个东西中逃出来的比赛,跟他没有任何关系。上月球只是为了赶快从月球上逃回来,也不是他会做的事情。查理看到了我们的愚蠢,也原原本本地接受这些——愚蠢。

在这种嘈杂的环境下,我一定是在什么时候过了河而不自知,因为我之前就已经回到了十号公路上,并且一直在密西西比州的东边朝北走。乡村在我的眼前展开,我停在一家路边的餐馆旁,身心俱疲。那是一家德国餐厅,香肠、德国泡菜一应俱全,吧台上吊着成排晶莹剔透却没人用过的啤酒杯。当时,我是店里唯一的客人。女服务生并不是什么传说中的冰岛女王,而是一个脸臭臭的瘦小家伙,她如果不是一个有烦恼的年轻女孩,就是一个精力非常充沛的老女人,但是我看不出来她是哪一种。我点了腊肠、德国泡菜,然后亲眼看着厨师取下香肠上的塑料包装,把香肠丢进滚烫的水中。送上来的是罐装啤酒。腊肠非常难吃,酸泡菜也糟到了侮辱人的地步。

"请问你可不可以帮帮我?"我问那位既年轻又年老的服务生。

"什么事?"

“我想我有点迷路了。”

“迷路是什么意思?”她说。

厨师靠着他的窗子,把赤裸的手臂摆在送菜台上。

“我想要到索克中心,不过好像不太知道该怎么去。”

“你从哪儿来?”

“明尼阿波利斯。”

“那么你在河的这边做什么?”

“嗯,我在明尼阿波利斯好像也迷路了。”

她看了看厨师。“他在明尼阿波利斯迷路了。”她说。

“没有人会在明尼阿波利斯迷路,”那位厨师说,“我生在那儿,所以我知道。”

女服务生说,“我来自圣克劳德①,我也不可能在明尼阿波利斯迷路。”

“那么我猜自己在迷路这方面挺有天分的。我现在想去索克中心。”

厨师说:“如果他能一直走这条路,就不可能迷路。你现在在五十二号公路上。过圣克劳德,继续待在五十二号公路上。”

“索克中心在五十二号公路上吗?”

“不会在其他地方。你一定是外地人,竟然在明尼阿波利斯迷路。我蒙着眼睛都不会迷路。”

我有点不耐烦:“你在奥尔巴尼②或旧金山会不会迷路?”

①　圣克劳德(St.Cloud),明尼苏达州城市。
②　奥尔巴尼(Albany),纽约州首府,位于哈德逊河畔。

"没去过那些地方,不过我敢打赌,我一定不会迷路。"

"我去过德卢斯①,"女服务生说,"圣诞节我要去苏瀑②。我的阿姨住在那儿。"

"你在索克中心没有亲戚吗?"厨师问我。

"当然有,不过并不是像他说的旧金山那么远。我哥哥在海军服役。他在圣地亚哥。你在索克中心有亲戚吗?"

"没有,只是想去看看。辛克莱·路易斯是那儿的人。"

"噢!对。那儿还立了个牌子。我想应该有不少人去看那儿吧。对小镇有点帮助。"

"他是第一个告诉我这个地区的人。"

"谁?"

"辛克莱·路易斯。"

"噢!对。你认识他吗?"

"不认识,只看过他的书。"

我确信她正打算问:"谁?"不过我阻止了她。

"你说过了圣克劳德,然后继续待在五十二号公路上?"

厨师说:"我想那个叫什么名字的家伙已经不在那儿了。"

"我知道。他已经死了。"

"不会吧。"

---

① 德卢斯(Duluth),明尼苏达州东北部圣路易斯县城,位于苏必利尔湖西端。

② 苏瀑(Sioux Falls),南达科他州东南部明尼哈哈县城,为州内最大城市,位于大苏河畔。

独自一人

　　索克中心的确有个牌子："辛克莱·路易斯出生地。"

　　不知什么原因,我很快就到了那儿,然后往北接上七十一号公路到沃迪纳①。天色已经黑了下来,我沉重地朝着底特律湖前进。眼前出现了一张脸,那是一张消瘦而满是皱纹的脸,像个放在桶子里太久的苹果,那是一张寂寞的脸,因寂寞而生病的脸。

　　我跟他不熟,也从不认得那段狂暴时期被称为瑞德的他。在他最后的生命中,他曾打过好几次电话到纽约给我,我们一起在阿尔冈昆②吃中饭。我称呼他路易斯先生——直到现在,我在心中仍这么称呼他。那时候的他已经戒酒了,从食物中也得不到乐趣,但他的眼睛偶尔还是会闪现刚毅的眼神。

　　高中的时候读过《大街》,我记得他的生日在乡间所引起的激烈仇恨。

　　他回去过吗?

　　只是偶尔经过。唯一的好作者是已经作古了的作者。因为这样他才不会带给任何人惊讶,也不会伤害到任何人。最后一次见到他,皱纹似乎更多了。他说:"我很冷。我好像一直都很冷。我要去意大利。"

---

　　① 沃迪纳(Wadena),明尼苏达州城镇。
　　② 阿尔冈昆(Algonquin),位于纽约市的大饭店。

他真的去了意大利，然后死在了那儿，听说他死的时候是孤单一个人，我不晓得这个传言是真是假。他现在对这个镇有点好处，带来了些观光客。他现在是个好作家了。

如果"驽骍难得"里面还有空位，我一定会把美国工程计划管理局的各州指南①带来，一共四十八册。我每本都有，其中有几本非常珍贵。如果我没记错，北达科他州那册只印了四百本，南达科他州大概也只印了五百本而已。整套指南是有史以来记录最广泛的美国指南，直到现在都找不出可与之匹敌的地图。这套指南的资料是在美国作家最消沉的那段时间搜集的，那时候的美国作家，如果真有可能的话，要比其他正在维持温饱这种基本本能的族群消沉得多。但是这套书却因罗斯福先生的反对而受到大家嫌恶。如果说工程计划局的工作人员靠在他们的铲子上休息，那么作家就是靠在自己的笔上休息。最后有些州在印了几本之后，印刷的铅版就被打碎了，这实在很过分，因为这些都是整理过、有文献记录且写得很好的资料库，里面包含了地理、历史与经济各个层面。如果我把这些指南带在身边，举例来说，我就可以查查我现在驻足的明尼苏达州的底特律湖，知道这儿为什么称为底特律湖、谁取的名字、什么时候取的以及为什么取这个名字。深夜，我把车停在靠近湖边的地方，查理也跟我一样在这儿停了下来，我对这个地方的了解不比查理多。

第二天，经过长久灌溉的野心终于要开花结果了。

---

① 美国政府为了便于了解各地土木工程进度而进行实地勘查绘制出来的各州地图。

有些从未去过的地方竟能如此缠萦心头，让人连听到名字都会产生共鸣，真是奇怪。对我来说，有这种效果的地方是北达科他州的法戈（Fargo）。或许这个地方给我的第一个冲击在于富国银行（Wells-Fargo）的名字，不过我对这个地方的兴趣当然不止它的名字。如果你拿张美国地图，东西对半地从正中间对折，法戈就落在地图中间的折线上。在横跨两页的地图册中，法戈有时候会失落在装订线上。想要寻找这个国家东西方的中点，或许这不是个很科学的方式，不过却行得通。然而除此之外，对我而言，法戈就像是地球上传奇地带的兄弟，是希罗多德、马可波罗与曼德维尔①提到的神秘偏远之地的亲戚。小时候我以为如果是冷天，法戈就是这块大陆上最冷的地方，如果谈的是炎热，那么报纸上一定写着法戈的炎热远远超出其他地方，其他不论是湿度、干燥度或雪的深度，法戈必定都一马领先。反正那只是我的印象。不过我晓得起码有一打或五十个城镇会为此而认为自己名誉受损，并愤怒地找上我，带着比法戈更糟的天气数据与资格来谴责我。我要先向这些城镇道歉。为了安抚大家受创的感觉，我必须承认在行经明尼苏达州的摩海德、疾驶过红河，从另一边进入法戈时，正值金黄色的秋天，这个布满了霓虹灯的城镇，就跟所有拥有四万六千人口、精力十足的城镇一样，正为交通所苦，热络的活动也让整个城市乱七八糟、毫无目的。乡间与河对岸的明尼苏达州没什么不同。我一如往常开车穿过

_____

①　曼德维尔（Sir John Mandeville），这是个笔名，此人在十四世纪出了一本描述在印度与巴基斯坦旅行的书，但真正作者的资讯不详。

这个镇，除了前面的卡车以及后视镜中的雷鸟轿车外，见到的东西寥寥可数。一个人的神话就此破灭，感觉实在很糟糕。如果我到撒马尔罕①、中国或日本，会见到同样命运的地方吗？一旦摆脱这个镇破铜烂铁的外郊，我就已经穿越了梅普尔顿（Mapleton），在离艾丽丝（Alice）不远的枫河（Maple River）②上，我发现了一个令人喜悦的地方，因此停下了车——多可爱的镇名，艾丽丝。这个镇有一百六十二位居民，建于一九五〇年，上次人口普查时是一百二十四位居民——在人口爆炸的时代，艾丽丝的人口增长也不过如此。反正，我在枫河把车子开进一个小矮树丛中，树丛的枝叶横跨在河上，我想这里的树应该是美国梧桐吧，我在这儿稍作停留，舔舐自己的神话伤口。结果我很高兴地发现法戈的真实面目完全没有损害到我心中的法戈景象。我仍能像以前那样想象着法戈——一个被暴风雪撕裂、遭炎热打击以及交织着沙尘的小镇。我很开心地向大家报告，在真实与浪漫的战争中，真实并不是强者。

　　虽然当时只是中午，我却为自己煮了一顿豪华的晚餐，只是并不记得菜肴的内容是什么了。仍保有芝加哥梳理成果的查理走进浅水中嬉戏，于是又变回了那条老脏狗。

　　经过芝加哥那段舒适以及有人陪伴的日子之后，我必须重新学习独处。那只花了一点时间。但在离艾丽丝不远的枫河

---

①　撒马尔罕（Samarkand），在乌兹别克共和国，位于土地肥沃的泽拉夫尚河流域，是一个重要的工业、科学研究和文化中心。
②　以上三地全在北达科他州。

边，重新学习独处的成效显现了出来。查理在令人作呕的超级公路上已经原谅了我，不过他现在正忙着自己的事。河边这个停车地点令人觉得很愉快。我拿出了自己的垃圾桶洗衣机，把在肥皂水里晃动了两天的衣服拿出来冲洗。后来因为吹了一阵令人舒爽的微风，我干脆把床单挂在矮木丛的树枝上晾干。我不晓得这是什么树丛，不过树叶有股浓郁的味道，闻起来像檀香，恰巧我在世上最喜欢的就是味道香香的床单。我还在黄色的纸上写了些关于独处的性质与特色的心得。在正常的情况下，这些摘记应该会像其他随手涂鸦一样落个遗失不见的下场，但这几张用橡皮筋绑在番茄酱瓶子外面的纸条，却奇怪地在好久以后突然出现。第一张纸条上写着："感情、时间到孤独。"我记得这张纸条。有伴侣会让人在时间中被钉牢，而钉住的时间就是现在，但是当孤独的特质生根时，过去、现在和未来全流动到一起去了。一个记忆、一件当下的事情、一项预测全都是现在。

第二张条子上的心得模糊不清地躺在一道番茄酱下面，但是第三张纸条却是个惊人之作。上面写着："退回到欢愉—痛苦的基础。"这是由于其他时候的观察所引发的感触。

好几年前，我有过一个人独处的经验。连着两年的冬天，我一个人独自在内华达山脉①里的太浩湖②畔连续生活了八个月。

---

① 内华达山脉(Sierra Nevada mountains)，位于美国西部，主要在加利福尼亚州东部的山脉。自西北向东南在喀斯喀特山脉与海岸山脉之间绵延七二五公里。最高峰惠特尼山海拔四四一八米。
② 太浩湖(Lake Tahoe)，位于美国加州与内华达州边界，内华达山脉北部。

冬天开始下雪的时候，我成了一栋避暑屋的管理人。那时，我做了些观察。那段时期，随着时间流逝，我发现自己的反应变得迟钝。平常我很喜欢吹口哨。但我不再吹口哨。我不再跟自己养的狗说话，我相信自己较敏锐的感觉也开始消失，直到最后我处于一种欢愉—痛苦的状态。后来我发现，细腻的感觉、细腻的反应都是沟通的结果，没有类似的沟通，这些细腻的部分都容易消失。无话可说的人说不出话。把这个道理反过来，也一样成立吗——一个没有说话对象的人，也无话可说，因为他不需要言语？婴儿被动物——狼或其他动物——养大的报道不时会出现。这类报道通常都说被动物养大的孩子手脚并用地在地上爬，听起来好像那些孩子全都向自己的养父母有样学样，或许连思想都像匹狼。我们只能凭借模仿来产生创造。让我们拿查理为例好了。他在法国和美国，一直都与有学问、温柔、博学以及有理性的人在一起。查理这只狗，像狗也像猫。他的知觉敏锐而细腻，还看得懂别人的心思。我不晓得他能不能看得懂其他狗的心思，不过他知道我在想什么。每当我心里的计划连八字都还没一撇的时候，他就知道怎么回事了，而且还会知道这个计划中有没有他的份。这是毋庸置疑的事情。当他知道自己必须留在家里时所表现出来的失望与不以为然的那种表情，我太熟悉了。这就是那三张绑在番茄酱瓶子上、沾着红色污迹的纸条所传达的感触。

没多久查理就往下游移动，并发现了一些废弃的垃圾袋，他很不屑地检视这些袋子。稍后他翻动一个空的豆子罐头，闻了闻罐子的开口处，最后掉头走开。接着他咬住一个纸袋，轻轻地让里面更多的宝物滚出来，其中有个被揉掉的白色厚纸团。

我打开纸团，把纸上愤怒的皱褶摊平。这是一张给杰克某某的法院传票，告诉他如果再不缴付积欠的赡养费，他就犯了藐视罪，可能会受到惩罚。这个法院位于东部的一个州，而此地是北达科他州。一个逃亡中的穷家伙。他实在不该留下自己的踪迹，以防有人在找他。我打着了我的芝宝打火机，在完全了解自己让这起藐视罪更加严重的情况下，烧掉了这纸证明。老天爷，看看我们留下的线索！假设有人找到了番茄酱瓶子，并试着从我的纸条里重新组合出一个我，会是什么样的一种情况。我帮查理整理垃圾，但是除了现成食品的包装容器外，没有其他用笔写的东西了。这个人不是个厨师；他靠罐头维生，不过或许他的前妻也是如此过日子的。

这时中午才刚过，可是我觉得非常轻松而舒服，很不想动。"我们在这儿过夜好不好，查理？"他仔细看了看我，然后像教授摇着铅笔一样地摇摇尾巴——一下往左，一下向右，然后又回到中间。我坐在河边，脱掉了鞋袜，把脚伸进水中，极冰的河水灼痛了我的脚，直到冰冻的感觉一直深入体内，最后麻木了所有的感觉。我母亲相信把脚放在冷水里，会迫使血液流进头部，让人思绪更清明。"检阅的时间到了，我的老巫师，"我大声说，"这是另一种讲出我感到令人舒服得慵懒的说法。我踏上这趟旅程，为的就是想要知道一些美国的事情。我知道了任何事情吗？就算有，我也不晓得是什么。截至目前为止，我能够带着满满一袋的结论和一堆谜语的解答回家吗？我怀疑，不过或许可以。去欧洲的时候，当有人问我美国是什么样子时，我会回答什么？我不知道。你用嗅觉进行调查，那么你知道了什么，我的朋友？"

两圈完整的摇尾动作。至少他没有留着问题不做答复。

"截至目前，所有的美国人闻起来都一样吗？还是各区有不同的味道？"查理开始向左转圈，然后又往反方向转圈，他一共转了八圈才坐下来把鼻子放在脚掌上，头摆在我能够碰到的距离之内。他很吃力地弯下身。他小时候被车撞到，屁股受伤，结果打了好长一段时间的石膏。现在届龄黄金岁月，每当疲惫时，屁股的毛病就会骚扰他。他如果跑太久，右后腿会开始有点跛。由于他在躺下来前总要转圈转很久，所以我们有时候又叫他旋转鬈毛——我们真是太不应该了。如果我母亲的理论正确，那么我现在思绪应该非常清明。不过我母亲也说："冷脚——热心。"那是两码子事。

在这段休息与重新思考的时间内，我把车子停在离道路和车潮都很远的地方。我很认真。我抛弃怠惰的生活走这一趟，并不是为了挖掘某些有趣的轶闻。我希望从这段旅程中了解到美国是什么样子。然而我并不确定自己了解到了任何东西。我发现自己正大声跟查理说话。他还蛮喜欢我跟他说话的这个点子，不过真正说起话来，他就昏昏欲睡了。

"逃避一下吧，让我们尝试我儿子们会称之为一般性胡扯的活动。不论大小议题，一律荤素不忌。就以我们曾发现的食物为题好了。在很多我们路过的交通混乱的都市里，一定有些很有特色的好餐厅，菜单上的食物让人开心。可是路边的餐厅却清一色全都是提供干净但色香味俱缺，而且菜式完全相同的食物。就好像只要没人戳破这种情况，令在场的顾客困窘，顾客就完全不在意自己吃的是什么。这个情形到哪儿都一样，但是早餐除外。如果你只点培根、鸡蛋与煎马铃薯，每个餐厅做出来的早餐都一样可口。我从来没有在路边的餐厅吃过一顿美味的晚餐，却也没有吃过一顿难吃的早餐。培根或香肠都不错，那都是工厂整批交易的产品，鸡蛋也都很新鲜，否则就要冷藏保鲜，到处都有冷藏设备。"我甚至还可以说美国的路边是早餐的天堂，只有一个例外。不时地，我会看到招牌上写着"自制香肠"、"自熏培根与火腿"或"新鲜鸡蛋"，这时候我会停车囤积一些补给品。然后自己做早餐、煮咖啡。我发现一颗新鲜鸡蛋的味道跟那种经过电池供电的冷藏苍白鸡蛋完全不同。加了香料的香肠又甜又辣又刺激，连我的咖啡都是一种深暗色的幸福。我可不可以说，我看到的美国由清洁挂帅，代价是牺牲美味？因为人类所有的感官神经干，包括味觉神经干，不但会改变，还会受伤，所以我们味觉的机能开始慢慢消失，所有强烈、刺激或怪异的味道都会引起疑虑与嫌恶，最后味觉感官全面剔除了这些味道？

"我们再多谈一点，讲讲其他方面，查理。就拿我们在停车处附近看到的书报摊所卖的书、杂志及报纸为例吧。数量最多的出版品一直都是漫画。到处都有当地的报纸，我就买过地区性的报纸来看。各地也都有整列整列书名很棒的平装书，但是数量却远远不及那些跟色情、暴力与谋杀有关的书。大城市报纸的影响力遍及他们周围的大区域,譬如《纽约时报》的势力远及五大湖区,《芝加哥论坛报》可以一直影响到北达科他州。现在,查理,我警告你,不要以为少数要服从多数。如果这个国家的人民的味蕾,已经沦丧到不但可以接受难吃的食物,还对这些食物感到满意,你想这个国家的感情生活会是什么样的景况?他们会不会认为自己感情上的食粮也乏善可陈,因此必须透过平装书的媒介,在生活中加入色情与性虐待呢?若果真如此,那除了番茄酱和芥末酱外,为什么不在他们的食物里加些其他的佐料来增添美味呢?

"一路上我们都在听地区电台的广播。除了少许足球比赛的报道外,精神上的东西全都像食物一样大众化、整批化、毫无区别化。"我用脚碰碰查理,让他保持清醒。

我一直很注意大家对政治的看法。但我碰到的人都没有跟我谈到这个话题,他们似乎也不愿意触及这个话题。我觉得一部分可能是因为谨慎,一部分是因为缺乏兴趣,不论如何,没有人发表过强烈的看法。一位店主向我坦承,他因为要和两派的人做生意,所以无法让自己奢侈地发表意见。他是个开始冒出白发的男人,守着一间位于十字路口的灰暗小店。我停下车买包狗饼干与一罐烟斗用的烟草。这个男人、这间店可能出现在这个国家的任何一个地方,但事实上,这幅画面却出现在偏僻的明尼苏达州。这个人的眼睛闪现着一种圆熟的智慧光芒,就好似他仍然记得以前幽默不违法那个时代的幽默,因此我大胆踏出自己孤立无援的界限。我说:"大家天生好争辩的特性好像已经死绝了。不过我不相信。大家只不过找到了另一个出路。你想，老板，这个出路可能是什么？"

"你是指他们会从什么地方爆出来？"

"会从什么地方爆出来？"

我没看错，光芒的确在，那弥足珍贵的幽默光芒。"嗯，先生，"他说，"我们偶尔会出个谋杀案，不然就读些关于谋杀案的新闻。除此之外，我们还有年度冠军棒球联赛。你随时可以在海盗队或洋基队的题目上煽风点火，不过我想最棒的出路是我们有俄国人。"

"对这个感觉很强烈吧？"

"噢，当然！大家几乎没有一天不拿俄国人出气。"不知道什么原因，他变得比较轻松，甚至允许自己低声偷笑，如果看到我有些不太愉快的反应，他就用清喉咙来掩饰偷笑。

我问他："这里有人认识俄国人吗？"

这时候，他完全放松地大笑起来。"当然没有。这就是为什么俄国人有用。就算你口沫横飞地数落俄国人，也没有人说得出你的错处。"

"那是因为我们没跟他们做生意吗？"

他从柜台拿起了一把奶酪刀，谨慎地用大拇指滑过刀的边缘，然后放下刀。"或许就是因为这个原因。老天，或许就是因为这个原因。我们没有生意往来。"

"所以你认为我们把俄国人当作其他事情的出气筒。"

"我一点都不这么想，先生，不过我跟你打赌，我打算要这么做了。嗨,我还记得大家把所有事情都算在罗斯福先生头上的那个时代。安迪·拉森有一次因为他的母鸡得了哮喘,而脸红脖子粗地在那儿骂罗斯福。没错,就是这么一回事,先生,"他愈说愈起劲,"那些俄国人身上背的包袱真重。有人跟老婆吵架,也算到俄国人头上。"

"也许每个人都需要俄国人。我敢打赌,即使在俄国,他们也需要俄国人。也许他们把他们的俄国人称为美国人。"

他从转轮上切下一块奶酪,用刀身递给我。"你用一种不太光明正大的方式让我去思考一些事情。"

"我想是你用一种不太光明正大的方式让我去思考一些事情吧。"

"怎么说?"

"关于做生意和意见。"

"噢,也许吧。你知道我要干什么吗? 下次安迪·拉森红脸粗脖子地来店里时,我就要弄清楚是不是俄国人在打扰他的母鸡。罗斯福的死,对安迪是个大损失。"

我并不是说很多人的想法跟这个人相同。或许不同,不过也有可能相同——只是相同的部分也发生在他们私底下与生意无关的领域内。

查理连站都懒得站起来地抬起头,警告性地吠叫。接着我听到引擎接近的声音,我试着站起来,但是发现双腿早就在冷水里呈现了昏睡状态。我一点都感觉不到自己的两条腿。当我搓揉、按摩着两条腿,让它们慢慢苏醒,重新感受到针刺的疼痛时,一辆拖着个像乌龟壳般短拖车的老爷轿车，笨重地从路上往这边驶来，并在离我五十码外的河边停了下来。我对这桩侵害我独处的事件相当不悦，不过查理倒是很开心。他迈着僵硬的腿，踩着带点优雅的小碎步，依照狗的习惯走过去搜查那个新来的家伙，跟狗比起来，人的习惯是避免直视他感到有兴趣的事物。如果你以为我是在嘲笑查理，那么不妨看看接下来的半个小时里，我在做什么，我的邻居又在做什么。我们两个都刻意放慢速度各做各的事，非常小心地不去注视对方，但同时又不时偷瞄、评估与打量对方。我看到一个踩着活泼轻快的步伐的男人，不年轻，也不老。他穿着淡褐绿色的裤子和皮夹克，头上戴着平顶帽，是那种帽檐用帽带卷到帽尖的牛仔帽。他有个很典雅的轮廓，甚至从远处看，都可以看到他留着一脸连到鬓角的胡子，他的头发也是这样。我的胡子只限于下巴。天气很快就转寒了。我不晓得是因为头感到了凉意，还是不想在陌生人面前头无遮拦。反正，我戴上了自己的老海军帽，煮了一壶咖啡，坐在车子的后台阶上，兴趣盎然地看着每件事物，除了那位正在扫拖车、把洗碗盆里的肥皂水倒掉、故意不看我的邻居。从他拖车里传出来的各种咆哮声与吠叫声抓住了查理的兴趣。

每个人必定都有一种感应适当与有利时机的能力，因为事实上，当我决定打破沉默去跟我的邻居说话，并准备站起来走向他的同时，他也刚好慢慢往我这儿踱过来。他也觉得等待的时期已经结束了。他用一种奇怪的步伐移动，他的步伐让我怀想起过去一些无法指出年代的事。这个男人有一种破旧的庄严气质。在骑士时代的传说中，他很可能是个假扮成王子的乞丐。在他走近时，我从车后的铁梯上站起来欢迎他。

他并没有向我深深一鞠躬，但我当时有种感觉，认为他可能会这么做——如果不是向我鞠躬，就是向我行个标准的军礼。

"午安，"他说，"我看得出来你是我们这一行的。"

我想自己的嘴巴一定张得大大的。我已经好几年没有听过这个词了。"噢，不。不，我不是。"

现在轮到他当摸不到头脑的丈二金刚了。"不是？但——老兄，如果你不是我们这一行的，怎么会知道这个词的意思？"

"我想应该可以算是曾经在这一行的外围待过。"

"啊！外围。当然。一定是后台——导演，舞台经理？"

"都是失败之作，别提了，"我说，"要不要来杯咖啡？"

"非常谢谢。"他一直都没有放慢步调。这是这行人的可爱之处——他们鲜少会放慢步调。他高雅地把整个人蜷进位于我桌后的无靠背长沙发上，这是我在整趟行程中一直都做不到的事情。我拿出两个塑胶马克杯和两只玻璃杯，倒了咖啡后，把一瓶威士忌放在容易拿到的地方。我觉得他的眼中好像蒙上了一层泪雾，不过也可能是我的眼睛里出现了泪雾。

"失败之作，"他说，"没有人知道的戏，就是没有演过的戏。"

"要帮你倒一杯吗？"

"谢谢——不用，不用加水。"他用黑咖啡清了清上颚，然后一面细腻地品味威士忌，一面用眼睛扫过我的住处。"你的地方非常好，非常好。"

"请告诉我，你为什么会认为我从事的是剧场工作？"

他一本正经地低声轻笑。"非常简单，华生医生①。你知道，我曾经演过那个角色。演过两部。首先，我看到你的鬈毛狗，接下来，我注意到你的胡子。然后，在走近你的时候，我看到你戴着一顶英国皇家军队的水兵帽。"

"所以你拉宽了你的 a 音吗？"②

"可能是这样，老兄。当然可能。我常常会有这样的情况，几乎不会察觉到自己正在那么做。"这时，我近看他，才发现他并不年轻。他的动作纯粹是年轻人的动作，然而他的皮肤纹理以及嘴角都属于中年人，或者比中年人年纪更大的中老年人。如果还需要更进一步的证明，可以看他的眼睛，两颗温暖的棕色大虹彩坐落于正在转黄的眼白上。

"祝你身体健康。"我说。两人干了塑胶杯里的酒后，马上喝了杯咖啡，接着我又倒酒。

"如果不是过于涉及隐私或令你太难过的话，我想问——你在剧场从事什么工作？"

"我写过几个剧本。"

"演出过吗？"

"有。全都失败。"

---

① 华生医生（Dr.Watson），福尔摩斯系列侦探小说中与福尔摩斯搭档的智囊。
② 舞台剧演员通常都经过发音训练，让自己在舞台上所说的话清晰而传达得远。拉宽 a 元音是其中一个窍门。

"我会听过你的名字吗?"

"应该没有。没有人听过。"

他叹了口气。"这个工作真不容易。但是一旦被勾住,就是被勾住了。我是被我祖父勾住的,放钩子的人是我爸爸。"

"两位都是演员?"

"我母亲和祖母也是演员。"

"老天。这真是个演艺家庭。你"——我在寻找那个老词——"现在在休息吗?"

"完全没有。我在演戏。"

"演什么,老天爷,在哪儿演?"

"所有可以吸引观众的地方。学校、教堂、社交俱乐部。我带进文化、分送读本。我想你可以听到我的伙伴在那边抱怨。他也是个很好的演员。是爱尔德犬和郊狼的混种。他高兴的时候会抢走所有人的光彩。"

我开始觉得跟这个人在一起很开心。"我不晓得现在还有这样的表演。"

"没有了,只有偶尔才出现。"

"你这样表演很久了吗?"

"三年差两个月。"

"到全国各地表演吗?"

"每一个可以聚集两三个观众的地方都去。我已经一年多没有工作了——只是串串经纪公司、等别人分派角色、靠救济金过日子。对我来说,我从来没想过做其他的事情。戏剧是我知道的一切——自小到大唯一知道的东西。很久以前在南塔克特岛①有个剧场人士的社区。我爸在那儿买了块很不错的地,也盖了栋木造屋。后来我把房子卖了,买了那些行当,从此就开始到处走动,我喜欢这样。我想我永远都不会再回到一成不变的工作中了。当然,如果有人能给我一个角色,随便什么角色——不过,去他的,谁会记得找我去演戏?"

"你现在离家非常远。"

"是啊,这个工作真不容易。"

"虽然这么做好像在探人隐私,不过我希望你不要误会。我想知道你怎么工作。结果如何? 大家待你怎么样?"

"大家都对我很好。我也不晓得该怎么工作。有时候我甚至必须租个会场、登广告,有时候得跟高中校长谈。"

"但是大家不是都蛮怕吉普赛人、流浪汉和演员吗?"

"我想一开始是这样吧。刚开始他们把我当成一个不会伤人的怪胎。可是我很诚实,而且要价也不高,因此一段不长的时间后,大家注意的重心就会转向剧本,剧本会引起大家的兴趣。你知道,我很重视剧本。剧本是关键。我不是假内行,我真的是个演员——不论好坏,我都是个演员。"酒和激动加深了他的脸色,也可能是因为能与一个有点类似经验的人对谈的关系。这次我在他的杯子里倒了更多的酒,愉悦地看着他享受这杯黄汤。他喝了酒后叹口气。"不太常喝到这种东西,"他说,"希望我没

---

① 南塔克特岛(Nantucket island),马萨诸塞州东南海岸外大西洋岛屿。南塔克特岛原为捕鲸中心,现为夏日度假地。

有让你觉得我是在到处占便宜。有时候生活真的不太容易。"

"继续谈。再告诉我一些你的事情。"

"我刚说到哪儿?"

"你刚说你很重视剧本以及是个演员。"

"噢,对了。嗯,还有一件事。你知道当表演界的人跟他们称之为自己人的同行相处时,他们就会看不起乡下人。有段时间我也是那样,不过当我理解到其实根本就没有乡下人这回事后,我就对一切处之泰然了。我学会了尊重我的观众。当他们感觉到我的尊重后,便会跟我合作,不再敌视我。只要你尊重他们,他们就可以明白你能够告诉他们的所有事情。"

"谈谈你的剧本。你用什么剧本?"

他低头注视着自己的手,我注意到他的手保养得非常好,非常白皙,就好像大部分时候他都戴着手套一样。"希望你不会认为我偷人家的作品,"他说,"我很佩服约翰·吉尔古德爵士的表演方式。我听过他独白演出的莎士比亚作品——《年岁》①。我还买了这张唱片来研究。他掌控语言、腔调与抑扬顿挫的技巧真是高明极了!"

"你用那个剧本吗?"

"是,不过我没有偷。我告诉观众我所听到的约翰爵士的表

---

① 约翰·吉尔古德(1904—2000),英国知名的舞台剧与电影演员,因对戏剧有贡献被封为爵士。他是九位获得美国娱乐界四大奖项(电影奥斯卡奖、电视艾美奖、戏剧托尼奖和音乐格莱美奖)的演员之一。有些剧评家认为他是历来诠释莎翁名剧哈姆雷特最成功的演员。《年岁》(*The Ages of Man*)是他的独白演出,他用声音传达自己最喜欢的莎翁作品片段。他所选择的内容包括莎翁的剧本与十四行诗。

演以及这个表演带给我的影响,然后我让大家感受一下约翰爵士的演出情形。"

"非常聪明。"

"嗯,这的确很有帮助,因为这种做法让表演有了权威性,再说,莎士比亚不收费,这样做也不是偷他的作品。我做的事情有点像是赞颂他。"

"观众的反应如何?"

"很好,我想我现在已经表演得非常好了,因为我可以看到字词渗进观众的心,他们忘了我,眼睛差不多全都往自己的内心看,对他们来说,我再也不是个怪胎了。嗯,你觉得怎么样?"

"我觉得吉尔古德会很开心。"

"噢!我写过一封信给他,告诉他我现在的表演内容以及我诠释的方式,一封长长的信。"他从裤子后面的口袋中拿出一个饱饱的皮夹,然后小心翼翼地取出一张折起来的锡箔纸,他打开锡箔纸,谨慎的手指把一小张在纸头上有雕版印刷名字的信纸摊开。纸上是打字机打出来的文字。信上说:"亲爱的……:谢谢你这封体贴又有趣的信。如果我察觉不出你的表演是对我由衷的恭维,那么我也不配当个演员了。祝你好运,并愿上帝眷顾你。约翰·吉尔古德。"

我叹了口气,看到他用充满尊崇的手指把信折起来,包进锡箔纸的盔甲中,重新收好。"我从来没有为了得到任何演出机会而向人展示过这封信,"他说,"我根本就不想那么做。"

我知道他不会那么做。

他把手中的塑胶杯快速转了一圈,看着洗了一圈杯子的残留威士忌,这个动作通常是为了让主人注意到客人手上的酒杯空了。我拔去了瓶塞。

　　"不用了,"他说,"够了。很久以前我就理解到,戏剧演出中最重要以及最宝贵的技巧是退场。"

　　"可是我还有很多问题要问。"

　　"那只是给我更多退场的理由。"他喝干了杯中最后一滴酒。"让观众继续问问题,"他说,"然后干净利落地退场。谢谢你,祝你有个愉快的下午。"

　　我看着他轻微摇晃地朝着他的拖车走过去,我知道有个问题一定会让自己无法释怀。我叫住了他——"等一下。"

　　他停下脚步,转过头来看着我。

　　"那条狗做什么?"

　　"噢,他会几个可笑的把戏,"他说,"他让表演简单化。当演出变得沉闷时,他就接手。"说完继续往他的家走去。

　　这份表演工作就这样持续下去——一份比写作更古老的工作,而且在写下来的字迹消失后,还可能依然存在的工作。电影、电视与收音机制造出的所有乏味的惊奇都无法抹灭——一个活生生的人与一群活生生的观众的沟通。但他怎么生活?谁是他的伴侣呢?他私底下的生活是什么样子?他说得没错。他的退场加深了大家对这些问题的好奇心。

荒地与美地

一个充满了征兆的夜晚。悲伤的天空把雨丝变成危险的金属，接着连风也苏醒了——不是我熟悉的那种海岸吹拂的害羞阵风，是一种如溃堤横扫、让方圆千里都无法住人的飓风。因为我对这种风很陌生，所以觉得很神秘，这种风引起了我一些神秘的反应。理性地说，这阵风之所以奇怪，完全是因为自己心里的想法。不过我们经验里一大堆无法解释的部分都是这样。就我的某种了解，很多人都刻意隐藏自己荒谬的恐惧经验。有多少人曾有过这样的经验——把自己看到、听到或感觉到的某种和理智的解释完全背道而驰的东西，像处理地毯下的灰尘一样赶快清除掉？

至于我，即使有不懂或无法解释的事情，也会试着接受，不过在现在这种令人害怕的时候，却很难抱持开放的心态。这个时候的我位于北达科他州，心中又有这么多的恐惧，因此实在不太愿意开车上路。然而同时查理却很想继续旅行——事实上，他相当激动地表示自己想走的意愿，我得试着跟他讲理。

"听我说，狗儿。我想留下来的冲动非常强烈，以至于已经变成一种至高的命令。如果我克服这种冲动上路，然后碰到大雪把我们困住，那我会认为自己在漠视这种警告。如果我们留下，结果下了大雪，那我可以肯定自己是个预言的工具。"

查理打了个喷嚏，焦躁不安地走来走去。"好了，我的乖狗，我们来谈谈你的立场。你想继续往前走。假设我们继续往前走,到了晚上,一棵树刚好倒在我们站的地方。到时候,受到上帝眷顾的人可是你哦。这种机会到处都可以碰到。我可以告诉你一卡车关于义犬舍命救主的故事。不过我觉得这些故事只会让你觉得无聊,而且我也不打算让你自以为是。"查理流露出最讥讽的眼神平视着我。我想他既非浪漫主义者,也不是神秘主义者。"我懂你的意思。如果我们上路没有被树砸到,留下来也没有大雪——又怎么办呢?我告诉你该怎么办。我们到时就把这段插曲忘个一干二净,这样也不会损及任何关于预言的事情。我投票赞成留下;你投票选择上路。但因为我比较接近物种阶梯的顶层,而且现在又是我当家,所以我可以投下决定性的一票。"

我们留了下来,结果既没有下雪,树也没倒,因此我们很自然地就忘了整件事情,并敞开心胸接受更多来到眼前的神秘感觉。一大清早,天空万里无云,我们嘎嘎踩着覆着霜的白色地面上路。我们开拔上高速公路时,那辆艺术拖车依然黑压压的,只是里面的狗一直在吠叫。

一定有人跟我提过北达科他州俾斯麦市①的密苏里河,不然就是我在哪儿读到过这个地方。不管是前者或后者,我当时都没太注意。真正看到这个地方时,心中充满惊喜。这里是地图的折痕所在。这里是美东与美西的分野。俾斯麦这边是一片

---

① 俾斯麦市(Bismarck),北达科他州首府,位于伯利县密苏里河畔。

美东的景色：属于东边的草，散发着美东的风采与气味。密苏里河另一边的曼丹①则是纯美西的景致，有褐色的草，以及在地面上切出刻痕与小山丘的河流。河两边的景致可能差距千里。因为我在面对密苏里分界时完全没有心理准备，所以看到荒地②时也一样没有心理准备。这个名字取得真好。这儿就像个坏小孩的作品。这样的一个地方，简直像是被上帝打落人间的天使为了表现对上帝的积怨而建立起来的地方，干燥而陡急、荒凉而危险，对我来说，这个地方充满了凶兆。荒地散发出一种讨厌人类或不欢迎人类的气息。然而人类依然我行我素，而我既然身为人类，也就这样从高速公路转入一条页岩③岔路，往前走入孤山群中，只不过心态上似乎总觉得带着点破坏一个聚会的羞愧感。路面恶狠狠地撕扯着我的轮胎，让"驽骍难得"原就已经负荷过重的弹簧痛苦哀叫。这儿真是个穴居人聚集的好地方，或者说穴居巨人更适合。奇怪的事就在这儿。正当我觉得这块地方不欢迎我的存在时，我也不想写下关于这块地方的任何事情。

　　不久，我看到一个男人，他靠在一面用双股带刺铁丝围起来的围墙边，铁丝固定的目的不在于立桩，而是要把突出于地面的大树枝弄弯。这个男人戴着一顶暗色的帽子，穿着洗白了的蓝

---

①　曼丹（Mandan），曼丹族，是美国印第安的一个部族，现分布在北达科他州与密苏里州。这里指的是密苏里河旁的曼丹村。
②　荒地（Bad Lands），横亘于南达科他州西南边以及内布拉斯加州西北部的不毛之地，属于化石土壤。这片土地是大约七千五百万年前的浅海海底，化石资源丰富。
③　一种沉积岩，具有簿页状或薄片层状的节理。

色牛仔裤与长夹克，膝盖和手肘处的颜色更淡。他淡色的眼睛因为耀眼的阳光而显得没有光泽，脱了皮的嘴唇跟蛇皮有几分神似。一把点二二口径的来福枪贴着他靠在围墙上，地上有一小堆毛皮与羽毛——兔子和小鸟。我把车子停下来和他说话时，看到他的眼睛在"驽骍难得"身上来回冲洗一番，弄清了所有细节后，才重新回到眼窝中。我发现自己没什么话可以跟他说。"看来今年的冬天会早到"或"附近有钓鱼的好地方吗"这类的话似乎不太适合这个场合。因此我们只是简单地彼此点个头。

"午安!"

"午安，先生。"他说。

"附近有可以买蛋的地方吗?"

"附近没有，除非你要到加尔瓦①那么远的地方，不然就得一直走到海边。"

"我想买些放山鸡生的蛋。"

"蛋粉，"他说，"我太太都用蛋粉。"

"住这儿很久了吗?"

"对。"

我等着他问我一些事情或说些两人可以继续交谈的话题，不过他什么都没说。两人保持沉默的时间愈长，想找话说的可能性也就愈低。我做了最后的尝试。"这里冬天很冷吗?"

"相当冷。"

———————————

① 加尔瓦(Galva)，爱荷华州城市。

"你话说得太多了。"

他笑了出来。"我太太也这么说。"

"再会。"我说，然后拉起排挡继续往前走。我无法从后视镜中看清楚他有没有目送我离开。他也许不是个典型的荒地人，不过他是我碰到极少数住在荒地上的人。

我往前没走多远，就停在一间小屋前，这间屋子看起来很像一块另外划分出来的军用物资营房，只不过涂上白漆，并加了黄色的修饰，屋边有一块即将荒芜但好像曾经是花园的地，这块地里面有些霜打过的鹤嘴花、几簇菊花，以及一些像扣子般的黄、红棕色小花。我走在往屋子去的小径上，非常确定有人正从白窗帘后面盯着我瞧。敲了门后，有位老妇人来应门，她请我喝了杯我向她讨的水，然后侃侃而谈，把我的耳朵都快说聋了。她非常渴望说话、疯狂地想说话，谈她的亲戚、她的朋友，以及她有多么不习惯这个地方。因为她并不是这儿土生土长的人，所以她当然不属于这儿。她来自一块肥沃的土地，那儿有猩猩、象牙和孔雀。她的声音嘎嘎响着，就好像极度害怕在我离开之后再度进驻此地的安静一样。她和我说话的时候，我突然明白她害怕这个地方，而且，我也害怕这个地方。我觉得即使是夜晚也无法把我留在此地。

我几乎是逃离了那个地方，急着离开这个一点都没有大地味道的景色。然而那天下午稍晚，我改变了所有的看法。当太阳斜偏了一个角度后，孤山、斜壁、悬崖、蚀丘与深谷全都脱掉了它们烧灼与可怕的外观，散发出黄色、丰富的棕色以及一百种不同的红色与银灰色的光彩，这些色彩因一条条乌黑斑纹的衬托而更加显眼。景色是如此之美，美得让我把车停在一丛浓密而被风打斜了的低矮西洋杉与杜松林旁，车子一停好，我就被色彩与清澄的光线吸引，一直到看花了眼。这块雉堞在正下山的落日衬托下显得很暗，但轮廓清晰，往东边看，无拘束的光线歪斜地尽情倾倒，怪异的景色正在用颜色叫嚣。这儿的夜晚不但一点都不恐怖，反而可爱得超乎想象，因为繁星距离很近，所以虽然没有月亮，星光却让天空闪耀着银色的光辉。空气用干霜切割我的鼻孔。我纯粹出于乐趣地捡了一堆干燥的西洋杉枯枝，生起小营火，只为了闻闻木枝燃烧的香味，听听令人兴奋的树枝爆裂声。营火在我头上形成了一圈黄光的圆顶，我听到附近猫头鹰的尖锐叫声和郊狼的吠吼，那并不是嚎叫，而是一种在月光黯淡时的短音低声吠叫。我这辈子没见过几个夜晚比白昼更亲切的地方，这儿是其中的一个。我现在很容易就知道大家再度受到荒地吸引，重新回到这儿来的原因了。

睡觉前，我把一张被查理践踏过的地图摊在床上。海滩离这儿不远，那是北达科他州的尽头。再上去就是我从未去过的蒙大拿州了。晚上好冷，冷到我得把具隔热效果的保暖内衣拿来当睡衣。查理在善尽一天的责任、吃完饼干，又喝了像平常一样多的水后，终于蜷到床下他自己的位置上睡觉，我挖出了一条多带的毯子给他盖上——从头盖到尾，只露出个鼻子——查理叹口气、扭动一下身子，然后发出一声呻吟，表达出极愉悦的舒适。我在想，在这趟旅程中，每个凭藉自己经验累积起来的安全定论是如何被另一条定律所推翻。荒地到了夜晚就成了美地。

我无法解释。但就是这么回事。

爱上蒙大拿

我的下一段旅程是个爱的故事。我爱上了蒙大拿州。我对其他州有赞赏、尊敬、认同，甚至有些爱慕之情，但对蒙大拿，是爱。当一个人身陷情网，要他分析爱是一件很困难的事。有一次我因为某位世界小姐所散发出来的紫色光芒而欣喜若狂，我父亲问我喜欢她的原因，我觉得他一定是疯了才看不到那种光芒。当然，我现在晓得她只不过是个头发稀少、鼻子上长雀斑、膝盖上有疤、声音像蝙蝠又喜欢美国大毒蜥蜴的亲切小女孩，但是迷恋她的时候，她照亮了我，也照亮了我身边一切的景物。在我看来，蒙大拿似乎处处渲染着华丽。这个州的面积非常大，却没有压迫感。这块土地有丰富的草地与色彩，如果造山是我的待办事项，这里的山岳将会是我创造的形态。对我而言，蒙大拿就像是一个小男孩听到关于德州的描述后，在脑子里所描绘出的理想的德州。在这里，我第一次听到完全没有被电视化的纯正地区乡音，那是一种速度缓慢的亲切语言。我觉得蒙大拿没有一丝一毫美国疯狂的熙攘。这里的人似乎一点也不怕被扣上约翰·伯奇协会①的保守大帽子。山岳的沉静和缓缓起

① 约翰·柏奇协会(John Birch Society)，美国极端保守的反共团体，为美国糖果制造商威尔奇(Robert Welch, Jr.)在一九五八年十二月创立的组织。

伏的草地似乎全都渗入当地居民的个性。我开车穿越蒙大拿时正值打猎期间，跟我聊过天的人让我觉得，他们并没有因为季节性的大屠杀而放纵恣意，他们只是单纯走到户外去猎杀一块要吃的肉。当然，我对该州的爱意也可能影响到态度，不过对我来说，这个地方是个适合居住而非让大家紧张忙碌的地方。这儿的人即使在工作时间，也会有空顾全邻里之间的碰面艺术。

我发现自己并不急着离开这些城镇。我还发现了让我必须留下来购买的东西。我在比灵斯（Billings）买了顶帽子，在利文斯顿（Livingston）买了件夹克，在比尤特（Butte）①买了把来福枪。我并不是特别需要这把具备机枪功能的点二二二口径二手雷明顿②，不过这把枪的状况非常好。后来我又看到一支我非买不可的望远瞄准器，在枪店帮我把瞄准器装在枪上的那段时间，我认识了所有店里的人以及每位上门的顾客。我们用夹着老虎钳子、没锁上保险栓的枪，瞄准三条街以外的烟囱，后来我拿到自己那把比较小的枪时，才发现其实我根本就不需要换枪。我在这个店里待了相当长的一段时间，绝大部分的原因是因为我想待在那儿。不过我和平常一样很清楚地知道，爱无法用语言表达。蒙大拿在我身上下了蛊。一个既华丽又温馨的地方。如果蒙大拿位在海岸边，或如果我能离开海洋生活，我一定会马

---

① 以上各城镇均在蒙大拿州。
② 雷明顿，以伊利法莱特·雷明顿（1793—1861）的名字命名，他是美国枪炮及轻武器制造专家与发明家。

上搬来这儿,申请这儿的居留许可。在美国所有的州里,蒙大拿是我最喜欢的州,也是我的最爱。

我们在卡斯特①特意绕到南边去对小巨角②战场上的卡斯特将军③与坐牛④致敬。我想每个美国人的脑子里都一定记得雷明顿⑤画作中担任中央纵队的第七骑兵队最后的防御画面。我脱帽向这些勇敢的人致敬,查理也用他的方式敬礼,但我觉得查理的方式比我更能表达尊敬。整个东蒙大拿与西达科他是大家记忆中的印第安人区,这个记忆并没有太久的历史。《天堂论》的作者查尔斯·厄斯金·斯科特·伍德⑥好几年前是我的邻居。我认识他的时候,他已经是个很老的老人了,但同时他却

---

① 卡斯特(Custer),蒙大拿州城市。
② 小巨角(Little Big Horn),一八七六年著名战役的发生地。美国印第安苏族(Sioux)与夏延族(Cheyenne)因白人一再侵扰他们的圣地而怒离保留区所引发的战争。结果由卡斯特将军率领的美国第七骑兵队全军覆没。领导印第安人作战的著名战士包括坐牛与疯马。
③ 卡斯特将军(1839—1876),小巨角战役最著名的将领。一八六一年以最后一名从西点军校毕业,却在南北战争中表现杰出。由于征战中缺乏将领,卡斯特在一八六三年被任命准将,一八六五年升为少将。战后,卡斯特依照规定恢复原有的上尉军阶,但仍被美国人尊为将军。是美国史上最年轻的将军。
④ 坐牛(Sitting Bull, 1831—1990),苏族拉科塔部落酋长。
⑤ 指弗雷德里克·雷明顿(1861—1909),美国画家、插画家与雕刻家,以其在美国西部的真实生活作品而闻名。
⑥ 查尔斯·厄斯金·斯科特·伍德(Charles Erskine Scott Wood, 1852—1944),一个相当具有争议性的人物。西点军校毕业,曾与印第安人打过仗,后来以律师为职。他是军人、诗人、律师、讽刺文作家、无政府主义者、改革家、讲究饮食与生活者、画家,也是和平主义者。作品包括诗作《沙漠中的诗人》与他最为人知的书《天堂论》。

仍然是那个刚从军校毕业,被分发到迈尔斯将军①阵营,参与对抗约瑟夫酋长战役②的中尉。他记忆中的这场战役非常清晰,也非常悲哀。他说那是有史以来最英勇的撤退之一。约瑟夫酋长与穿鼻族人③带着妻小、狗和所有的家产,在猛烈的战火攻击之下,撤退了一千多英里,想要逃到加拿大境内。伍德说,一路上他们以寡击众地向前走出每一步,直到最后被迈尔斯将军率领的骑兵队包围,大部分族人遭到歼灭。伍德说这是他执行过最令他难过的任务,但他对穿鼻族优秀战斗力的尊敬,一直未曾减少。"他们如果不是携家带眷,我们绝对抓不到他们,"他说,"如果他们的人数和武器与我们相当,我们也不可能打赢。他们都是男子汉,"伍德说,"真正的男子汉。"

遇熊记

我必须坦承自己对国家公园的态度有点轻忽。我没有去过任何一个国家公园。或许是因为这些公园把独特、壮观、令人称

---

① 指纳尔逊·阿普尔顿·迈尔斯将军(General Nelson Appleton Miles,1839—1925),其军事生涯始于南北战争。二十五岁就领导美国陆军第二军团。在十九世纪七八十年代与印第安人的战争中,曾多次打胜,穿鼻族的约瑟夫酋长也是其手下败将。一八九五年被任命为美国陆军总司令。迈尔斯曾亲自带兵入侵过波多黎各,之前还曾建议美国政府入侵古巴。

② 这场战役也是因为印第安穿鼻族拒绝接受美国政府在一八五五年提出的住在规划的保留区内的条约所引发的。

③ 约瑟夫是穿鼻族酋长,用他们自己的语言,他的名字是"雷滚山"。一八七七年在令人动容的大撤退中,遭到迈尔斯俘虏。

奇的景色——最大的瀑布、最深的峡谷、最高的峭壁,还有大自然或人类最了不起的作品都关起来了。要我去看拉什莫尔山国家公园,我宁愿看一张布莱迪①照的好照片。我个人认为这是把自己国家的怪异与文化关起来自吹自擂的表现。黄石国家公园所代表的美国,不比迪士尼乐园所代表的美国完整。

虽然这是天生的看法,但我却不知道什么原因让自己往正南方转,穿过州界去参访黄石。也许是因为怕我的邻居吧。我可以听到他们说:"你是说你离黄石那么近却没有去? 你一定疯了。"不过也可能是美国人旅行的癖好吧。去一个地方,绝大因素不是为了去看那个地方,而是为了以后讲给别人听。不论我去黄石的目的是什么,我很高兴自己去了,因为这趟路程让我发现了自己从来不知道的查理的另一面。

一位长相和善的公园管理员检查过我的车子后说:"你的狗怎么办? 除非戴上狗链,不然不准进入公园。"

"为什么?"我问。

"因为熊。"

"长官,"我说,"这是只很特别的狗。他不靠牙齿或犬齿为生。他虽然不太喜欢猫,但却依然尊重猫之为猫的权利。他宁可绕路走,也不愿意去打扰一条认真的毛毛虫。他最大的恐惧就是有人会指着一只兔子建议他去追。这是一条和平、镇静的

---

① 马修·布雷迪(Matthew Brady),十九世纪著名的肖像艺术家,曾为多位名人摄影,并用照片记录下美国内战。有人认为他是十九世纪最重要的摄影师,也是新闻摄影的鼻祖。

狗。我想最大的危险是你们的熊因为发现查理对它们不理不睬而大发雷霆。"

年轻人笑了。"我倒不怎么担心熊，"他说，"不过我们的熊都培养出了一种特性，那就是不太容得下狗。或许有只熊还会为了表现它对狗的成见，而一巴掌打在狗下巴上，然后——狗儿就报销了。"

"我会把他关在车子后面，长官。我向你保证，查理绝对不会在熊的世界里掀起一丝涟漪，至于我这个观熊老手，也不会。"

"我只是要警告你，"他说，"我一点都不质疑你的狗立意良善。不过反过来说，我们的熊却绝对动机恶劣。不要留下食物。这里的熊不但会偷吃，而且对所有想要纠正它们行为的人都非常严厉。总而言之一句话，千万不要信任它们甜美的脸孔，不然你可能吃不了兜着走。还有不要让狗在外面游荡。熊可不跟你讲理。"

进入公园后不到一英里，我就在路边看到一头熊，他慢慢走过来，似乎要让我停车。查理这时态度马上转变。他愤怒地尖声大吠、张开嘴唇，露出连吃狗饼干都有困难的邪恶牙齿。他发出刺耳的叫声辱骂那头熊，听到叫声的熊站了起来，似乎想要推倒"驽骍难得"。我大惊失色地紧紧关上车窗，快速往左转，然后轻擦过熊的身边仓促逃亡，这段时间，查理一直在我身边拼命狂吼，详细说明如果熊落在他手上，他会怎么做。我这辈子从未这么惊讶。就我所知，查理一生从未见过熊，而他这辈子对每一个活生生的东西也都表现出极大的雅量。除此之外，查理还是个胆小鬼，而且这个胆小症已经根深柢固到让他发展出一套隐藏胆小的技术。但现在所有证据都显示他想出去杀了那头比他重一千倍的熊。我不懂。

再往前走一点，又出现了两只熊，查理的反应加倍。他简直变成了一个疯子。在我身上跳来跳去，他一面诅咒一面咆哮，又吼又叫。我从来都不晓得他能够那样咆哮。他在哪儿学的？这里熊只众多，整条路变成了一场恶梦。查理这辈子第一次拒绝理智，甚至拒绝我打他耳朵的惩罚。他成了一个原始的杀手，渴望着敌人的鲜血，在这以前，他从来没有敌人。在一条没有熊的长道上，我打开车门，拉着查理的项圈，把他关进车上的小屋里。但情况并没有改善。当我们经过另一头熊身边时，查理跳到桌子上，拼命地抓着窗子，试图跑出去追它们。当他发着疯挣扎时，我可以听到罐头哗啦啦落地的声音。熊引出了我这条善心狗的恶性。会是什么原因呢？难道是他出生前，狼性还未完全退除时的记忆？我很了解查理。他偶尔会试着吓唬别人，但每次都是很明显的谎言。不过这次我发誓他不是在撒谎。我敢肯定，如果放了他，他一定会攻击我们经过的每头熊，成功或成仁。

这实在太吓人了，一种令人震惊的场面，就像是看到一个沉静的老友发疯。这场大混乱发生时，所有自然奇观的总和，不论是严谨的峭壁、喷爆的流水，还是冒烟的泉水都无法扭转我的注意力。在黄石里跟熊接触大约十五次后，我决定放弃。我掉转"驽骅难得"的头，循原路回去。我如果晚上在黄石过夜，而各路大熊又在我做饭时聚集在旁，我连想都不敢想会发生什么事。

在黄石的门口，管理员照例检验。"你并没有停留太长的时间。狗呢?"

"关在后面。我要向你道歉。这条狗是个地地道道的杀熊狂,之前我并不晓得。在今天以前,他连对一块半熟的牛排都会心软。"

"是啊,"他说,"有时候就是会出现这种情况。这也是为什么我得警告你的原因。一只跟熊对上眼的狗,知道什么时候该把握机会,不过我也见过一只博美狗一看到熊就像风般溜之大吉。你知道吗,一头漂亮的大熊可以把狗当作网球一样打。"

我快速离开了黄石,循原路而回,为了怕有些不吃公粮的非官方大熊在附近游荡,我也不太愿意在野外过夜。那天晚上我在一家靠近利文斯顿的漂亮的汽车旅馆过夜。在餐厅吃了晚餐后,我坐进一张舒服的沙发里喝着酒,把刚泡过澡的光脚踩在印着红玫瑰的地毯上,我看了查理一眼。他有点茫然。他的眼睛恍惚地看着远方,显然情绪上极度疲倦。他这个样子让我联想到一个刚从长时间烂醉状态中醒过来的人——筋疲力尽、意志消沉。他无法吃晚餐,也不要去散步,一到房间,他就瘫在地毯上睡着了。晚上我听到他的哀叫与大吼,捻开了灯,我看到他的脚做出跑步的样子,身体也一直在抽搐,眼睛睁得大大的,还好那只是一头梦里的熊。我把查理叫起来,给他一点水喝。这次他喝完水后直接倒头就睡,整夜连动都没动。到了早上,他依然很疲倦。我真不晓得我们凭什么认为动物是思想与情绪都很简单的生物。

危机处理

我记得小时候曾听过或看到过"主要分水岭"这个名词,也曾被这个名词堂皇的音调震住,觉得用这个名词来表达一块花岗岩的大陆背脊,实在太适切了。我在脑海里看到一面面高耸入云的绝壁,一种大自然版本的中国万里长城。落基山脉实在太大、太长、太重要,以至于大家不可能不忽略它。在我折返蒙大拿的途中,道路的坡度慢慢起伏,如果不是一个着了色的标示,就算过了山也不会晓得那是落基山。落基山并不如我们在山下仰头观望的那么高。我看到标志的时候已经过了落基山,不过我停下车又重新上山,上山后我从车子里走出来四下观望。当我面朝南地站在那儿时,这座山很奇怪地影响着我,我觉得落在我右脚边的雨一定会流入太平洋,而落到我左脚边的雨,则会在蜿蜒数千英里后找到自己进入大西洋的路。但是这个地方实在太貌不惊人了,无法让大家联想到这么了不起的事实。

在这个高耸的脊柱地区,不可能不想到当初第一批穿越这儿的人,那是一群由法国探险家路易斯与克拉克①领军的队伍。现代人飞过落基山需要五个小时,开车一个礼拜,像我这样闲

---

① 一八〇四年至一八〇六年的探险旅行,目的在找到传说中的西部大河,由路易斯和克拉克领队的探险队伍横越大陆,前往太平洋沿岸,然后东返。美国这桩与法国一千五百万美元的合约,让美国的领土在一夜之间大了一倍。

荡,可能会用一个月或六个礼拜的时间。但是路易斯与克拉克以及他们的团员,在一八〇四年从圣路易斯市①出发,一直到一八〇六年才回来。如果现在的我们自认是男子汉,那就更该记得两年半间,探险队伍在荒野与未知土地上披荆斩棘,一直前进到太平洋才再折返的旅途中,只死了一个人,失踪了一个人。但现在的我们呢,牛奶延迟了递送的时间会生病,电梯坏了就差点死于心脏衰竭。当一个真正全新的世界在探险队伍面前展开时,这些人的心里一定在想着些什么吧——或者他们全都因探险经历太过缓慢而感受不到新世界带来的冲击?我不相信他们会无动于衷:当然他们给政府的报告是一份令执行者与接收成果者都非常兴奋的文件。他们没有张惶失措。他们知道自己找到了什么。

我开车横越爱达荷州的跷拇指区(爱达荷州就像一只伸着拇指的手),穿过了真正耸立的地道山岳,厚实的覆雪之中,点缀着簇簇的杉木。车上的收音机没了声音,我以为机器坏了,不过只是因为高大的山脊阻隔了无线电波的传送。开始下雪了,还好我运气一直不错,因为这只是一场小小的快乐之雪。比起主要分水岭另一边的空气,这儿要温柔多了,我依稀记得暖空气来自深入内陆的日本暖流。这儿的灌木丛很浓密,也非常翠绿,到处都有仓促的水流。除了戴着红帽、穿着黄夹克偶尔经过的狩

---

① 圣路易斯市(St.Louis),美国密苏里州东部城市和港口,位于密西西比河畔。圣路易斯是密苏里州最大城市和主要的陆路运输中心,也是密西西比河上最繁忙的内陆港口。

猎队伍外,这里全都是荒弃了的路,有时候会出现一头鹿或麋鹿的蹄痕遮住车迹。有几间木屋切进险峻的斜坡中,但数量不多。

为了查理,我必须经常停车。他愈来愈难把膀胱里面的东西排光,照女人的说法,这是无法排尿的可悲症状。这种情况下,疼痛有时会发生,但难堪却一直存在。想想看,他是条非常有活力的狗,具有毫无瑕疵的风度,最后还值得一提的是他拥有某种高贵的气质与风采。但这种问题不仅让他感到疼痛,也伤了他的感情。我把车停在路边,让他下车到处走走,并好心地背对着他。他需要很长的时间。如果这种病况发生在男人身上,我想应该是前列腺炎。查理是一位法国派的老绅士。世界上的慢性疾病,法国人只承认自己会得前列腺炎和肝病。

在等待查理并假装检测植物或小河道的时间里,我尝试把这趟旅程重新组织成一个完整的个体,而不是一连串发生的零星事件。我有没有什么地方做错了? 到目前为止,旅程是不是都照着我的意思进行? 离家前,曾得到许多朋友的摘要指示、教授、指导,外加洗脑。其中有一位非常受到敬重的知名政治记者。他一直在追踪基层选民支持总统候选人的情况。我看到他时,他并不开心,因为他爱自己的国家,但却觉得国家生病了。我还要向大家进一步地报告,他是个很诚实的人。

他严厉地说:"如果旅行中,你在任何地方碰到有胆识的人,都要把地点记下来,我要去见那个人。除了胆怯和功利,我还没有看到过其他东西。这曾经是个杰出人物的国家。杰出的人物到哪儿去了? 握着指令板无法保家卫国。男子汉才能保家卫国？男子汉都到哪儿去了？"

"一定还有这种人。"我说。

"好,那你就试着找几个出来。我们需要这些人。我对天发誓,这个国家唯一有胆识的人,好像只剩下黑人了。我得提醒你,"他说,"我不是要把黑人屏除在英雄事业之外,但是如果我只让黑人主导这个市场,那也很糟糕。你帮我挖出十个敢在不受欢迎的领域中坚持理念、有想法、有意见的强壮白人,那我的常备军就差不多了。"

他对这件事情明显的焦虑让我印象深刻,所以我一路上都仔细听、注意看。事实是,我的确没有听到太多理念。我只碰到过两次打架,打架的人赤手空拳,情绪激动却拳拳落空,两次打架的原因,都是为了女人。

查理歉疚地走了过来,他还需要更多时间。我真希望自己能帮上忙,但是他只想独处。我想起了朋友说的另外一件事。

"有一种东西或物产,我们曾经有过很多库存。这种东西叫做人民。找出人民都到哪儿去了。我不是指那种见解拘谨、每天只在乎刷牙染发的人,不是那种眼里只有新车或女人胸部的人,也不是功成名就但心脏有病的人。或许从未有过人民这种东西,但如果真的有,那就是美国独立宣言和林肯先生所讲的物产。回头想想,我曾认识过几个这样的人,但为数不多。如果美国宪法所说的人民都是那种生活重心摆在吹口哨、抛媚眼或任性骄纵的年轻人身上,不是很可笑吗？"

我记得当时反驳他说:"也许人民是上上一辈的人。"

查理的动作很僵硬。我必须帮助他进入"驽骍难得"的屋子里。我们继续往山上走。一场干燥的小雪像白灰尘一样被风吹在高速公路上,我想着,现在夜晚来得好快。在这条山路的背脊下,我把车停在一家由好几间自助式小木屋组成的杂货商场前加油,每间木屋都是一扇门、一扇窗、门前有台阶的正方形盒子,没有花园或碎石路的痕迹。这家融合了商店、修理厂和餐厅的小型综合杂货商场位于加油泵的后面,是我见过最不讨人喜欢的商店。老旧的蓝色餐厅招牌上有许多夏天苍蝇留下的签名。招牌上写着:"有妈妈味道的派,如果你妈妈知道怎么做饭。""我们不看你的嘴,你也别看我们的厨房。""除非留下指纹,否则恕不兑换支票。"这一类标准的老句子。这里的食物一定没有塑料包装。

没有人到加油泵这儿来,所以我走进餐厅。一阵吵架的声音从后面的房间传了过来,可能是厨房吧——一个低沉的声音和一个较明亮的男人声音正在来来回回地抱怨。我叫了一声:"有人在吗?"抱怨的声音停了下来。接着一个魁梧的男人从门里走出来,那场吵闹显然让他依旧怒容满面。

"要什么?"

"加满油。不过如果你有木屋出租,我要在这儿过夜。"

"随便选吧,这儿连个鬼影都没有。"

"可以洗澡吗?"

"我会给你送桶热水。冬天价格是两块钱一个晚上。"

"好。有东西吃吗?"

"烤火腿和豆子,还有冰激凌。"

"好。我有条狗。"

"这是个自由的国家。所有的木屋都没上锁。随你选吧。如果要什么就叫一声。"

要让这些木屋既不舒适又难看,一点都不费力。木屋里的床一块高一块低地不平整,墙壁上涂着脏兮兮的黄漆,窗帘像邋遢女人的衬裙。近一点的屋子里还有老鼠、湿气、霉菌以及那种堆积了很久很久的灰尘混合味,不过床单非常干净,而且经过风干的床单摆脱了以前旧房客的回忆。天花板上垂下一盏光秃秃的电灯泡,暖气来自煤油炉。

有人敲门,我让一位大约二十岁的年轻人进门,他穿着宽松的灰色棉绒长裤、双色组合的鞋子、一件上面印着斯波坎[①]高中校徽的运动外套,还打了一条圆点的领带。他那头又黑又亮的头发是过度梳理的杰作,头顶的头发往后梳,侧边的长发则呈交叉状,刚好露出耳朵。经过了餐厅柜台后的那场争吵后,他带给我相当大的冲击。

"这是你的热水。"他说,这是另一个吵架者的声音。门没关,我看到他的眼睛扫过"驽骍难得",然后停留在车牌上。

"你真的是从纽约来的?"

"对。"

"天哪,我也想到那儿去。"

[①] 斯波坎(Spokane),华盛顿州东部斯波坎县城,位于斯波坎河畔。为内地农、林、矿区的商业中心,有"内陆帝国"之称。斯波坎还是艺术中心。

"每个人都想跑到这儿来。"

"为什么？这儿什么都没有。待在这里只会变臭变烂。"

"如果你想变臭变烂，到哪儿都可以。"

"我是说没有机会发展。"

"你想往什么方向发展？"

"嗯，你知道，这儿没有剧院，没有音乐，也没有对象——讲话。除非订阅，否则连一期最近的杂志也很难看到。"

"所以你看《纽约客》啰？"

"你怎么知道？我有订。"

"也看《时代》杂志？"

"当然。"

"这样你哪儿都不需要去。"

"对不起，你说什么？"

"世界都在你的指尖下了，时尚的世界、艺术的世界，还有思想的世界，都在你自己的黑院子里。到纽约只会让你更搞不清楚。"

"一个人想用自己的眼睛看世界。"他说。我发誓这是他说的话。

"刚刚那位是你的父亲吗？"

"是，不过我更像个孤儿。他只喜欢钓鱼、打猎、喝酒。"

"你喜欢什么？"

"我想走到世界的尖端。我今年二十岁。我必须为自己的前途考虑。他又在那儿吼我了，他不吼就不会说话。你要跟我们一起吃饭吗？"

"当然。"

我在古色古香的白铁桶里慢慢洗了个澡。有一会儿，我甚至想要挖出在纽约穿的衣服，为那个男孩戴上袖扣，但是我放弃了这个想法，最后套上一条干净宽松的便裤和一件针织衬衫。

当我走进餐厅时，魁梧店主的脸红得像熟透的蔓越莓。他的下巴朝我挤了挤。"就好像我的麻烦还不够多一样，你一定是从纽约来的。"

"从纽约来不好吗？"

"对我不好。我才刚让那小子安静下来，你就在他的毯子底下放针球。"

"我又没说纽约的好话。"

"是没有，不过你是从那儿来的，所以现在他又开始烦人了。噢，去他的，有什么用？他在这儿也他妈的一点用都没有。来吧，你可以跟我们一起在后面吃饭。"

后面是厨房、食物储藏室、餐具室与餐厅——还有一间用军毯罩住、被当成卧室的小套房。一个很大的哥特式木炉发出哒哒与咕噜咕噜的声音。我们在一张桌子上吃饭，桌上盖着一张遍体刀痕的白色油布。那位激动的男孩用菜豆与干的猪背肥肉做出了一大碗滚烫的菜。

"不晓得你可不可以帮我装一盏看书用的灯？"

"糟糕，我们睡觉的时候就会把发电机关掉。我可以给你一盏煤油灯。站起来。把炉子里的烤火腿罐头拿出来。"

心情不佳的男孩懒散地为我们盛上豆子。

红脸男子说话了:"我想他只要高中毕业,我就不需要为他操心了,可是洛比可不这么想。他跑去上夜校的课——现在又搞这个——都不是在念高中。他自己付的钱。真不晓得他哪儿来的钱。"

"听起来相当有抱负。"

"抱负个大头。你根本不晓得他上的是什么课——美发。不是理发——是美发——帮女人做头发。现在你应该晓得我为什么担心了吧。"

洛比本来正在切火腿,这时回过头来。细长的刀紧紧攒在他的右手中。他看了看我的脸,想要找到他期待的轻蔑。

我立刻尽可能让自己看起来严肃而在沉思的样子,对这件事情不置可否。我拉了拉胡子,表示我正在专心思索。"不管我说什么,不管我做这件事还是那件事,你都反对。你把我夹在中间。"

老爸爸深吸了一口气,然后慢慢吐了出来。"老天爷,你说对了。"他说,接着他轻轻地笑了起来,两人之间的紧张也随之步出房间。

洛比把装了火腿的盘子放到桌上,对我笑了笑,我想是要感谢我吧。

"现在既然大家都不生气了,你可以说说你对美发这种东西的感觉了吧?"老爸爸说。

"你不会爱听的。"

"你不说，我怎么知道自己爱不爱听？"

"嗯，好吧，不过我要赶快吃饭，免得等一下必须跑路。"

回答他之前，我吃完了豆子，火腿也吃了一半。

"好，"我说，"你们提到了一个主题。我想了很久。我认识很多女人——各种年龄、各个种类以及各种体型的女人——她们之间除了一个共通点外，其他都不相同——那就是美发。我认为在任何一个圈子里，美发师都是最具影响力的男人。"

"你在开玩笑吧。"

"不是。我曾经对此作过深入的研究。当女人去做头发的时候——每个负担得起费用的女人都会做这件事情——会发生一些事情。她们会觉得安全、放松；她们不需要任何伪装。美发师知道她们没化过妆的皮肤是什么样子，他知道她们的年龄，也知道她们拉过皮的地方。就是这样。女人会把她们不敢对牧师说的话，不敢对医生说的秘密，全都告诉美发师。"

"你说的不是真的。"

"我说的都是真的。我告诉你我是这一专业的学生。当女人把她们的秘密生活置于美发师的手上时，美发师就得到了极少数男人所能拥有的权力。我曾听过艺术界、文学界、政治界、经济界、育儿界，甚至道德界义正辞严地引用美发师说过的话。"

"我觉得你在开玩笑，不过还蛮有水准的。"

"我说这些话的时候，一点都没有开玩笑的意思。我跟你说，一个聪明、体贴、有抱负的美发师所掌握的能力，远超乎大多数男人的想象。"

"老天爷！你听到了吗，洛比？这些你都知道吗？"

"听过一些。我上的课程里，有一整套关于心理学的课。"

"我从来没想过，"老爸爸说，"我说，来点酒怎么样？"

"谢谢，今天晚上不喝了。我的狗不太舒服。明天早上要早点离开去找兽医。"

"我跟你说——洛比很快就能帮你弄盏灯。今天我不关发电机。你要吃早餐吗？"

"我想，不了。明天一大早就得出发。"

我试着安抚疼痛难忍的查理后回到小木屋，洛比正在把一盏有故障的灯绑在我那张可悲的铁骨床架上。

他安静地说："先生，我不知道你自己相不相信你刚说的一切，不过你确实帮了我一把。"

"你知道，我想我说的大部分都应该是真的。如果真是这样，那可是很大的责任，是不是，洛比？"

"的确是。"他严肃地说。

对我来说，那天晚上是个无法休息的夜晚。我租的木屋几乎不及我随车带来的屋子舒适，而且租了屋子之后，还卷入了一件与我根本不相干的事情。其实除非自己真的想那么做，否则几乎没有人会听取其他人的意见，我热情的美发论想要培养出一个怪物的可能性，实在低而又低。

半夜，查理一阵轻微带着抱歉的呻吟吵醒了我，他并不是只会呻吟的狗，所以我立刻起床。他有麻烦了，他的腹部膨胀，鼻子和耳朵都是烫的。我带他出去陪着他，但是他仍无法排除自己体内的压迫。

我真希望自己懂得一点动物医学。陪着一只生病的动物让人感到很无助。动物无法解释自己的感觉,虽然换个角度看,它们也不会撒谎,不会累积病状,也不会让自己尽情沉浸在疑心病的欢乐当中。我并不是说动物不会假装。但即使像查理这样天生就诚实的动物,在感情受创的时候,也很容易变得软弱无力。我真希望有人能写一本又好又全面性的关于家犬的书。如果我有那个实力的话,我一定会亲自动手写一本。

查理真的病得很重,而且除非我能想出方法解决他愈来愈严重的体内压迫,否则他的病情必然愈来愈严重。尿导管应该有用,但大半夜在这种荒山野外,谁会有尿导管?我有一个吸汽油的塑胶管,不过管口太宽。后来我记起来,有一种说法是压力好像会造成肌肉紧张,然后使压力变得更大,因此第一步应该要放松肌肉。我的医药箱并不是用来行医的,不过我确实有一瓶安眠药——速可眠①,每颗剂量一点五喱。②但是要喂查理吃多少?在这种时候,家庭医学的书籍就可以帮上忙了。我打开一颗胶囊,倒出一半的药粉后,再把胶囊紧密套起来。我把胶囊塞进查理的后口腔,以免被他的舌头推出来,然后抬高他的头,在脖子上按摩,让药滑下去。喂完了药,我把他抱到床上去,盖好被子。过了一个小时,查理的情况并没有改善,因此我打开了另

---

① 速可眠是司可巴比妥的商标名称,而司可巴比妥是制作镇静剂与安眠药的药基。

② 美英重量单位旧译,一喱等于○点○六四八克。

外一颗胶囊，又喂他吃了半颗。我想以他的体重来说，一点五喱的药剂似乎相当重，不过查理的抗药性一定很强。又过了四十五分钟，查理的呼吸才开始慢下来，并沉沉入睡。我一定也睡着了。因为我知道的下一件事是查理从床上掉到地上。吃了药后，他的腿弯曲着承受着身子的重量。他站起来，摔了一跤，又站了起来。我打开门让他出去。还好，方法奏效了，不过我从来不晓得像他这样一只中等身材的狗，肚子里可以储存这么多的水分。最后他摇摇摆摆走了进来，倒在一张地毯上，立刻入睡。他睡得非常沉，沉得让我担心会不会药量过重。幸好他的体温降了下来，呼吸正常、心跳也变得稳定而强健。我睡得很不安稳，黎明时分，我看到查理一动也不动。我叫醒了他。当他睁眼看到我时，显得相当高兴。他笑了笑、打了个哈欠，继续睡觉。

我把查理抱进车厢里，然后快马加鞭地往斯波坎赶。一路上，我对这个区域一点印象都没有。在城郊，我从电话簿上找了一位兽医，问清了方向，匆匆把查理送进急诊检查室里。我不要提那位医生的名字，不过他是家庭医学书籍应该存在的另一个原因。这位医生如果不是过于老迈，就是在冒不必要的险，不过我有什么资格说他宿醉呢？他用颤抖的手拉起查理的嘴唇、翻了翻他的眼皮，然后让查理的眼皮就这么啪哒地掉了下来。

"他怎么了？"他问，一副完全不感兴趣的样子。

"这是我为什么到这儿来的原因——我也想知道他怎么了？"

"有点昏昏沉沉的。老狗。也许中风了。"

"他肚子有点胀。如果他昏昏沉沉的，那是因为我喂他吃了一点五喱装的速可眠。”

“为什么?”

“让他放松。”

“好了,他现在很放松。”

“剂量会不会太重?”

“我不晓得。”

“你会给多少剂量?”

“我根本不会给他吃速可眠。”

“我们从头来过好了——他怎么了?”

“大概感冒了。”

“感冒会引起腹部肿胀吗?”

“如果真是感冒——是的,先生。”

“这样——我在旅行。我希望你的诊断能详细一点。”

他哼了一声。“你要知道,他是只老狗。老狗就是会这里疼那里痛。就是这么一回事。”

我一定是因为前晚睡眠不足而变得暴躁。“老头子也一样,”我说,“不过这并不表示老头子就只会等死。”我想我第一次占了上风。

“我给你开一点药,让他把肾里的东西排出来,”他说,“只是感冒。”

我拿了小药丸并付了钱后,走出兽医院。那位兽医并不是不喜欢动物。我想他是不喜欢自己,当一个人不喜欢自己时,通常会选择一个外在标的物来讨厌。因为如果不这么做,他就必须承认自轻的事实。

但话又说回来,我也一点都不隐藏对那些自封为爱狗人士的厌恶。这种人累积了一大堆自己的挫折,然后让他们的狗背负着这些挫折到处走。这类所谓的爱狗人士用儿语对成熟而有思想的狗说话,还把自己的邋遢个性传达到狗身上,直到这条狗在爱狗人士心中变成了另一个自己。在我看来,这种人在他们自以为仁慈的行为中,不但可能对动物造成伤害,还会对动物产生长远而持续的折磨。这些人否定动物所有天生的欲望与成就,直到一条意志薄弱的狗屈服在他们的行为之下,成为一团长着毛、有气喘的肥胖神经病。每当陌生人对着查理用儿语说话时,查理总是回避。因为他不是人;他是只狗,而且他喜欢当只狗。他觉得自己是只一流的狗,查理一点都不想当个次等人类。当那位酗酒兽医用他颤抖而笨拙的手触摸查理时,我看到查理眼中隐藏的不满。我想他知道这是个什么样的人,或许兽医也知道查理清楚他的底细。也许这就是那个人烦恼的事。知道自己的病人一点都不信任自己,是一件非常令人难过的事情。

悼西雅图

过了斯波坎后,初雪的危机也解除了,因为气候变化,太平洋的强烈气味顽固地滞留不去。其实从芝加哥到这儿只需要很短的时间,但令人咋舌的面积以及大地的变化,还有沿路发生的许多事、碰到的许多人,都让时间往各方面延展。记忆中平静无奇的时间过得最快这种说法一点都不实在。相反，过去的记忆之所以重要，就是因为发生了什么事情。风平浪静只会让时间瓦解。

太平洋是我的海洋家乡；我生下来就认识它，在它的海边长大，在它的沿岸收集海洋动物。我了解它的情绪、颜色以及个性。当我嗅到第一抹海洋的味道时，我还在很内陆的地方。当一个人在海上太久，陆地的味道远远地就会开始欢迎他。一个人在内陆太久，也会出现同样的情形。我相信自己闻到了海上岩石和海草的味道，闻到了海水翻搅的兴奋、碘的刺鼻，以及经过冲刷与磨蚀的钙化贝壳在水里的味道。这类记忆中的遥远味道都是淡淡地来，让人闻之而不自觉，但却在体内释放出一种电流般的兴奋——一种猛烈的欢娱。我发现自己热切地投入华盛顿州的道路，就像一只迁居的旅鼠一样想要把自己奉献给海洋。

记忆中葱绿、可爱的东华盛顿依然清晰，高贵的哥伦比亚河在路易斯与克拉克的探险中留下了痕迹。除了许多之前从未造访过的水坝和电线外，华盛顿州和我印象中的图案并未有太大的差距。一直到接近西雅图时，令人不可置信的改变才变得明显。

当然我曾经在资料上看到过有关美国西岸人口爆炸的消息，但是大多数人都认为所谓的西岸是指加州。人群涌入，大城市的居民以两倍、三倍的数量增长，财政监护者因为需要改善的设施与需要照顾的贫穷人口愈来愈多而叫苦连天。西雅图是我以前见过的第一个华盛顿城市。我记得当时的西雅图是个坐落在山坡上的小镇，紧邻一湾天下无双的船只停泊处——一个空间很大的小城，里面到处都是树和花园，房子也全都与背景衬配。但现在的西雅图已经不是这幅景象了。为了容纳现下众多的人口，山坡顶全都被铲平。八线道的高速公路像冰河般宽广地切穿不安的大地。这个西雅图与我记忆中的西雅图完全不同。仓促的车潮怀着谋杀的意图。我在曾经了如指掌的西雅图外郊，竟然迷了路。曾经是满地浆果的乡间小径，现在变成了铁丝高墙与绵延一英里长的工厂，还有生产过程中释放出来的满天黄色烟雾，试着抵抗想要将它们吹散的海风。

听起来我好像是做那种老人家热衷的事情——哀悼过去的时光，不然就是在进行那种只有在有钱人和笨蛋之间才会流行的事情——培养反抗改变的心态。但事实并非如此。这个西雅图并不是一个我曾经知道但现在已经改变了的地方。这是个新东西。到了这儿，却不知道是西雅图，我根本就不晓得自己在那儿。到处都是混乱的成长，一种像癌般的成长。挖土机碾过绿色的森林，堆起了因为燃烧而产生的垃圾。从真真实实的形体上撕扯下来的白色木头，堆在灰色的墙边。我实在不懂为什么进步看起来那么像毁灭。

第二天我走在西雅图的老码头上，在这里鱼、虾、螃蟹漂亮地排在白色的碎冰床上，清洗干净了的闪亮蔬菜也排得像图画。我在海边摊子上喝了蛤蜊汤，吃了用螃蟹做的辛辣小菜。这一点倒没有太大的变化——只比二十年前萧条一点、脏一点。在这里，大众关心美国城市的成长，我知道这看起来好像煞有其事。但当一个城市开始成长并开始从边缘向外发展时，原来曾代表这个城市荣耀的中心区域，从某个层面来说，却开始被时间抛弃。接着建筑物开始变暗，某种腐败也开始进驻；随着房租的滑落，较穷困的人开始搬进来，不重要的小生意取代了曾经蓬勃的建筑业。说要拆除，中心区太新，拆了可惜；说有人想要，中心区又太老旧，乏人问津。除此之外，所有的活力也都流到了新发展区、半郊区的超级市场、户外电影、有草坪的新房子，以及再次确认孩子们都是文盲的灰泥学校。窄街、圆石路面、满是烟尘的老码头全进入了一段荒芜时期，夜晚只有人类留下的模糊废墟。在白天挣扎的人，这时藉助未掺水的烈酒之力，也进入了无意识状态，忘却尘世的烦恼。我知道的每座城市几乎都有一个这类的垂死母亲，暴力而绝望，夜晚时分，街灯的光亮全被黑暗吞噬，警察两人一组地活动。

在西雅图剩下的时间里，查理的情况有所好转。不知道对年纪愈来愈大的他而言，卡车不停地震动会不会是病因。

意外爆胎

当我们沿着美丽的海岸往南走时，我的旅游方式很自然地起了变化。每天晚上我都会找一家令人心情愉快的汽车旅馆休息，最近几年，漂亮的新地方如雨后春笋般冒出。我开始经历一种像我这种老头子不太能接受的西部新趋势——自助服务。早餐时，餐桌上有一台烤面包机。自己的面包自己烤。当我被这些舒适方便的宝石吸引进入登记,并理所当然地先付了钱,然后看了房间后,我就不会再与任何人类有任何接触了。没有服务员、没有门房。收拾房间的女服务生既不见首也不见尾地出没。如果需要冰块,办公室附近有一台机器。自己的冰块自己取,自己的报纸自己拿。一切便利,一切由中央控制,一切都寂寞。我住得极度奢华。其他的客人也是沉默地来去。如果见到其他客人时道了一声"晚安",他们会带点疑惑地看着你,然后才回你一句"晚安"。在我看来,他们好像在找我身上的投币口。

一个下雨的周日,在俄勒冈的某地,英勇的"驽骓难得"要我注意她。在这之前,我除了非正式地赞美过"驽骓难得"外,一直没好好提一提这辆忠实的交通工具。世事不都这样吗?我们重视美德,却鲜少讨论美德。我们对诚实的会计、忠实的妻子、认真的学者所付出的注意,远不如对盗用公款者、流浪汉、骗子之流多。如果我在故事里疏忽了"驽骓难得",那也是因为她表现完美。然而我轻忽的态度并没有扩及机械。我勤换机油,也注意润滑油的状况。我最讨厌看到汽车受到怠忽、虐待或被迫做出超出能力的事情。

"驽骓难得"用顺畅的引擎与完美的表现回应我的善意。我只疏忽了一件事,或者应该说我只对一件事过度热心。我带了太多的东西——太多食物、太多书,还有足够组装一艘舰艇的工具。如果看到甘甜的水,我会把"驽骓难得"的水箱加满,三十加仑的水重达三百磅。一桶为了安全起见所备用的丁烷瓦斯,等于七十五磅。"驽骓难得"的弹簧承受着极大的压力,但看起来还算安全，而且在崎岖不平的路上，我都小心慢行。由于她一直都处在最佳状态，我就把她当诚实的会计与忠实的妻子一样对待：忽略她。在俄勒冈的那个下雨的星期天，我正要穿过一个永远也走不出去的泥坑，结果一个后胎发生爆胎。有些生性不良的车子会纯粹出于恶意而这么做，我知道有这种车子，也曾经有过这种车子，但"驽骍难得"不会这么对我。

事发当时我还在想，小事一桩；不过这种时候通常就是事与愿违的时候。这次的麻烦发生在八英寸深的泥坑里，摆在驾驶座下面的备胎，也陷在泥沼中。换胎的工具已经被冷落到小屋的桌子底下，所以我必须先把所有的东西搬开。从未使用过，连漆上去的制造商名字都依然光鲜的新千斤顶生硬又不顺手，除此之外，这个千斤顶并不适用于支撑"驽骍难得"这种车。我趴着往车下挤，挤进去后就翻身把鼻孔抬在水面上，往要去的位置游。千斤顶的把手因为油腻的泥巴而变得滑溜。我的胡子上也开始出现泥球。我像只受伤的鸭子躺在那儿喘气，没多久就开始一边诅咒一边用感觉去找淹在水里的车轴，把千斤顶一点一点地往前推到车轴下方。接下来，超人般的抱怨与口沫齐飞，我用连眼珠都快从眼眶中爆出去的力量把车子用千斤顶抬了起来。我可以感觉到自己的肌肉被扯离了它们赖以为依靠的骨头。事实上，我花了不到一个小时就把备胎换好了。但是身上好几层的黄泥却让人根本就认不出我是谁，被割伤的手汩汩地流着血。我把破胎滚到地势较高的地方检查：整个轮胎侧壁都被磨平了。我又去检查左后胎，结果极为惊恐地发现这个轮胎边起了一个很大的塑胶泡，再往前一点，还有一个泡。显然这个后胎也随时会完蛋。但今天是星期天，又在下雨，而且还是在俄勒冈。如果另外一个后胎也报销，那么身处一条又湿又寂寞的路上的我们，除了哭泣等死外，别无他途。到时候或许有种什么鸟会用叶子盖住我们。我把身上的泥巴连同衣服一同扯下，换上了新的好衣服，不过在换的过程中，也沾到了泥。

在我们缓慢前进的路上，我对"驽骍难得"逢迎拍马的态度绝对是前无古人。路上每块不平的路面都会让我痛心疾首。我们慢慢地爬，时速不超过五英里。这时又应验了一句老话，那就是当你想落脚时，偏偏前不着村后不着店。我需要的不只是一个城镇。我还需要两个耐用的新后胎。设计我这辆卡车的人一定没想到我会带这么重的行当上路。

在令人痛苦的潮湿沙漠上，经过了大约四十年那么长时间白天无云、夜晚无光的跋涉，我们来到了一个潮湿的安静小镇，我不记得这个小镇的名字，因为我根本不晓得它叫什么名字。每家店都关门了——只有一家小修理厂除外，其他的店都关门了。老板是个脸上有疤、眼神透明而邪恶的巨人。即使他是匹马，我也不会买下他。他是个非常安静的人。"你碰到麻烦了。"他说。

"不用你说。你卖轮胎吗？"

"没有卖你要的大小。那些得到波特兰才有。明天打电话，后天大概就可以送到了。"

"镇里没有其他地方有这种轮胎吗？"

"有两家。不过都关门了。我想他们应该也不会有你要的尺寸。你需要大一点的轮胎。"他搔搔胡子,凝视着我的左后胎很长一段时间,接着把手指当成锉子戳戳轮胎。最后他走进自己的小办公室,推开一堆乱七八糟的煞车线、风扇皮带和目录,从这些东西下面挖出了一部电话。日后如果我对人性本善产生任何质疑时,我一定会想起这位看来不善的修理厂老板。

三通电话后,他找到了一位有一个符合需要规格与种类的轮胎的业者,但这个人正在参加婚礼,无法抽身。他又打了三通电话,听说还有另外一个轮胎,不过在八英里以外。雨还是继续在下。找轮胎的过程漫长,因为每通电话之间,外头都有一排车子前来等着准备加油或换机油,所有的这些工作都必须用威严的缓慢态度完成。

最后终于出现了一位老板的连襟。他在路的前面有一片农场。他根本就不想在雨天出门,但是我那位不善的圣人在他身上施加了一点压力。老板的连襟于是开着车到两个有轮胎然而一点都不顺路的地方,找到了轮胎,带回修理厂给我。在将近四个小时的时间里,我一切又准备妥当,整装待发,车上装了一开始就应该使用的大型耐用轮胎。我真想跪在泥巴里亲吻老板的手,不过我并没有这么做。我非常大方地给了他很多小费,不过——"你不需要这么做。只要记住一件事,"他说,"这些新轮胎比较大。他们会改变车上速率器的判读。你的速度会比时速表指针上指示的刻度还快,如果碰到了手痒的警察,他可能会把你拦下来。"

我满怀谦逊的感激，几乎说不出话来。这件事发生在俄勒冈一个下雨的星期天，我祝那位看起来邪恶的修理厂老板长命百岁，儿孙满堂。

红杉林

　　现在，查理无疑很快就变成一个大范围地区的树木专家。他或许可以在戴维斯机构①里找到一份顾问的工作。不过从一开始我就刻意避免让他接触任何有关红杉巨木的资讯。我觉得一条长岛来的鬃毛狗对常绿美洲红杉或美洲巨杉②的尊敬应该有别于其他狗类——他甚至可能会像加拉哈德③见到圣杯一样。这个想法并不成熟。因为在经历了这次经验后，查理可能会神秘地被转换到另外一个存在的界面，转到另一个空间去，就像红杉看起来似乎不受时间影响，也不是我们正常的思考能力所能想象出来的一样。这种经验甚至可能会让查理抓狂。换个角度看，这种经验也可能让他臻至登峰造极的境界。有过这种经验的狗，不论从哪个方面考虑，都应该可以成为法老王。

　　一旦见过红杉，脑子里就会留下痕迹，红杉的影像也会一直挥之不去。没有人曾经成功画出或用照相机拍出一棵红杉。红

---

①　戴维斯机构(Davies & Company)，一个提供林务服务的林务顾问机构。
②　美洲杉，又称为世界爷，是美国加州生长的杉科巨木，有长叶世界爷与红杉两种。
③　加拉哈德(Galahad)，传说为亚瑟王的圆桌武士之一，因为其纯洁与高贵的情操而得到圣杯。

杉给人的感觉无法传承。红杉释出的是安静与怪异。这不只是因为它们令人无法置信的高度，也不光是那些看起来似乎在眼前变换的色彩，都不是。红杉不像我们认识的其他树木，红杉是来自另外一个时代的使节。它们带着百万年前消失在石灰纪煤渣中的蕨类的神秘感。他们有自己的光与影。身处红杉林中，即使是最愚蠢、最散漫与最不在乎的人，也会折服在奇妙与尊敬的魔力之下。尊敬——就是这个词。一个人会觉得必须向这些确实无误的君王们鞠躬。我很小的时候就认识这些巨木了，我曾住在它们之中，也曾经靠着它们温暖而巨大的身躯露营和入睡，自此之后，我就不知轻蔑为何物。而且，我不是唯一有这种感觉的人。

几年前，有个大家都不认识的人搬到我们靠近蒙特雷的社区。他的感觉一定因为钱和想赚钱的动机而变得非常迟钝、衰弱。他在海边的深谷中买下一片常青树丛地，然后，藉着地主身份所带来的权力，他把所有的树都砍了卖掉，留下一片杀戮后的残破。镇上所有人都对这件事感到震惊，并且愤怒得说不出话来。这不仅是谋杀，这根本就是亵渎。我们带着憎恨的眼神看着那家伙，他头上的印记将一直留到他离世的那天。

当然，许多历史久远的树丛都被砍掉了，但许多庄严的不朽之木，因为一个又有趣又好的理由，仍会继续存在。各州和政府无法买下并保护这些神圣的树。因此俱乐部、组织团体，甚至个人买下这些树木，将它们献给未来。我不知道有没有其他类似的例子。这就是美洲杉对人类心灵造成的影响。但是这种影响会产生在查理身上吗?

接近俄勒冈南部的红杉区时,我把查理留在"驽骍难得"后面的小屋里,就像给他戴顶兜帽一样。我经过了好几片小树林,但因为不合适,所以没有停下来——最后在一块溪边的平坦草地上,我看到了祖父级的巨树,孤独耸立,三百英尺高,树干的宽度和一栋小公寓楼差不多。长着扁平、光亮绿叶的树枝,一直到离地大概一百五十英尺才开始出现。这些树枝以下是一根挺直、往上逐渐变细的圆柱,颜色由红转紫再转蓝。这株巨木的顶端雄伟,久远以前的风暴在树顶留下了雷劈的痕迹。我滑行出了主要干道,在离这个如神般的巨物大约五十英尺的地方停下来,我靠得太近,所以必须把头往后仰,抬起眼睛垂直往上看才看得到它的树枝。这是我一直在等待的时刻。我打开了后车门让查理出来,然后静静站在旁边看,这可能是一条狗对天堂的梦想的最高境界。

查理闻了闻,抖动一下颈圈。他蹓跶到杂草旁,跟一枝小树苗结了盟约,接着走到溪边喝水,看看有没有什么新鲜的事情可以做。

"查理,"我叫他,"你看!"同时指着祖父级的红杉。他摇摇尾巴,又喝了口水。我说,"当然。他的头抬得不够高,所以看不到树枝,不晓得这是一棵树。"我向他走过去,把他的鼻口部分抬直。"你看,查理。这是树中之树。我们的探索到此结束。"

查理打了一个喷嚏,就像所有的狗把鼻子抬得太高都会出现的状况一样。我感到一股愤怒与怨恨,那是对不识货或因为无知而破坏宝贵计划的人所生的气。我把查理硬拉到树干边，把他的鼻子往树上磨蹭。他冷漠地看着我，原谅了我，然后蹓跶到榛树丛中。

"如果我认为他这么做的动机是出于怨恨或玩笑，"我自言自语道，"我一定会宰了他。不过我不能迷迷糊糊地活着，我要知道答案。"我拿出口袋里的小刀，走到溪边，从一株小杨柳树上切下一枝树叶茂密的Y形树枝。我削平了树枝的一端，然后把尾部削尖，回到宁静的祖父级巨木旁，把小树枝插进土中，我让树枝上的绿叶靠在毛茸茸的红杉树干上。我吹口哨把查理叫了回来，他相当亲切地回应我的呼唤。我故意不看他。他漫不经心地在附近闲晃，直到看到了那枝杨柳，他显得有点吃惊。他细腻地闻了闻新切的树枝叶子，然后在树枝边转来转去摸清范围与轨道，最后发射。

我跟那些大巨人的身躯亲密相处了两天，那儿没有远足的人，也没有带着照相机的聒噪旅游团。里面有一座沉静的大教堂。或许是因为浓密而温柔的树干吸纳了所有的声音，所以造就了沉静。树木直耸入天；没有界限。黎明来得很早，一直到太阳高挂才离开。酷似蕨类的绿色簇叶，把阳光筛成了绿金色后，再把光线分成羽轴，或者更确切的说法，应该是把光线分成长条的光与影分送出去。日正当中一过就成了午后，接踵而至的是一个低语的黄昏，然后跟早晨一样长的夜晚很快就降临了。

就这样，时间和一天正常的界限改变了。对我而言，黎明与黄昏都是安静的时刻,但在红杉林里,整天几乎都是安静的时刻。鸟儿不是在黯淡的光线下移动,就是像火花般闪过阳光形成的斑纹。脚下是一片储存了两千多年的针毯。在这样厚的毯子上,听不到任何脚步声。我觉得这儿有一种遥远而与世无争的感觉。一个人保持缄默,就是为了怕会打扰某些东西——什么东西?从我很小的时候,我就觉得树丛里有些事情在进行,一些我无法参与其中的事情。就算我曾忘了这种感觉,也会很快把它找回来。

到了夜晚,黑暗很黑——只有一块笔直往上的灰或一颗偶尔出现的星星。但在这片黑暗中存在着微动,红杉这些掌控白昼却也栖息于夜晚的巨大家伙全都是活生生的东西,而且都有灵性,或许还有感觉,在某种更深沉的知觉层面,它们或许还能够沟通。我一辈子都在跟这些东西结交。(奇怪,我没用到"树"这个字。)我可以接受它们,也可以接受它们的力量与年纪,因为我很早就开始接触它们。反过来说,缺乏这种经验的人,在这里一开始会有一种不安的感觉,一种危险、被关起来的感觉,一种身陷囹圄与沉重的压力感。这种感觉不仅来自于红杉的身形,还有红杉散发出来的怪异,处处都会令没有经验的人感到害怕。怎么不怪呢?从地质学上来说,这些树都是上侏罗纪时期遍布于四大州的树种,但却是今天唯一的幸存者。这些古树的化石可以追溯到白垩纪时期的始新世与中新世,当时的英国、欧洲与美国到处都可见到红杉。后来冰河南移,巨木被摧毁到无法复生的地步。这些是硕果仅存的红杉——提醒我们，很久很久以前的世界曾是多么的了不起。会不会是因为我们的年轻与无知，所以不喜欢被提醒，这个世界其实在我们出现时，就已经很老很老了？还是我们在强烈排斥红杉所带来的认知——即使我们不复存在于这个世界上，一个生气勃勃的世界仍将继续用它庄严的方式活下去？

你再也回不了家

我发现要写家乡南加州是一件很困难的事。这其实应该是最容易写的地方，因为我对那块切进太平洋狭长地带的了解，要多过世界上任何其他的地方。但我发现了解不止一种，而是有好多种——这种了解盖过那种了解，直到全部的图像变成一团模糊。被记忆裹住的加州记忆中自己曾碰到的事情一起遭到了破坏，直到主观变成了不可能的事。高速奔跑的车子鞭笞着四线道的水泥高速公路，但在我的记忆中，这儿应该是弯曲的窄细山路，路上是踏实可靠的骡子拉的伐木队伍。骡子队伍用高亢却甜美的颈轭铃声来告知路人他们的到来。这儿以前是个小镇，树下有一家杂货店和打铁铺，铺子前还有张椅子，让人坐听铁锤打铁砧的铿锵之声。现在如出一辙却又想要与众不同的小房子朝各个方向延展。这儿曾是一片森林山丘，里面有邻着干草地、朝气蓬勃的深绿色橡树，还有郊狼对着月亮照耀的夜晚歌唱。现在山顶全被削平，一个电视转播站刺向穹苍，对路边数以千计如蚜虫簇集的小屋子,喂食影响神经的画面。

　　这难道不是典型的抱怨?我从未反抗过改变,即使化名为进步的改变也不例外,然而看到陌生人用噪音、凌乱以及一圈圈无可避免的垃圾淹没我日思夜念的家乡,却让我产生了愤怒。当然,后到者会憎恨比他们更晚来的后到者。我还记得小时候对陌生人那种自然的嫌恶反应。我们这些生在这儿的人以及我们的父母,都对后到的人、野蛮的人、未开化的人有一种奇怪的优越感,同样,这些外来人也憎恨我们,甚至还做了一首关于我们的无礼打油诗:

　　　　矿工共有四十九

　　　　妓女五十一

　　　　混在一起

　　　　生个乡巴佬

　　我们对西班牙—墨西哥裔的人生气,他们就把怒气转到印第安人身上。这会不会是美洲杉让人紧张的原因?当耶稣的受难地各各他(Golgotha)在执行一项政治性命令时,真正的原住民其实是生长在那儿的树。中古世纪恺撒大帝为了保存罗马而毁灭罗马帝国时,这些树就已经好端端地站在那儿了。对美洲杉而言,所有的人类都是陌生人,都是野蛮人。

　　有时候对改变的看法会因为个人的改变而有所扭曲。譬如,看起来非常大的空间变小了,山脉变成了斜丘。但这次却不是幻象作祟。我还记得自己的出生地萨利纳斯当初骄傲地宣布第四千位居民的出现。现在这个城镇有八千位居民,而且正以惊慌失措的等比级数增加——三年内拥有十万人,十年内也许就会出现二十万人,无止无境。即使那些喜爱数字的人也注意到了这个情况,而且开始忧心,慢慢地,他们会了解到,凡事都有一个饱和点,进步很可能是一个自杀的过程。人类到目前还没有找到解决方法。你不能禁止新生儿的出生——至少现在还不行。

稍早,我曾提过活动屋的出现以及其屋主得到的某些优势。我一直以为东岸和美国中部有很多活动屋,但结果加州也像鲥鱼产卵一样地出现了许多活动屋。到处都是活动屋区,往上缠住了山丘、往下撒向了河岸。这些活动屋带来新的问题。活动屋主分享了所有地区性的资源,医院、学校、警察的保护、社会福利计划,但直到目前为止,他们都不需要缴税。当地的设施由房地产税捐支应,就这部分而言,活动屋完全免疫。当然州政府有课征牌照税,但是除了道路维修与道路延伸工程外,各县各镇都无法分到这些税款。拥有不动产的人发现自己要扶养一大群客人,感到相当气愤。然而我们的税法与我们对税法的理解已经行之多年,并一直在演进。大家都不愿意征收人头税或设施税。不动产等于财源或象征财富的观念早在我们心里生了根。但现在有一大群人找到了规避税捐之途。对于这一点,或许我们应该鼓掌叫好,因为只要逃税的人不把自己的自由变成其他人的负担,一般而言,我们都很佩服这些人。显然在很短的时间内,政府必须制定出一整套新的税法，否则不动产身上背负的负担将沉重到无人买得起房地产，更别提把房地产当成财源了，届时拥有房子将成为一种惩罚，而这也将使矛盾臻至金字塔的最顶峰。过去我们曾经被迫面对气候、灾难与瘟疫的改变。现在的压力来自于我们之所以为人类这个物种的成功。我们打败了所有的敌人，除了自己。

小时候在萨利纳斯成长时，我们把旧金山称为"大城"。当然，旧金山是我们那时唯一知道的城市，但现在我还是认为旧金山是大城，其他与旧金山有关的人也这么认为。奇怪而具有排外性的是"城"这个字。除了旧金山外，我心中只认定伦敦和罗马的一些小地区为大城。纽约人说他们要进市区。巴黎除了叫巴黎外，没有其他的头衔。墨西哥市区被称为首都。

我曾对大城了若指掌，当其他人在巴黎变成失落的一代时，我忙着把自己的青春岁月放进大城。我在旧金山练就一身好武艺，爬山、睡公园、在码头上工作、跟着城里的反叛分子游行大叫。从某个角度来说，我欠这座城市的，就跟她欠我的一样多。

旧金山在我面前演了一场秀。我看见她横越海湾，从兴建大道通过索萨利托（Sausalito），到金门大桥的进驻。午后的阳光用白、金两色涂抹旧金山——这是一座从山丘上升起的城市，一座快乐梦境中的高贵城市。位于山丘上的城市对平地都有主导权。纽约让自己的山丘充斥着拥挤的建筑物，但是这座傍着太平洋天空、升起于层层波浪之上的金白交错的卫城，却是个了不起的作品，像一座画出来但从未存在于现实世界的中古意大利城市。把车停在停车场后，我注视着这座城以及那条引导她的海相连的大桥项链。在南边绿色的高丘上，午后的雾像羊群般朝着这座黄金之城的屋棚翻涌而来。我曾经见过她更美丽的样子。小时候，每当准备进城时，我都会因为快要爆开的兴奋之情而好几个晚上睡不着觉。她留下了影响。

接着跨越用单纤悬挂的大拱桥，我进入了自己了若指掌的城。

这仍是我记忆中的大城，她因为对自己的伟大有如此的自信，所以能够和善待人。我穷困潦倒的时候，她依然对我很好，并没有排斥当时偿付能力暂时出了状况的我。我大可无限期地在旧金山待下去，不过我必须要到蒙特雷市去寄出我的缺席投票。①

在我年轻的时候，旧金山南边一百英里的蒙特雷县里，每个人都是共和党员。我家也都是共和党员。如果我一直待在那儿，可能现在还是共和党员。哈丁总统②煽动我倾向民主党，胡佛总统③让我就此黏住民主党。如果你发现我沉溺于自己的个人政治史，那是因为我认为自己的经验可能一点都不稀奇。

我到达蒙特雷市，一场战争于焉开始。我的姐妹们仍是共

---

① 部分选举制国家或地区使因故无法在投票站投票的选民行使投票权的方式。
② 哈丁总统(Warren Gamaliel Harding, 1865—1923)，美国第二十九任总统，任期为一九二一年至一九二三年。
③ 胡佛总统(Herbert Clark Hoover, 1874—1964)，美国第三十一任总统，任期为一九二九年至一九三三年。

和党员。美国内战照理说应该是最悲苦的战争,但家庭政治则毫无疑问是最猛烈也是最恶毒的战争。我和陌生人可以冷静而带分析性地讨论政治,但与姐妹之间,那却是不可能的事。每一场争论结束时,大家都是大口喘着气,精疲力竭又满怀愤怒。没有任何让步;没有任何宽恕。

每天晚上我们都向对方承诺:"我们要友善亲爱。今天晚上不谈政治。"但十分钟后,我们就会对着彼此大吼。"约翰·肯尼迪怎么样怎么样……"

"如果你是这样的态度,那你怎么能忍受迪克·尼克松①?"

"大家冷静一下。我们都是讲理的人。大家来探讨一下这个问题。"

"我已经探讨过了。谈谈苏格兰威士忌怎么样?"

"噢,如果你要这样讲,那我们来谈谈桑塔·安纳②怎么样?超级市场的收款员又如何?美人?"

"爸爸要是听到你这么说,一定会从坟墓里跳出来。"

"别把他扯进来,他今天如果还在世,一定是个民主党员。"

"听你说的什么话。巴比·肯尼迪买票都不知道买了多少麻袋了。"

"你是说共和党从来没买过票吗?不要让我笑掉大牙了。"

---

① 指理查德·米尔豪斯·尼克松(Richard Milhous Nixon, 1913—1994),美国第三十七任总统,任期为一九六九年至一九七四年。因水门案件辞职下台。

② 桑塔·安纳(1794—1876),墨西哥政治家。两度成为墨西哥总统。

大家的对话尖刻而且没完没了。我们挖出了早已荒废的传统武器，彼此用侮辱攻击对方。

"你说的话简直就像共产党。"

"那么你听起来就让我怀疑是成吉思汗转世。"

情况糟透了。如果有陌生人听到我们的对话，一定会报警以防流血事件的发生。我觉得我们绝对不是唯一会这么做的手足。我相信私底下，这个国家的每个角落都会发生同样的事情。在这个国家里，大家一定只有在公开场合才惜言如金。

此次返乡的主要目的似乎在于政治议题的争吵，不过这段期间我也探访了一些老地方。在蒙特雷的强尼·加西亚酒吧（Johnny Garcia's bar）有个令人感动的聚会，有泪、有拥抱、有演说，还有在我年少轻狂时代知道的 poco（一点点）西班牙文所表示的亲爱之情。我依然记得以前有侯隆印第安人①在萨利纳斯妇幼健康诊断中心打杂。那些年代全都过去了。我们拘谨地跳舞，手乖乖地锁在背后。我们还唱南方地区的欢乐歌曲："有个来自侯隆的家伙——因为一个人过日子所以生了病。他想到帝王城去找美丽的东西——Puta chingada cabr（背叛丈夫的不贞小女人）。"我已经很多年没有听过这首歌了。这真是老家的一周。久远的年代又爬回了他们的洞穴中。这是以前把野牛和大

---

① 侯隆印第安人（Jolon Indians），侯隆最早是印第安在萨利纳斯的一个小居留地，后来发展成美国人居住的小区。侯隆是印第安语，但用西班牙语拼音，意思是"死树之地"。后来大家泛称萨利纳斯的印第安人为侯隆印第安人。

灰熊放进同一个笼子里的蒙特雷，一个甜美又带着敏感暴力的地方，一个聪明的天真地方，一个似乎因为没有人认识，所以还没有受到那些没包尿布的心灵所污染的地方。

我们坐在酒吧里，强尼·加西亚用他那双会喷泪的加利西亚①眼睛看着我们。他的衬衫敞开着，一块用链子挂着的金牌悬在喉头。他把身子横压过吧台，对着离他最近的一个人说："你看这块金牌！这边这位 Juanito（约翰）②多年前把这块金牌送给我，是他从墨西哥买回来的——圣母像③，你看！"他把椭圆形的金牌转了过来。"我的名字和他的名字。"

我说："用针刻的。"

"我从没拿下来过。"强尼说。

一个我不认识的黑壮 paisano（老乡）站在扶手栏杆上，他也横压过吧台。"Favor（喜欢吗）？"他问，然后看也不看强尼，就把手伸向那块金牌。这个男人亲吻了金牌，说了声："Gracias（谢谢）。"然后很快穿过了旋转门。

强尼因为兴奋而情绪高涨，他的眼睛也是湿的。"Juanito

---

① 加利西亚（Galicia），西班牙西北部的省份。
② 指的是斯坦贝克。
③ 圣母像（La Morena，La Virgincita de Guadalupe），La Morena 指的是黑发，la Virgincita 指的是圣母，Guadalupe 一般指与阿兹特克印第安（Aztec Indians）语"压制蛇"（quatlasupe）谐音的西班牙文（十六世纪阿兹特克印第安人被西班牙人收服）。相传圣母玛利亚在一五三一年在墨西哥中部的阿兹特克印第安人面前显灵，并陆续显现奇迹，后来数以百万计的墨西哥印第安人改信基督教。压制蛇的说法，是比喻圣母点化了阿兹特克印第安人，让他们不再以活人祭神。墨西哥有些画像中的圣母就是站在巨蛇身上。

（约翰），"他说，"回家！回到你朋友身边来。我们爱你，我们需要你。这是你的位子，compadre（同志），不要让这个位子空着。"

我必须承认自己感到一股爱与雄辩的古老之情涌现心头，而我竟然没有一丝加利西亚的血统。"Cuñado mio（亲爱的妹婿），"我悲伤地说，"我现在住在纽约。"

"我不喜欢纽约。"强尼说。

"你从来没有去过纽约。"

"我知道。这就是为什么我不喜欢它的原因。你一定要回来。你属于这儿。"

我喝了很多酒，而且真想不到我竟然发表了演说。许久未用的老字词全都咕噜咕噜地滚了回来。"用你的心来倾听，我的老伯，我的朋友。你和我，我们不是小臭鼬。时间已经帮我们解决了一些问题。"

"安静，"他说，"我不要听。都不是真的。你仍然爱喝酒，你仍然爱女孩子。有什么改变？我了解你。No me cagas, niño（别唬我，小鬼）。"

"Te cago nunca（我从来不唬你）。有一个很伟大的人叫做托马斯·沃尔夫①，他写了一本书叫做《你不能再回家》。他说的都是真的。"

"骗子，"强尼说，"这里是你的摇篮，你的家。"突然间，他用一支橡木回力球拍敲打吧台，每当大家争论不休时，他就用这只

---

① 托马斯·沃尔夫（Thomas Wolfe, 1900—1938），美国小说家。以其第一部小说《天使望故乡》而闻名。

球拍维持安静。"时机成熟的时候——也许要一百年——这应该是你的坟墓。"球拍从他的手中掉落,他为了我未来的死亡哭泣。我也为了自己的前景而沉重。

我注视着我那已经空了的酒杯。"这些加利西亚人一点礼貌都没有。"

"噢,老天,"强尼说,"噢,原谅我!"他帮我们都倒了酒。

排在吧台前的那排客人现在都安静了下来,阴暗的脸,全都礼貌周到得不带一丝表情。

"敬你的返乡,compadre(同志),"强尼说,"施洗者约翰,离那些洋芋片远点。"

"Conejo de mi Alma(我灵魂的小白兔),"我说,"我灵魂的小白兔,听我把话说完。"

那个黑壮的家伙又从街上回来了,他横越过吧台,亲吻了强尼的金牌后,再次走了出去。

我暴躁地说:"以前说话的时候还有人听。我要买票吗?我是不是要先预约才能说故事?"

强尼转向他那间安静的酒吧。"安静!"他凶恶地说,并拿起了他的回力球拍。"我要告诉你真的事情,妹婿。走到街上——陌生人、外国人、千千万万的他们。看着山丘,全是鸽子笼。今天我走完了整条阿尔瓦拉多街(Alvarado Street),然后走第一卡耶街(Calle Princip)回来,一路上除了陌生人,我什么都没看到。下午我在彼得门(Peter's Gate)迷了路。我到球场边乔·达克沃斯餐厅(Joe Duckworth's house)后面的爱之野(Field of Love)

去。那儿变成了二手车停车场。我的神经因为红绿灯而变得焦躁。连警察都是陌生人、外国人。我到卡梅尔山谷(Carmel Valley)，我们以前偶尔会拿着三〇—三〇的猎枪到那儿随便朝一个方向射击。现在就算要对着一块大理石块射击，都会伤到外国人。还有强尼，我不介意人，你知道的。但这些都是有钱人。他们都是用大盆子种小鹤花。他们的游泳池曾经是青蛙和小龙虾等待我们的地方。不，老友。如果这里是我的家，我会在这儿迷路吗？如果这里是我的家，我会走在街上却听不到任何一句祝福的话吗？"

强尼慵懒地瘫在吧台上。"但是这里，Juanito(约翰)，还是老样子。我们不让他们进来。"

我低头看着吧台边一排的脸。"对，这儿好得多。但是我可以住在酒吧凳子上过日子吗？不要自欺欺人了。我们知道的已经死了，也许让我们成为我们的最大一部分已经死了。现在外面全是新东西，或许也是好东西，不过那不是我们知道的东西。"

强尼把两只手掌弓起来顶住太阳穴，他的眼睛里布满血丝。

"那些好人在哪里？告诉我，威利·崔普(Willie Trip)在哪儿？"

"死了。"强尼空洞地回答。

"皮隆(Pilon)，强尼，彭彭(Pom Pom)、桂格老师(Miz Gragg)、史帝夫·菲尔德(Stevie Field)呢？"

"死了，死了，死了。"他重复着说。

"艾德·瑞克斯、惠特尼家(Whitney)的一号和二号、桑尼小子(Sonny Boy)、安可·瓦尼(Ankle Varney)、吉瑟丝·玛丽亚·科可容(Jesus Maria Corcoran)、乔·波特吉(Joe Portagee)、矮子李、弗洛拉·伍德(Flora Wood)，还有那个把蜘蛛放在帽子里的女孩呢？"

"死了——全死了。"强尼呜咽地说。

"我们好像活在一群鬼魂堆里。"强尼说。

"不是，他们不是真的鬼。我们才是鬼。"

那个黑壮的汉子又回来了，强尼没等他开口，就把金牌拿出来让他亲吻。

强尼转身，两腿大开地走回到酒吧的镜子前。他研究了一下自己的脸，拿出一瓶酒，拔掉塞子，闻一闻、尝一尝。然后看着自己的指甲。酒吧里翻搅着一股不安的气氛，大家的肩膀都弓了起来，原来交叉的腿也都放回到原位。

麻烦要来了，我自言自语。

强尼回来了，刻意把酒瓶放在我们两人之间。他的眼睛睁得大大的，眼神却迷迷蒙蒙。

强尼摇摇头。"我想你已经不喜欢我们了。我想也许你对我们太好了。"他的指尖在吧台上的隐形键盘上慢慢弹着。

只有一刹那的时间，我受到了诱惑。我听到喇叭的哭喊，还有手臂碰撞的声音。管他呢，我已经老得打不动架了。我两步就跨到了门口。我回过头。"他为什么吻你的金牌？"

"他在下注。"

"好吧。明天见，强尼。"

双层门在我背后旋转。我走上了受到霓虹灯切割的阿尔瓦拉多街——围绕着我的，除了陌生人外，什么都没有。

这阵怀旧的怨恨，让我对蒙特雷半岛造成了伤害。这是个美丽的地方，干净、管理得当，而且进步。曾经因为死鱼内脏和苍蝇而溃烂的海滩现在弄得很干净。排放令人作呕臭气的罐头工厂也都不见了，取而代之的是餐厅、古董店一类的东西。他们现在要钓的目标不是沙丁鱼，是观光客，而观光客这个物种好像不太容易绝迹。至于卡梅尔这块最早由吃不饱的作家与画作没人要的画家所开发出来的地区，现在则变成了有钱人与退休者居住的社区。现在如果卡梅尔的开山祖回来，一定住不起这个地方，不过他们也走不了那么远。因为他们令人起疑的特色会立刻让人抓起来，驱逐到城郊以外。

我出生的地方也变了，但我因为离开了，所以没有跟着变。记忆里，这儿像以前一样耸立，然而这儿外在的形貌却让我混淆，让我愤怒。

我将要叙述的感觉，一定也是这个国家许多少小离家老大回的人所经历过的感觉。我联络上了一些对我很重要的老朋友。我想他们的发际线后退的程度比我还要严重一点。大家热情寒暄。记忆全涌了上来。从前闯的祸、建的功全都被掀了出来，掸灰扫尘。突然间，我的注意力开始神游，看着老朋友，我发现他的注意力也在漂荡。我对强尼·加西亚说的话的确是真的——我是个鬼魂。我的城镇长大了、改变了，我的朋友也随着变化。现在回到家乡,朋友认为我改变了多少,我就认为家乡改变了多少,我扭曲了他的想象力,弄糊了他的记忆。当初离开的时候,我就已经死了,因此我被定型了,无法改变。我的归来只造成混乱与不安。虽然我的老朋友们说不出口,但他们希望离开,唯有这样,他们才能再把我放回记忆图像中的正确位置。托马斯·沃尔夫说得没错。你再也回不了家,因为除了记忆中的樟脑丸外,家根本就不存在。

我的离开是一场逃亡。不过在我转身之前,我确确实实做了一件规规矩矩而且感性的事情。我开车到方圆好几英里之内的最高点弗里蒙特山巅(Fremont's Peak)。我爬过最后一块尖头顽石抵达山顶。在这些冒出地面的黑漆漆的花岗石间,弗里蒙特将军①曾抵抗墨西哥军队的攻击,还打了胜仗。孩提时,在这个区域我们偶尔会发现炮弹与生了锈的刺刀。这个孤独的石巅俯瞰着我所有的童年与青少年,萨利纳斯河谷往南绵延将近一百英里,我出生的萨利纳斯市现在像马唐野草般往山脚扩散。西边近在咫尺的公牛山(Mount Toro)是一座圆形的和善大山,北边的蒙特雷湾(Monterey Bay)像一只闪亮的蓝色大盘子。我感受着、闻着、听着从狭长山谷吹上来的风。风里,有长着野橡树的褐色山坡的味道。

年轻时有阵子特别注意与死亡有关的事,我记得有一次自己非常希望能被葬在这个山巅上,在这儿,即使没有眼睛也可以

---

① 弗里蒙特将军(John Charles Fremont,1813—1890),美国军事领袖及探险家。曾竞选过美国总统。

看到一切我知道以及我所爱的事物。在那个时代，只要翻过了山，世界就不存在了。我也记得当时对自己的埋葬方式有多么强烈的感受。奇怪的是，当一个人离大限不远时，对埋葬方式的兴趣也开始衰退，因为死亡对他不再是一种盛会，而是一个事实。在这些高高在上的石块上，记忆的迷思自我修复。查理探勘完了整个区域后，走过来坐在我的脚边，他垂着毛发的耳朵像晒在绳子上的衣服一样飘动。他那因为好奇而潮湿的鼻子，用急促的呼吸方式嗅着方圆百里。

"你一定不知道，我的查理，就在这下面，在那个小山谷里，我和一位跟你同名的人，查理叔叔，一起钓鳟鱼。那边——看我指的地方——我母亲射杀过一只野猫。就在那正下面，四十英里以外，是我们家的家庭农场——一个填不饱肚子的老牧场。你看得到那块较暗的地方吗？嗯，那是一片小峡谷，有一条环谷的清澈可爱的小溪，周围还点缀着大橡树。我父亲用炽铁把他和一个他喜爱的女孩的名字一起烙印在其中一棵橡树上。许多年后，一层层新长出来的树皮封盖住了这个烙印。不久前，有人把那棵树砍了当柴，结果劈柴的时候，发现了我父亲的名字。他把这块木头送还给我。春天的时候，查理，当整个山谷铺上一层像花海的蓝色羽扇豆类植物时，空气中会出现一股天堂的味道，天堂的味道。"

我再次用眼睛把景象印在脑海中，南边、西边，还有北边，接着我们就匆忙离开了永恒与不变的过去——那个母亲经常射击野猫、父亲总是把自己的名字和喜爱女人的名字烙印在一起的过去。

沙漠的秘密

　　如果我能说，跟查理的这趟旅行是"我出来寻找关于自己国家的真实情况，而且已经找到了"，该是一件多么愉快的事情。找到了国家真实情况后，接下来就是要沉淀出自己的发现，舒服地把身子往后仰，脑子里清楚地感受自己已经找到了真相的事实，并把这些真相传授给我的读者，这一切会是多么简单。我真希望事情有这么容易。事实上，我脑子里转的，还有在较深切的认知层面上，全都是一大桶软虫。很久以前，在收集并分类海洋动物时，我就领悟到自己的发现其实与当时的感觉息息相关。外在的真实总有办法让自己不那么外露。

　　这个土地怪物，这个世界最强大的国家，这个未来的种子，全都变成了小我的宏观世界。如果是一个英国人、法国人或意大利人选择了我旅行的这条路线、看到了我眼见之景、听到了我耳闻之事，他们记忆下来的图像不但可能和我的不同，而且连彼此之间的图像也迥然相异。就算其他美国人看到了我这份叙述报告，并对其真实性感到心有戚戚，也不过表示这样的一致性，是因为我们同是美国人，我们很相似。

　　从开始到结束，我没碰到过任何陌生人。如果真有陌生人，或许我能更客观地描述他们。但他们都是我的同胞，这是我的国家。如果真有什么让我批评或令我悲痛的事情，那么我一样也有这些倾向。如果我得对此准备出一套毫无瑕疵的检验概述，我打算这么说：就我们所有广大的地理区域、我们所有的地方主义、我们所有从人种世界的各个角落吸引而来的融合族类而言，我们是一个国家，一个新的种族。美国人要比他们所属的北方人、南方人、西方人或东方人更像美国人。而且不论英裔、爱尔兰裔、意大利裔、犹太裔、德裔还是波兰裔，大家基本上都是美国人。这并不是一头热的爱国大论；这是个经过仔细观察后的事实。华裔加州人、爱尔兰裔波士顿人、德裔威斯康星人，对了，还有阿拉巴马的黑人，彼此之间相似处要比相异处多。这更令人感到惊讶，因为一切都在如此短的时间内发生。而且来自各个地区以及各个人种血统的美国人，彼此之间的相像，要比威尔士人与英格兰人间、兰开县人（Lancashireman）与伦敦人，或者苏格兰低地人与高地人之间的相似程度还要高，这也是事实。令人称奇的是，这种情况从无到有的时间竟然不到两百年，而且大多发生在近五十年间。美国人之间的一致性是确实而且可兹证明的。

从我往回走开始，一直到现在我才了解到自己什么东西都无法看到。我感应灵敏的明胶①照相感光板愈来愈混沌不清。我决定再巡查两个地方——德州以及美国最南部的代表地区后，就结束这趟旅程。根据我的判读，我觉得德州正以一种分离的力量崭露头角，而南部则正处于一个疼痛期，为了尚未成形的未来子嗣的本质而努力。我认为这是忘了自己孩子所付出努力

---

① 明胶广泛应用于凝胶剂、安定剂、黏着剂、澄清剂等，摄影业者利用明胶黏着力及稳定均质的能力，将显影药剂与明胶混合涂布于底片。

的痛苦。

这趟旅程就像一顿摆在饥饿者面前的丰盛晚餐,有许多道菜肴。饿肚子的人一开始会试着把所有的菜都吃完,但吃着吃着就会发现,若想保持好胃口、让味蕾功能正常,他必须放弃一些菜。

我快马加鞭地尽可能选择最近的路——一条我在三十年代就很熟悉的路线——把"驽骍难得"驶离加州。从萨利纳斯到洛斯巴诺斯(Los Banos),经弗雷斯诺(Fresno)与贝克斯菲尔德(Bakersfield)①,然后穿越山路,进入一个已经被灼伤且即使在一年后的这个时候依然继续受到烧炽的莫哈韦沙漠②,沙漠里的山丘像一堆堆位于远方的黑色煤渣,辙痕累累的路面被饥渴的太阳吸干了水分。现在一切都已经够方便的了,坐在靠得住又舒适的车子里,跑在高速公路上,一路上都有可供乘凉的休息站以及每个都夸示自己冷却系统的汽车服务厂。但我仍记得当年我们一路走一路祈祷着到这儿来的那个时候,我们要竖耳倾听努力不懈的老马达是否出了问题,还要从沸腾的汽车散热器里抽出一条蒸汽烟柱。接下来,除非有人停下来帮忙,否则停在路边累垮了的老爷车就真的出大问题了。之前,每次穿越莫哈韦沙漠,都会跟那些拖着步子走过这片人间炼狱的早期移民家庭分享自己带来的东西,而每次的横越,也都会留下至今依然被

---

① 以上各城市均在加州境内。
② 莫哈韦沙漠(Mojave Desert),加州南方的沙漠区,面积约一万五千平方英里。

当成路标的马、牛白骨。

莫哈韦沙漠是个令人害怕的大沙漠。就好像大自然在测验一个人的耐力与韧性，藉以证明这个人是不是够格抵达加州一样。闪烁的燥热形成了平地上的水影。即使高速驾驶，那些标示着沙漠边界的山丘也一样在眼前渐行渐远。一向是逐水狗的查理，吁吁地喘着气，努力摇晃着身体，湿透了的舌头伸在嘴外，起码有八英尺长，扁得像片叶子。我把车子驶离主道，进入一条小径，然后从三十加仑的水箱中为查理倒水。让他喝水之前，我把水朝查理的全身，以及我的头发、肩膀与衬衫上泼。空气异常干燥，身上的水汽一蒸发，反而让人突然感到一股寒意。

我开了一罐从冰箱里拿出来的啤酒，然后一面安逸地坐在"驽骍难得"阴凉的车厢内，一面注视着车外那片被太阳重击但点缀着北美山艾丛的平地。

大约在五十码外，有两只郊狼在看着我，黄褐色的毛皮上混杂着砂土与阳光。我知道自己只要有任何快速或令它们起疑的动作，它们就会立刻消失。因此我用最若无其事的缓慢速度，从挂在床边的吊带上拿出了新枪——那把枪身较小、速度较高、杀伤距离较远的点二二二口径来福枪。我用非常慢的速度把枪举起来。或许是因为我身处车屋的阴影，所以站在外面令人眼盲的光线中，几乎看不到我的存在。小来福枪上有个漂亮的瞄准器，可以瞄准的范围很大。郊狼动都没动。

两匹狼都在我的瞄准范围内，瞄准器中的它们离我非常近。伸在外面的舌头让它们看起来好像带着嘲弄的笑容。这两头狼是好命的动物，不但没有饥饿之象，连毛色都很不错，黑色的粗毛因金黄色的毛而显得柔和。它们柠檬黄的小眼睛在瞄准器中清晰可见。我把瞄准器的十字标线对准右边的郊狼，推开了保险栓。架在桌子上的手肘稳稳地拿着枪。十字标一动也不动地瞄准它的胸部。之后，这头狼像狗一样坐了下来，伸出了右后腿来抓右肩的痒。

我的手指迟迟不愿碰触扳机。我一定是变得非常老迈了，因为旧有的协调作用愈来愈不管用。郊狼是害兽；它们偷鸡，为数繁多的鹌鹑以及其他的猎鸟都因它们而数量锐减。绝不能对它们手下留情。它们是敌人。我的第一枪将击中瞄准的这头狼，另外一只必会闻声而逃。我大可以用连续射击把另外一头也干掉，因为我是个相当不错的来福枪射手。

可是我并没有开枪。我的训练对我说："开枪！"但我的年纪却回答："方圆三十英里之内没有鸡，就算有，也不是我的鸡。而且这个没水的地方也不是鹌鹑的栖息地。不要，这些家伙是用跳囊鼠①和杰克兔②来保持身材的，这是害兽吃害兽，我干吗要介入？"

"杀了它们，"我的训练说，"大家都会杀掉它们。这是为民服务。"我的手指往扳机移动。十字标稳稳地定在喘息舌头下方的胸膛上。我可以想象愤怒的钢弹片飞溅、冲击以及郊狼跳跃、挣扎直至破裂的心脏停止跳动的景象，也可以看到在那不久之

---

　　①　产地为北美西部与墨西哥。
　　②　北美西部的长耳大野兔。

后，出现一只兀鹰的影子，接着又是一只的画面。这时，我早就已经离开——出了沙漠，穿过了科罗拉多河①。最后，在北美山艾丛旁，会出现一个没有眼睛的赤裸头骨、几块被啃得干干净净的骨头、一摊干掉了的黑血，以及几撮金黄色的毛。

我想自己已经太老、太懒到无法做个好市民的地步了。第二头狼站在枪的侧边。我把十字标线转过去瞄准它的肩膀，然后稳稳地握着枪。在这种距离，用这把枪，绝不可能打不中目标。这两头动物都欠我一条命。它们的命是我的。我锁上保险栓，把来福枪放在桌上。没有了瞄准器，它们离我也没有那么亲近了。炎热的光线威力搅乱了空气，形成摇曳的热浪。

我想起几句很久以前听过的话，我希望这些话是真的。在中国有个不成文的定律，至少我的情报来源是这么告诉我的，那就是当一个人救了另一个人后，他必须对这条获救的生命负责，直到这条生命从世上消失。因为，救人者一旦介入其他生命的常数，就再也无法逃避责任。我一直都觉得这种说法很有道理。

现在我对这两条活蹦乱跳的健康郊狼有了象征性的责任。在万物关系的微妙世界中，我们将永远被绑在一起。我开了两罐狗食留给它们，当作是还愿。

我曾经多次行经西南部，甚至更多次飞越过这个区域——一片广大而神秘的荒原，一块受到太阳惩罚的地方。这儿是个谜，一定有什么东西藏在里面，静静地等待。这儿似乎是个荒废

---

① 科罗拉多河(Colorado River)，发源于科罗拉多州中北部，流经犹他州、亚利桑那州，注入加利福尼亚湾，全长一千四百五十英里。

了的地方，没有寄生的人类，不过事实并非全然如此。循着两道轮辙穿过砂石，你会发现在一块得天独厚的地方，挤着一群人，寥寥的几棵树朝着地下水伸根，一小片忍受饥饿的玉米和瓜果，还有一条挂在绳子上的肉干。这些是沙漠子民，他们未必在躲藏什么，反倒像是从困惑的罪恶中退居到神圣的殿堂中。

在这个空气里没有水分的夜晚，星星下凡到伸手几乎可得的距离之内。这个地方住着早期教会的隐居修士，他们未受污染的心灵可以穿透无限。一致性与庄严的秩序这种观念似乎总是从沙漠中兴起。静静地数星星、观察它们的运行这些活动，最早就是源自于沙漠。我认识一些沙漠子民，他们拒绝有水世界的紧张，只选择安静、情绪迟缓之地。这些人没有随着爆炸的时代改变，除了死亡与被其他与他们相似的人取代。

沙漠中的神秘事件向来层出不穷，一再传述的故事说着古老时代幸存下来的族系，在沙漠的山里等着重新复出。一般来说，这些团体都在护卫着一笔宝藏，不让宝藏受到一波波武力的征服。这些宝藏不是古时候蒙特祖玛国王①的金制工艺品，就是一个富可敌国、足以改变世界的矿藏。如果陌生人发现了这些人的存在，陌生人不是被杀就是被同化，反正结果就是大家永远也见不到这个人了。这些故事都有一套一成不变的模式，并且全然不受疑问困扰：既然发现东西的人没有一个回得来，大家怎么知道沙漠里藏了什么呢？噢，沙漠里一定有东西，不过你不

①　蒙特祖玛国王（Montezuma II，1466—1520），墨西哥阿兹特克族最后一任皇帝，由西班牙征服者科尔蒂斯所推翻。

是找不到，就是回不来。

除此之外，还有一个永远不变、说法统一的故事。两名探矿者结伴发现了一个财富多到无法想象的矿藏——可能是金矿、钻石矿，或宝石矿。他们抽样装袋，极尽所能地多带，并透过附近的标的物，在心里记下了这个地方。结果，在回到尘世的路上，其中一个因干渴与精疲力竭而亡，另一个继续向前爬行，但随着身子愈来愈虚弱，不得不抛弃大部分带出来的宝物。最后他终于来到一个有人居住之处，或终于被其他探矿的人发现。他们兴奋地检视他带出来的宝物。故事到这里，有人说这位幸存者最后也死了，但把宝藏位置留给了救他的人，也有人说这名幸存者后来经过调养，恢复了健康。反正后来一批设备齐全的队伍出发寻找宝藏，但谁都找不到。这个故事有个永远不变的结果——再也没有人找得到宝藏。我听过这个故事很多次，结局从未改变过。沙漠的确可以滋养神话，但神话的出现必定有其事实根据。

沙漠中的确藏着真正的秘密。在阳光与干涸对抗生命的战争中，生命自有其存活的秘诀。不管是哪种生命，所有的生命都需要水分，不然就会消失。我觉得最有趣的就是沙漠生命运用巧妙的方式回避天下无敌的太阳所洒下的致命光线。疲惫的大地看起来垂头丧气、死气沉沉，但这都只是表面的情况。大量具有独创性的生命组织在看起来似乎已经消失的情况下继续生存。风尘仆仆的灰白北美山艾树，穿着油性盔甲保护自己体内微少的水分。在稀有雨水降临的时候，有些植物贪婪地让自己沉浸其中,然后把每滴收集到的水分储存起来留作后用。动物不是披着坚硬而干燥的毛皮,就是穿着外壳抵抗干燥。每条生命都发展出寻找阴凉地或自创遮阳处的绝技。小型爬虫与啮齿动物会钻洞或滑行到地表之下,再不然就紧贴着突出于地表的岩块阴凉面。为了保存精力,大家的动作都很缓慢,如果有任何动物能够或愿意长时间抵抗日晒,那可真是世间罕见。响尾蛇在太阳的曝晒下,一个小时之内就会死亡。有些具备了较大胆发明的昆虫,还创造出个人的冷却系统。必须喝水的动物都用间接方式取得水分——兔子的水分来自树叶,郊狼的水分来自兔血。

想要在白昼寻找活蹦乱跳的生物踪迹,很可能是徒劳无功的事情,不过只要太阳一下山,夜晚释出许可令,生物的世界就会苏醒,然后开始其错综复杂的运作模式。猎物先出现,然后是猎食者,然后是猎食者的猎食者。夜晚察觉到了生物的嘈杂、哭喊与吠叫。

在我们这颗星球的近代历史中,令人不可置信的意外造就了生命的出现——当数量与种类都精细到几乎不可能发生的地步的各种化学因素达到某种平衡,然后结合了温度的因子,再给予一段蒸馏时期,新的东西就此出现——生命,是这个无生命的蛮荒世界中所出现的软弱、无助、没有保护的物种。接着有机体内经过了变化与变异的过程,出现了彼此迥异的物种。然而每个生命形态都必定具备一项构成要素,这项要素或许是所有成分中最重要的一个——生存的因子。活着的东西绝对少不了这个因子,生命的存在也无法缺少这项神奇的处方。当然,每个生命形态都各自发展出属于自己的生存机制,有些失败并消失了,有些则继续在地球上繁衍。第一个生命非常可能极轻易地就被熄灭,而形成生命的意外也可能永远都不再出现——但是,生命一旦存在,其特质、使命、关心的事物、方向以及终结的意义,就全都在于继续活下去。这是所有生命共通的本能。生命就是这样,而且会继续这样,一直到其他的意外撤销这一切为止。沙漠,干燥又受尽阳光鞭笞的沙漠是一所很好的学校,从这所学校中,我们观察到生存技术在毫不留情的反对势力下,发展出各种聪明而又无止境的变化。生命无法改变太阳,也无法灌溉沙漠,所以生命只好改变自己。

沙漠这个不受欢迎的地方,或许很可能会成为生命对抗无生命的最后一座碉堡。因为在世界上富裕、水分充足以及大家都争相拥有的地方,生命的金字塔对抗的是自己,而且自身的混乱终将让自己与敌对的无生命结合。无生命用烧炽、灼热、冰冻与毒害的武器都达不到的目标,或许最后仍会因为生命的生存手法不再行得通,进而导致生命全数毁灭或灭绝而达成。如果最多才多艺的生命形态——人类——用他们一直以来所使用的方式努力生存,那么他们不但会毁掉自己,还会毁掉其他的生命。若真的发生这种情况,像沙漠这种不受欢迎的地方就很可能成为生命族群重新复出的严苛母亲。因为沙漠里的居民在抵抗荒芜这方面都训练精良,也都设备精良。即使是我们人类这类误入歧途的物种,也可能从沙漠这种地方重新出现。紧紧依附着一片无人觊觎的不毛之地阴凉处的孤独者，以及他那位因为抵抗阳光而变得坚强不已的妻子，还有他们怀中的兄弟——郊狼、杰克兔、长角的蟾蜍、响尾蛇，以及通过了试炼的生命残片都很可能是生命对抗无生命的最后希望。但是，远在这些事情发生之前，沙漠就已经抚育出了很多神奇的事物。

整理自我

很早之前，我曾经提过州界两边的变化，譬如高速公路英文用法与路标文体风格的改变，以及速限的不同。美国各州的权限都有宪法保障，因此每州似乎都热切而兴高采烈地执行自己的州法。加州州界对每辆车进行检查，就是为了防止可能带着害虫与疾病的蔬果入境，这类法规几乎像强烈的宗教信仰般严格执行。

几年前，我认识一位来自爱达荷州的同性恋和他自组的家庭成员。他们打算在加州探访亲戚，因此带了一卡车的马铃薯沿路贩售，协助解决路费的问题。他们在加州州界被拦下来时，车上只剩下不到一半的马铃薯，州界处拒绝让他们的马铃薯入境。由于财务困难，他们无法丢弃剩下的货，因此他们很开心地在州界边扎营，吃的是马铃薯，卖的也是马铃薯，还用马铃薯换取其他物资。两个礼拜后，一颗马铃薯都不剩。他们毫无困难地通过了检查哨，继续接下来的路程。

被人严厉批评为"割据行为"的各州隔离情况造成许多问

题。汽油税的课征主要是用来支应高速公路的建造以及维修费用,但几乎没有任何两州采用相同的汽油税率。数量庞大的州际卡车利用道路运输,依据卡车本身重量与速度的不同,车子维修成本的增加幅度也不一样。因此各州都有测量卡车货物重量并依据重量课税的地磅站。如果汽油税有所不同,那么还要测量车子的油箱以及判定其他该缴纳的税款。地磅边的路标上写着:"所有卡车停车。"因为我开的是卡车,所以也得停下来,目的只在于让工作人员对我招招手,要我把车开去过磅。他们要服务的对象其实不是像我这样的人。不过当检验人员不太忙的时候,我有时候也会停下车来跟他们聊天。这让我想到了州警这个话题。跟大多数美国人一样,我不喜欢警察,城市警力对贿赂、暴行以及一长串栩栩如生的不法事件所展开的一贯性侦查,也并不是为了要让我这种人感到安心而想出来的设计。然而,我的敌意并没有扩展到现在我们国家大部分地区所供养的这些州警身上。借着雇用聪明又受过教育的人、付给他们还过得去的薪水、把他们配置在远离政治压迫处的这个方便的权宜之策,让许多州成功地创造出精英兵团,这些州警得以确保自己的尊严,并对自己的贡献感到骄傲。我们的城市终将发现,以州警的模式重新编制警力是绝对必要的。遗憾的是,只要政治团体还保有一点点赏罚大权,这个想法就永远不可能实现。

从尼都市①过了科罗拉多河,暗沉与呈锯齿状的亚利桑那

---

① 尼都市(Needles),位于加州。

州界城墙以蓝天为背景，站立在前，这些城墙后面是一大片朝着大陆背脊耸起的倾斜平原。我横越过这儿好多次了，所以我对这儿知之甚详——金曼（Kingman）、阿什福克（Ash Fork），以及背后有山巅的弗拉格斯塔夫（Flagstaff），然后还有温斯洛（Winslow）、霍尔布鲁克（Holbrook）、桑德斯（Sanders）①，下山再上山，亚利桑那州就过了。这些城镇比我记忆中的要大些、亮些，镇里的汽车旅馆也变得更大、更豪华了。

　　我横切进入新墨西哥州，急着想在晚上穿过加洛普②，到大陆的分水岭上扎营——落基山这面的景色要比北部壮观多了。夜晚非常寒冷而干燥，星星全都变成了雕花玻璃。我把车开进一个风吹不到的小峡谷里，然后停在一堆碎玻璃旁——好几千个威士忌与杜松子酒的酒瓶。我不晓得这儿为什么有这么多酒瓶。

　　我坐在驾驶座上，正视曾经自欺自瞒的事情。我一个人开车，一英里一英里地往前开，因为我再也听不见、看不见。我能够吞下的分量早就达到了饱和，或者，像一个已经吃饱却还硬塞食物入口的人一样，我感到无力消化眼睛所吞食进来的东西。每个山丘看起来都与刚经过的那个一样。在马德里的布拉多博物馆看过一百幅画作之后，也曾经有过这样的感觉——撑得无力再看更多画作的感觉。

　　是时候找个邻溪的僻静地方休息或自我修整一番了。坐在

---

① 均在亚利桑那州境内。
② 加洛普（Gallup），新墨西哥州城市。

我身边黑暗座位上的查理,用轻声的呻吟提醒我他的麻烦。我甚至已经忘了他。我把查理放出来,他蹒跚地走到碎酒瓶的小丘上闻闻,然后选择另外一条路走。

夜晚的空气非常寒凉,令人颤抖的凉,于是我点亮小屋的灯,扭开瓦斯炉让小屋变得暖和一点。小屋里一点都不整齐。床铺没有整理,堆在水槽里的早餐盘也乏人问津。我坐在床上,注视着灰色的苍凉。我凭什么认为自己可以了解这块土地上的任何事情?最后这几百英里的路上,我一直在闪避人。即使在必须停下来加油的地方,我也只用单音节的词回答问题,脑子里没有留下任何画面。我的眼睛和脑子都已经逃开了对我应尽的义务。说这是一趟重要,甚至具有教育意义的旅程,实在是自欺欺人的说法。当然,总是有现成的解药可以对付这种情况。我没站起来,伸手拿出威士忌倒了半杯,闻一闻后又把酒倒进瓶子中。这里没有解药。

查理还没回来。我打开屋门吹口哨呼唤他,却得不到响应。我吓坏了。抓起手电筒,把长矛一样的光对着峡谷里照。光线闪现在大约五十码以外的两颗眼珠上。我跑过小路,发现查理站在那儿注视着天空,就像我之前的举动一样。

"怎么了,查理,你还好吧?"

他的尾巴慢慢摇着他的回答。"噢,好。还不错,我想。"

"我吹口哨时,你为什么不回来?"

"我没听见口哨声。"

"你在看什么?"

"不晓得。大概没在看什么吧。"

"不吃晚餐了吗?"

"我真的不饿。不过我要回去了。"

回到小屋后,他啪哒一声倒在地上,头放在脚掌上。

"上床来,查理。我们可以一起悲惨。"他服从了我的指示,但是并不怎么热心,我照他喜欢的方式,用手指梳理他头上的毛和耳朵后面的部位。"舒服吧?"

他动了动头。"往左边一点。对了,就是这个地方。"

"我们会是两个很糟糕的探险者。才出门几天就这么沮丧。第一个穿过这个地方的白人——我记得他的名字叫做纳瓦埃斯①,印象中他这趟小小的徒步旅行好像花了六年。挪过去一点。我查查看。错了,是八年——一五二八年到一五三六年。纳瓦埃斯自己并没有走这么远。不过他随行的四个人却走到了。不晓得他们到底有没有碰到任何密西西比人。我们都太软弱了,查理。也许现在该做些小小的英勇行为。你的生日是什

①　纳瓦埃斯(Panfilo de Narvaez,1478—1528),西班牙探险家、军人。一五一一年曾参与西班牙征服古巴战役。一五二六年,西班牙国王查尔斯五世将佛罗里达赐给他,因此他在一五二七年带领西班牙皇家远征队自西班牙出发,赴北美探险。探险队于一五二八年四月自佛罗里达西岸登陆,宣称该地为西班牙领土。探险队原本有两百五十人至三百人,但沿途遭遇到许多飓风以及印第安人的攻击,死了很多队员。后来载运他们的船长抛下探险队擅自驶向墨西哥,探险队匆忙制成五艘临时便筏,希望能往西航行到墨西哥的西班牙人居留地,但途中沉了三艘,纳瓦埃斯未能幸免于难。一五三三年,整个探险队只剩下四人。这四个人是第一批穿过北美西南部的非原住民。他们于一五三六年抵达墨西哥库里亚坎市的西班牙人居留地。

么时候。"

"不晓得。也许跟马一样，一月一号吧。"

"你想会不会是今天？"

"谁知道？"

"我可以帮你做个蛋糕。一定要帮你做个薄饼蛋糕，因为我只有薄饼粉。大量的糖浆，蛋糕上还要加一根蜡烛。"

查理带点兴趣地看着我做蛋糕。他可笑的尾巴还说着温柔的话。"有人看到你做蛋糕给一只狗，这只狗根本不晓得什么时候是自己的生日，他们以为你是神经病。"

"如果你的尾巴不能用正确一点的文法沟通，那么你不会说话或许是一件好事。"

做出来的蛋糕相当成功——四层薄饼，每层中间都加了糖浆，上面还有一支照明用的大蜡烛。当查理吃完蛋糕、舔光糖浆的同时，我也为了祝他政躬康泰而干了一杯纯威士忌。我们两个都感觉好多了。不过还有纳瓦埃斯同行的人——八年。在那个时代，他们都是真正的男子汉。

查理舔着胡须上的糖浆。"你干吗又这么恍惚？"

"因为我已经停止再看了。有这种感觉时，你会以为自己永远都看不见了。"

他站起来，伸了个懒腰，先舒展前半身，接着拉伸后半身。"我们去山坡上散个步，"他建议道，"也许你已经又看得见了。"

我们检视了一堆碎威士忌瓶子，然后继续往小路上走。我们吐出一条条像水柱般干冻的空气。这时有一只相当大的动物跳上了碎石丘,或许是一只小动物和一只大的小动物相继跳上去。

"那是什么,你的鼻子怎么说?"

"闻不出来。某种麝香的味道。也不是我打算要追的东西。"

夜色如此暗沉,烧灼的星点似乎刺痛了这抹黑。手电筒的光从陡峭的岩石斜坡上带来了回应的闪光。我一路滑溜又手忙脚乱地爬上了石坡,跟丢了响应的光线,后来又找到了,原来是一颗新裂开的漂亮小石头,里面有一小块云母——不是什么财富,却是个值得保留的好东西。我把石头放进口袋里,带着查理回屋睡觉。

第四部

终点

开始叙述这段旅程时，我就知道迟早必须尝试描写德州，这令我相当不安。我当然可以像太空人回避银河一样轻易路过德州而不入。德州向北伸出一块锅柄平原①，然后沿着格兰德河迤逦、倾斜。一旦进了德州，似乎永远都走不出去，而有些人，的确再也没有离开过德州。

我要事先声明，即使我想避开德州，也不能这么做，因为我娶的老婆是德州人，而且和我很亲近的岳母、叔伯、婶姨、表兄姐弟妹也都是德州人。再说，就算在地理位置上避开德州也没什么意义，因为在我们纽约的房子和萨格港的垂钓小屋里，处处都有德州的影子，后来在巴黎买的公寓也有德州的味道。德州风味普及世界的程度，已经到了可笑的境界。有一次在佛罗伦斯见到一位可爱的意大利小公主，我对她的父亲说："不过她看起

---

① 指伸入其他州的狭长地带。德州这块四方形的狭长地带伸入的是俄克拉荷马州。

来不像意大利人。这么说或许很奇怪,不过她长得像美国印第安人。"针对这个问题,她的父亲回答:"也没什么不对啊?她祖母嫁的是德州的切诺基①人。"

面对德州问题的作者发现自己在众多通论中挣扎。德州是心灵之州。德州是一种执迷不悟。更重要的是,不论从哪个角度来说,德州都是一个完整的国家。德州的这些通则都已经公开化。出了德州的德州人,就变成了外国人。我的妻子自认是个出走的德州人,不过那也只是部分事实。她说话几乎完全没有腔,但只要一碰到德州人,家乡腔立刻出现。你不需要深究,就可以知道她的家乡在哪儿。像 air(空气)、hair(头发)、guess(猜测)这类单音节词,到了她的口中都会自动变成双音节词yayus、ayer、hayer、gayus。有时候如果太累,ink(墨水)还会变成 ank。我们的女儿有次在奥斯汀待了一段时间后,到纽约去访友。她说:"你有 pin(别针;大头针)吗?"

"当然有,亲爱的,"主人说,"你要大头针还是安全别针?"

"Aont(I want,我要)一支自来水 pin(pen,笔)。"她回答说。

多年来,我曾从多个角度研究过德州问题。当然,我研究出来的真相总是无可避免地会被另一个事实推翻。我觉得德州人在德州以外的地方,会显得有些恐惧,而且在情感上会变得非常脆弱,这些特质造成了他们吹牛、自大,以及喧嚣的自以为是——这些都是怕羞孩子的表现方式。在自己家乡的德州人没

---

① 切诺基(Cherokee),北美印第安族,目前大多都居住在俄克拉荷马州。

有任何上述的毛病。我认识的德州人亲切、友善、慷慨、安静。在纽约我们常常听到德州人提起他们宝贝的独特性。德州是唯一一个以盟约形式加入美国的州，至今仍保留依据自由意志脱离美国的权利。由于太常听到德州人威胁着要脱离美国，因此我成立了一个狂热的组织——支持德州脱离的美国之友。这个举动让德州独立议题霎时冷了下来。德州人希望能够脱离美国，但却不希望任何人希望他们这么做。

德州跟大多数热情的州一样拥有自己的历史，历史的来源出自史实，却不限于史实。德州人拥有拓荒者彪悍与多才多艺的传统并不假，但这却不是德州人传统的全貌。鲜少有人知道久远以前的弗吉尼亚州对重刑犯有三项严惩，依照刑罚的轻重顺序，分别是——监禁、发配到德州，以及死刑。其中一些发配到德州的人，一定在那儿留下了后世子孙。

再者——德州人在阿拉莫①誓死抵抗桑塔·安纳大批人马的英勇防卫战也是事实。德州骁勇的人马的确用血汗从墨西哥人那儿夺得了自己的自由；自由、解放都是神圣的字眼。关于专

---

① 阿拉莫（Alamo）是一七二四年在德州圣安东尼奥市设立的一个教会，最初的名称为 Mision San Antonio de Valero。十九世纪初西班牙陆军在此派驻一队骑兵，从这时起，士兵们就称此处为阿拉莫（西班牙文中意为当地盛产的三叶杨〔属白杨树的一种〕）。一八三六年二月二十三日，桑塔·安纳带领四千人马围攻此处，一百八十九名德州人（也有人说是一百八十二人）誓死抵抗，共撑了十三天。虽然阿拉莫最后仍被攻陷，但不久后，呼喊着"牢记阿拉莫"口号的德州人偷袭桑塔·安纳成功，德州也在一八三六年五月十四日，终于脱离墨西哥获得独立，以格兰德河为界。德州独立，阿拉莫一百八十多人居功厥伟，他们为了自由牺牲最宝贵的生命，因此阿拉莫被视为德州自由的圣地。

制政治引起人民反抗的这件事情的本质，我们必须要到欧洲询问当代的观察者才能得到非德州人立场的看法。局外观察者说引起叛变的压力有两大要素。他们说，第一，德州人不想付税；第二，墨西哥在一八二九年扬弃奴隶制度，而身为墨西哥一分子的德州也被要求释放他们的奴隶。当然，还有其他引起叛变的因素，不过对欧洲人来说，这两点最具戏剧性，却极少在美国被提及。

我说过德州是心灵之州，不过我觉得不只如此。德州拥有一种与宗教非常相近的神秘性。像其他宗教一样，大家不是热爱德州，就是痛恨德州，就这一点来看，上述的说法绝对成立。大家因为害怕失掉自己在神秘与矛盾中的位置，所以极少有人敢细究德州。我每次的观察结果都很快被一般的看法或相反的观察结果消除。不过就德州是个独立事件来说，我和自己的感情几乎没有任何分歧的论点。不论从德州广大的空间、气候与实质的外观来看，或从所有德州内部的争论、主张以及抗争来说，德州都有一种紧实的凝聚力，一种或许全美各区都难望其项背的力量。不论富有、穷困、北部、海湾区、城市或乡村，对所有的德州人而言，德州是一种挥之不去的执着、是专有的研究领域，也是热切的迷恋。几年前，艾德娜·费勃①写了一本书描述一小撮非常富裕的德州人②。就我的知识来判断，她在书中的

---

① 艾德娜·费勃(Edna Ferber, 1885—1968)，美国多产的女作家，一九二四年以作品《如此之大》获得美国普利策奖。
② 指弗勃于一九五二年出版的小说《巨人》。一九五六年改拍成同名电影，是关于一个富有的德州牧场主人、其家庭以及周围人物的故事。

描述相当精确，但书中强调的重点却有些轻蔑。这本书一出版就受到各团体、各阶层以及各区域的德州人攻击。攻击一个德州人，就等于是与全德州人为敌。不过话又说回来，德州的笑话深受喜爱，而且许多德州笑话真的是源于德州。

拓荒牧牛者的传统，就像大家都暗示着英国人血统中存在着诺曼人①血统一样，在德州也得到了温柔的照料。许多德州家庭都是最早那些签约拓荒者的后代，当时的拓荒者和现在合法的短期墨西哥劳工很相似，与雇主签约开拓殖民地，这些拓荒者全都抱着美梦来到德州，梦里尽是长角犍牛②与完全没有藩篱的大地。德州人如果因石油、政府合约、化学品或大宗物资而致富，有钱后的第一件事就是去买一座自己能负担得起的最大牧场、养几头牛。名下没有牧场的公职候选人，当选的机会微乎其微。土地的传统在德州人精神上牢不可破。生意人脚上穿的有跟靴子从未蹬过马镫，在巴黎置产以及定期在苏格兰猎杀松鸡的富豪，仍自认为是乡村的老小子。他们试着用这种方式与土地的力量和朴实维持关系，不了解这一点的人，很容易就可以找到取笑他们的机会。德州人本能地认为土地不只是财源，也是精力的来源，而德州人的精力既无穷竭之时，又具爆发性。拥有传统牧场的成功人士，至少以我的经验来看，并不是有名无实

---

① 一〇六六年十月诺曼底的威廉大公率兵在英格兰东苏塞克斯县的黑斯廷斯打败英军，并将英王哈罗德击毙，征服英国，于当年圣诞节在西敏寺就任为英国国王。

② 长角牛是美国西南部的一个牛种，现已濒临绝种。犍牛是可供食用的阉牛。

的牧场主人。他们在牧场上工作、注意牛群的情况,也增加牛只的数量。在热得让人茫然的天气下,德州人的精力也让人惊愕。不论富有或穷困,德州人全都固守努力工作的传统。

心态的力量非常惊人。在德州其他著名的特性中,其军事国家的特质也相当突出。美国武力军备中不但处处可见德州人的踪迹,而且还常常是由德州人领军。即使是深受群众喜爱的盛大体育活动,也几乎都采取军事化的管理方式。德州有最大的乐队,涵括了一军团一军团穿着游行服装、挥舞着闪闪发亮指挥棒的游行组织,也属德州最多。各区域的足球比赛有着像战争一样的胜利之荣耀与铩羽之绝望,如果球场上的对手来自外州,那么德州队伍更变成了一支举着旗帜的大军。

我之所以一直在德州精力这个话题上徘徊,是因为我对这一点知之甚详。我觉得这种力量就像早期那种让整批人移居并征服德州的推进能量。德州大部分都是肥沃而有复原能力的土地。如果那儿的土地不是如此,我相信以德州人做事毫不留余地的精力,一定会大举外移去征服新的土地。德州浮躁不安的首都,在某个层面上证实了我这个想法。不过截至目前,德州人的征服行为都表现在贸易,而不是战争上。中东富藏石油的沙漠、南美空旷的土地都曾感受过这股推进的能量。另外还有用金钱征服的新兴事业:中西部的工厂、食品加工厂、工具与铸模工厂、伐木与纸浆厂。连出版社都出现在二十世纪德州正统的土地上。我的这项观察既不具道德批判性,也没有警告意味。精力必须有出口,而且一定会找到出口。

不论哪个年代,当富有、精力充沛又成功的国家在世界上刻画出自己的地位时,他们总是渴望得到艺术、文化,甚至知识与美丽。德州的各个城市正在往上、往外冲刺。各个大学都得到难以计数的金钱捐助。剧院与交响乐团在一夜间如雨后春笋般出现。然而任何一个精力与热情以喧闹波涛的方式呈现的庞大地方,必定会出现谬误与错判,甚至还会出现侵害判断力与品位的情况。除此之外,不事生产的评论者一族也会随侍在侧,发出诋毁与讥讽之声,带着厌恶与轻蔑旁观一切。我个人的兴趣在于德州究竟有没有做出努力。毫无疑问,德州会碰到数以千计不入流的失败案例,但世界的历史证明,欢迎并善待艺术家的地方,终能吸引艺术家前来。

德州的天性与规模让他们广纳各地的通则,但这些通则最后常常都互相抵触——"乡村的老小子"去听交响乐演奏会,穿着靴子与蓝色牛仔服的牛仔在内曼·马库斯①店里选购中国玉石。

政治上,德州也维持其矛盾的现象。就传统与怀旧的角度来看,德州属于老南方的民主党,不过这并不能阻止德州人在选举自由主义者入主市、县公职人员的全国大选时,投票给保守的共和党。我对德州的公开看法在这一点上也依然不变——德州所有的事物都很可能会被其他事物所推翻。

世上大多数地方或许都能够用经纬度来代换,或就土壤、天

---

① 内曼·马库斯(Nieman-Marcus),美国以经营奢侈品为主的连锁百货公司,已有一百多年的历史。

空、水、在当地生根与铺满的已知植物群、繁衍居住的已知动物群等范围，做化学层面的描述，然而这些地方都有一定的范围。世上还有另外一些地方，由于寓言、神话、预见、爱恋、渴望或偏见的介入，扭曲了一份冷静而清楚的评价，因此这些地方永远蒙上一层夸张而神奇的困惑。希腊和英国那些亚瑟王曾经走过的地方就属于这个范畴。若要我试着对后述的地方下定义，其中一个特色是大家对这种地方的感觉，有很大一部分属于个人与主观意识。德州理所当然也是这样一个地方。

我去过德州很多地方，在州界之内，我知道自己所见识过的乡村、地形、气候以及形态，除了北极有更多变化外，其种类之多，大概足以跟整个世界匹敌，强劲的北风甚至还能把冰冷的气息带下来。戴维斯山脉①覆满绿树的小山丘和甜美的小溪流对德州向北伸展区域以地平线为篱的险峻平原感到陌生不已。格兰德河谷丰裕的柑橘果园跟北美山艾树轻轻拂过的南德州也毫无关联。墨西哥湾海岸湿热的空气与西北部伸入他州区域的清冷截然不同。挺立于山丘上的奥斯汀在犹如护城河的群湖环绕之下，与达拉斯也有着天壤之别。

我想说的是，德州不论在现实上或地理上都不具单一性。德州的单一性存在心里，但不仅在德州人的心里。德州这两个字，对世上所有人来说，都已经变成了一个象征。毋庸置疑，"心中的德州"这个神话通常都是合成品，有时候很虚伪，大多数时

---

① 戴维斯山脉(Davis Mountains)，位于德州西部。

候很浪漫,但不管什么时候,这个神话都不会折损丝毫德州之所以成为象征的力量。我把之前提到有关研究德州概念本质的这件事,当成是自己与查理坐着"驽骍难得"横越德州的旅行前奏曲。没多久,我就清楚地知道最后的这段路程与之前的旅程不同。第一,我很熟悉这儿的乡间;第二,德州有我的朋友与姻亲,要在这种情况下抱持客观的看法,实际上根本行不通,因为我非常清楚德州热情的待客之道无处可比。

德州的聚会

不过在最开心但有时候颇累人的人情特色掌控全局之前,我在阿马里洛漂亮的汽车旅馆里隐姓埋名地待了三天。一辆在碎石路上与我擦身而过的车子,抛起了路上的石头,打破了"驽骍难得"的前视镜,我必须换一面新镜子,但更紧急的是,查理的老毛病又犯了,这次情况很严重,而且他非常疼痛。我记起了在西南部遇到的那位可怜的无能兽医,那家伙既不清楚也不在乎查理的病痛。我还记得查理如何用痛苦的质疑与不满的眼神看着他。

结果我在阿马里洛找来的医生,是个开着中价位敞篷车的年轻人。他贴近查理。"怎么了?"他问。我向他解释查理的问题。这位年轻兽医伸手往下摸,然后双手在查理的臀部与肿胀的腹部移动——一双训练有素又博学的手。查理吐了一口大气,尾巴缓缓地从地上摇起来又摆下去。查理心甘情愿接受这个年轻人的照顾,对他有完全的信心。我曾经看到过这种刹那间就出现的亲善关系,很高兴能再次见识到。

兽医用有力的手指在查理身上探测、检查,然后直起身子。"所有小型的老狗都可能碰到这种问题。"他说。

"是我所猜测的毛病吗?"

"没错。前列腺炎。"

"你治得好吗?"

"当然治得好。我必须先让他放松,然后再用药物治疗。你可以让他在我那儿停留大约四天吗?"

"不管我可不可以,我都会这么做。"

兽医抱起查理走出去,把他放在敞篷车的前座上,查理那根尾端有颗毛球的尾巴在皮椅上拍打。他很满意,也很有信心。我跟他一样。这就是我刚好得在阿马里洛滞留一段日子的原因。这段插曲的结果就是我在四天后去接了完全康复的查理。医生开了一些药丸,让我在路上喂他吃,他的老毛病再也没有出现。好人的地位是无可取代的。

我并不打算长时间留在德州。自从好莱坞死亡后,孤星之州①就继承了王位,接受各界的访问、检阅、讨论。但是如果不提到德州的聚会,有关德州的叙述就不算完整,这些聚会展现出大富翁们如何把大笔大笔的钱浪费在毫无品位却热情奔放的表现癖上。我的妻子从纽约来德州和我相聚,我们受邀到一座德

_____

① 孤星之州(Lone Star State),德州的别称,因为德州的州旗是一颗星。

州牧场上过感恩节。牧场的主人是我们的朋友，他偶尔会来纽约，我们也会为他的来访举行聚会。依照惯例，我不提他的名字，让读者自己去猜。我推测他应该很有钱，不过从来没有当面问过。我们按照受邀的时间，在感恩节聚会之前的下午抵达牧场。这座牧场非常漂亮，水、树木与牧草地都很丰裕。到处可见推土机为了圈留住水而堆起的土坝，这些土坝在牧场中心形成了一连串让生命继续延续的湖。青草如茵的平地上，毛色如血的赫里福德牛①正在吃草，它们只会在我们开车经过、扬起一阵尘云的时候，才抬起头来看看我们。我不晓得这座牧场有多大。我没问主人。

房子是一栋一层楼的砖造屋，矗立在一处高地上的三叶杨树丛中，俯瞰着一个由水坝留住的泉水池。深暗的池面被养殖的鳟鱼搅乱了平静。屋子很舒适，有三间卧房，每间都有浴室——浴缸和淋浴室一应俱全。用花纹松木嵌板装饰的客厅也兼当餐厅，客厅的这边有个壁炉，紧靠墙的地方摆了一个玻璃门的置枪柜。敞开的厨房门可以让我们看见里面的工作人员——一位很壮硕的黑人女士和一个爱傻笑的女孩。主人出来迎接我们，并帮我们把行李搬进房里。

聚会立刻开始。我们先洗了个澡，再次露面时，主人递上两杯加了苏打水的威士忌，我们饥渴地喝了下去。我们后来到路的另一边去看谷仓，狗舍里有三只猎犬，其中一只有点不舒服。

---

① 赫里福德牛（Hereford），原产地为英格兰西部，白斑红毛，属食用牛种。

我们还去了畜栏,主人的千金正在那儿训练一匹准备参加四分之一英里比赛的马,这匹花马叫做"斑底"。接着我们又看了两座水正在中央慢慢聚集的新坝,以及到几处饮水站与主人最近新买进的牛群亲近。这番折腾之后,大家筋疲力尽,全回到屋内小憩片刻。

我们从小憩中苏醒,发现邻近的朋友都已经到了;他们带来一大盘依据家传食谱做出来的辣椒牛肉,那是我吃过最好吃的辣椒牛肉。接着其他身份地位全隐藏在蓝色牛仔裤与马靴之下的富翁也开始陆续抵达。水酒相继递到各人手中,关于打猎、驾车、畜养牛只的欢乐对话也一一展开,其中不乏许多笑声。我斜倚着窗边的座位,在愈聚欲深的暮色中,看着野生火鸡飞进三叶杨树丛中休息。这些火鸡在笨拙的起飞后各自分散,接着突然与树木融合,最后终于消失。飞进树丛中休息的火鸡少说也有三十只。

夜色把窗子变成了一面镜子,从这面镜子里,我可以在主人和他的客人们完全没有察觉的情况下观察他们。他们零散地坐在嵌板的小房间里,有些坐在摇椅上,有三位女士坐在沙发上。他们微妙的矫饰吸引了我的注意。有位女士在打毛衣,另一位正在玩方格猜词游戏的女士,用黄色铅笔顶端的橡皮擦头轻轻敲着自己的牙齿。男士们轻松谈着草地和水源,以及某某人刚把一头新买的英国冠军公牛空运回来等事情。他们全都穿着那种颜色非常淡的淡蓝色牛仔裤,裤子的缝份处还有些破损,这些特征全都要经过一百年左右的洗涤才会出现。

不过我研究的细节并没有就此结束。大家脚上的靴子，内层都有磨损，而且靴子上全都是马汗留下的盐分，鞋跟也都磨平了。男士衬衫敞开的领口，可以让人看到他们喉头被太阳晒伤的暗红色线条，其中一位客人更因为费心费力的工作而弄断了自己的食指，然后用夹板和一条手套上割下来的皮带固定住断指。招待我们的主人最夸张，他从一个配备了冰桶、三瓶苏打水、两瓶威士忌与一箱可乐的酒吧中，亲自为我们倒酒。

到处都有钱的气味。举例来说，坐在地上清理一支点二二来福枪的主人千金，正在诉说一个既复杂又淫猥的故事，内容是她的坐驹斑底如何为了造访一匹住在邻县的母马，而跳过一扇由五根粗木组成的畜栏大门。她觉得自己对母马生出的小马也有完全的拥有权，因为小马身上有斑底的血统。这幕景象证实了传说中德州千万富翁的传闻。

我记起了当初在太平洋丛林市，有一次为我父亲在我生前盖的小木屋内部上油漆的事情。我和请来的帮手一起工作，因为两个都不是专业漆匠，所以身上弄得到处都是油漆。忽然我们发现油漆用完了。因此我说："尼尔，到霍尔曼店里去买半加仑的油漆和四分之一加仑的稀释剂。"

"我得先弄干净，然后换件衣服。"他说。

"神经病！就这样去吧。"

"不行。"

"为什么不行？要是我，我就这样去。"

然后他说了一段睿智又让人难忘的话。"要穿得像你这样邂逅，一定要非常非常非常有钱才行。"他说。

这可不是玩笑话。是真的。这句话在德州人的聚会上就证实了它的真实性。这些德州人一定是超乎常人想象的富有，才能过如此简朴的生活。

我和妻子绕着鳟鱼池与山丘附近散步。空气冷得刺骨，从北边吹来的风，夹杂着冬天的气息。我们想听听蛙鸣，但青蛙都躲起来准备过冬了。不过我们听到了随风送来的郊狼嗥声，也听到一头母牛大声呼叫着她刚断奶的小牛。猎犬跑到狗舍的铁丝网边，尾巴像条快乐的蛇般不停地摇摆，鼻子也热情地打着喷嚏，连那只生病的猎犬都走出自己的狗窝来讥笑我们。我们站在大谷仓高高的入口处，闻着紫花苜蓿①的甜美和大麦草卷面包般的香味。关在畜栏里的马儿喷着鼻子对我们吐气，我们隔着栅栏轻搔它们的头，斑底踢了他旁边的阉马朋友一下，他只是想继续练习自己的身手。这天晚上连猫头鹰都出外飞巡，用尖叫声拉开猎食行动的序幕，夜鹰在远处呜呜地唱出温柔的节奏。我真希望狗儿查理这个能干的面包师父也能在这儿陪着我们：他一定也会爱上这个夜晚。不过他现在正在阿马里洛的镇静作用下休息，让医生治疗前列腺炎。冷冽的北风冲撞着三叶杨赤裸的树枝。看来，整趟行程都一直尾随在后的冬天，终于赶上了我们。在人类近代的动物本能经历中，或至少在我近代的动物本能经历中，确实存在过冬眠这种行为。不然为什么冬夜的空

---

① 紫花苜蓿（alfalfa），一种豆类植物，为牛、马的重要饲料，也适合当草肥。

气，总是让我如此昏昏欲睡呢？现在是这样，以前也是这样。我们走回连鬼魂都已经安歇了的屋子，上床睡觉。

我很早就醒了。之前曾看到两根鳟鱼钓竿靠在我们房间外的纱窗边。我往下走到绿草铺地的山丘上，然后在结霜的地面上一路滑到暗沉沉的池塘边缘。钓线上已经绑好了一只黑蚊样子的假蚊钩，这根钓钩有点磨损，不过茸毛还蛮多的。蚊钩一碰到水面，池水就开始沸腾、翻搅。我钓到一条十英寸长的彩虹鳟，拉上来后放在草地上从头部把它打昏。我抛了四次竿，钓到四条鳟鱼。我就地将它们处理干净，然后把内脏丢进池子里犒赏它们的朋友。

在厨房里，厨师为我送上一杯咖啡。我一直坐在厨房的凹室中。她把我的鱼沾上玉米粉，放进培根肥油里煎得香脆可口，然后放在铺着培根的盘子上送上来，让我送进嘴中咬碎。我已经很久没有这样吃过鳟鱼了，从水里到锅里只用了五分钟。吃这种鱼，要用手指轻巧地拿住鳟鱼的头、尾，然后一点一点把肉吃进肚子里，直到只剩下鱼骨头，脆得像洋芋片一样的尾巴留到最后再吃。咖啡带着一股特别的味道，那是结霜的早晨的味道，第三杯咖啡和第一杯一样顺口。其实我可以在厨房里跟工作人员什么都不讨论地一直滞留下去，不过她把我赶了出去，因为她必须要为感恩节的聚会，把两只火鸡的肚子塞满内馅。

衬着上午的阳光，大家出外猎鹌鹑，我带着一直都放在"驽骍难得"上但擦得晶亮，而且具备十二发弹膛外加凹痕枪管的老枪上阵。这把十五年前买的二手枪，依然和当初一样平凡无奇，也没有什么大改善。不过我想这把枪的状况应该跟我差不多。只要我打得到猎物，这把枪就能把猎物撂倒。打猎前，我怀着某种渴望隔着枪柜的玻璃门注视里面那把配上了伯帝①保险锁的路易吉·弗兰齐②猎枪，那把枪实在太漂亮了，漂亮得让垂涎之心油然而生。枪管上的雕刻闪烁着一种大马士革刀③般的珍珠微光，枪托流畅地滑入保险栓中，然后保险栓再流泄到枪管，这些部分就像是从一颗用魔术植下的种子中长出来的。我确信如果主人看到我的羡慕表情，他一定会把那把美枪借给我，不过我并没有开口商借。万一我摔跤跌到，或不小心把枪掉到地上，又或者把这把枪可爱的枪管撞到石头上，该怎么办？还是不要吧，拿着那样一把枪，会像拿着一顶镶满珠宝的皇冠走在地雷区里。我自己这把老破枪当然没什么好期待的，不过至少不管碰到什么事，也没什么好担心的。

---

① 伯帝（Purdy），伦敦知名枪械制造厂，其生产的撞针锤不露于枪身外的平行双管猎枪相当有名。

② 路易吉·弗兰齐（Luigi Franchi），意大利知名枪械制造厂，位于北部工业城布雷西亚。

③ 以前的铁匠为了增加钢刀的强度与弹性，将软硬程度不同的钢一遍又一遍地焊接在一起，形成了钢刀面上美丽的波纹。这种钢刀又粗分成两种，一种称为印度大马士革钢刀（Wootz Damascus Steel Blade），最早出现在西元前两百年到西元两百年之间的印度，后来十一世纪由十字军传进欧洲，这种钢刀上的花纹并没有经过一遍又一遍的焊接，而是由于钢铁质地相当不纯而含碳度又极高，此种锻铸方式已经失传了数百年。另外一种称为花纹焊接刀（Pattern Welded Steel Blade），大概出现于二三世纪；北欧海盗与法国梅罗文加王朝是最早发展出这种技术的人。这种冶铸的技术也曾在十世纪失传过，不过后来又重新出现，主要是藉由软、硬钢之间一遍遍的扭卷、敲打、焊接而成。据说日本曾制造出焊接超过一百万遍以上的花纹焊接钢。

之前连着一个礼拜,主人都在注意鹌鹑群聚集的地方。大伙儿分开行动,在树丛与灌木林中移进:下水、出水、上山,弹簧钢一样的猎犬在我们的前面努力工作,狗儿中有一只名叫公爵夫人的肥胖老母狗,她眼睛里闪着光芒,工作得比任何一只狗都努力,连我们看了都自叹弗如。大家在多尘的地面上、沙地上以及溪床的泥地上发现了鹌鹑的踪迹,一点一点的鹌鹑绒毛挂在北美山艾干燥的树顶上。我们慢行了好几英里,一路上枪上膛,随时准备对大批飞逃的鹌鹑开火。不过大家一直都没看到鹌鹑。狗儿也没有看到或闻到任何鹌鹑的踪迹。大伙儿说了些以前猎鹌鹑的故事和谎话,不过也没什么用。鹌鹑都走光了,真的走光了。我只是个还算可以的鹌鹑猎者,不过跟我在一起的家伙们全是一流射手,狗儿也都既专业、敏锐、结实,又努力。没有鹌鹑。不过打猎就是有这种好处。就算没有飞禽,你也宁愿去打猎。

主人以为没有鹌鹑这件事让我难过的心都碎了。他说:"这样好了。今天下午你用这把点二二二的小枪,为自己射一只野火鸡。"

"这儿有多少野火鸡?"

"嗯,两年前我在这儿放养了三十只。我想现在应该有八十只左右吧。"

"昨天晚上,有一群飞到屋子附近,我数了一下,有三十只。"

"另外还有两群。"

我真的不想要火鸡。我要怎么处理放在"驽骍难得"里面的火鸡呢？于是我说："再等一年吧。等数目超过一百的时候，我会再来这儿跟你一起打猎。"

我们回到屋子里冲了澡，也刮了胡子，因为当天是感恩节，所以大家都穿上白衬衫和西装，打上领带。聚会两点整开始。我不想吓到读者，也不想把这些人拿出来当笑柄，所以快速跳过聚会细节。两巡威士忌后，一对烤得焦黄光滑的火鸡送了进来，主人切开火鸡，我们把肉分到大伙儿的盘子中。致了感谢词后，大家一起举杯祝贺，最后所有人都酒足饭饱到动弹不得的地步。我们像佩特罗尼乌斯①餐桌上颓废的罗马人一样，在饭后到外面散步，然后告退回房，补个绝对必要而且免不了的觉。这就是我在德州的感恩节聚会。

当然，我并不认为他们每天都过这种日子。不可能。这就有点像他们来纽约拜访我们时的情况。他们当然想看表演，也想去夜总会。几天之后，他们说："我们实在不晓得你们怎么能一直过这样的日子。"我们对这个问题的回答是："我们并不是一直过这样的日子。等你们一离开，我们就不过这种日子了。"

经过这么一想，我对把自己认识的德州有钱人的颓废生活，暴露在让人细究的灯光下，也就比较释怀了。不过我从来都不相信他们会每天都吃辣椒炒牛肉或烤火鸡。

----

① 佩特罗尼乌斯(Gaius Petronius)，公元一世纪的罗马幽默大师，是史上以奢华和道德不端著称的罗马尼禄国王在奢华与放纵的生活方面的顾问，后来遭人进谗言，被迫自杀。著有《讽世录》一书，书中由不同的人物提出对某件事物的讥讽看法。

美国南部

摊开行程的基本计划时,我希望能找到某些确切问题的答案。我并不认为那些是无法回答的问题。我想这些问题可以全部浓缩成一个问题:"今天的美国人是什么样子?"

在欧洲,描述美国人的样子是个很普遍的游戏。每个人好像都知道美国人是什么德性。我们对这个游戏也乐此不疲。我有多少次曾经听到自己的同胞在三周的欧洲旅游后,向我描述法国人、英国人、意大利人、德国人,更厉害的是俄国人的某些特质? 足迹遍布各地的旅行,让我很早就知道,一个美国人与全体的美国人不同。两者差距之大,常常可能变得互相矛盾。通常当一个欧洲人在怀着敌意与轻蔑的心态描述美国人时,他会对我说:"当然,我不是在说你。我指的是其他那些美国人。"这句话可以浓缩成这样:不论美国人、英国人,都是一群你不认识的不具名人士,不过某个法国人或某个意大利人却是你的旧识、朋友。因为自己的无知而产生憎恶某国人的特质,在这些个别的人身上,完全找不到。

我以前一直认为这种说法是某种语意学上的陷阱,不过在自己的国家四处旅行,却让我不再如此肯定原先的想法。我所看到、谈过话的美国人都是货真价实的个人,每个人都与另一个人不同,但慢慢地,我开始觉得美国人这种东西的确存在,而且不论个别的美国人住在哪个州、有什么样的社会背景或财力、是什么样的教育程度、信什么宗教或崇信哪种政治理念，所有个别的美国人之间，也的确存在着某种相同的特性。然而，世上如果真有一个所谓的美国人形象，一个不是反应他人具有敌意或憧憬的想法，而是依照事实所建立起来的形象，那么，这个美国人形象是什么样子呢？会像什么？会做什么？如果同一首歌、同一则笑话、同一种流行款式可以马上风靡这个国家的所有地方，那么所有的美国人在某方面一定有相似之处。同样的笑话、同样的款式，在法国、英国或意大利并没有产生任何同样效果的事实，就说明了这个论点确实有其理论根据。但是我愈细究这个美国人的形象，就愈无法确定这个形象到底是什么。这个形象不断让我觉得矛盾丛生。根据我的经验，如果矛盾出现次数过于频繁，而且已经到让人习以为常的程度时，那就表示方程式中少了某些因数。

　　我去过许多州，每个州都拥有自己的特质，透过无数的人民，我看到自己面前是一个我害怕看到却清楚自己必须看、必须倾听的区域——美国南部。我并没有被牵扯进任何痛苦或暴行。除非帮得上忙，否则我向来不去理会意外事件，也从来不会因为想踹人一脚而参与街斗。然而我怀着恐惧之情面对美国南部。因为我知道，这里有痛苦、困惑，以及所有因张惶失措和不安所引起的疯狂结果。美国的南部是美国的一个肢体，因此它的痛会蔓延整个美国。

　　我和所有人一样，也知道大家对这个问题所提出的真实却不完整的说法——父执辈的原罪降临到后代子孙的身上。我有很多来自美国南方的朋友，有黑也有白，他们当中许多人都有一流的心智与个性，但是每当碰到黑白相关的议题，而不是问题时，我不但看到，也感觉到这些人立刻跨入了一个我根本走不进去的经验框架。

或许我对这种痛苦的真实与情感上的了解，比大多数所谓的北方人更不进入情况，这并不是因为身为白人的我没有跟黑人相处的经验，这纯粹是因为我个人经验的特性所致。

在我出生、成长、上学汲取印象，最后造就出今天这个我的加州萨利纳斯，只有一家姓库柏的黑人家庭。我出生时，古柏夫妻就已经住在那儿了，他们有三个儿子，一个比我大一点，一个跟我同年，一个比我小一岁，所以我在小学与中学时期，总会有个库柏高我一年级，一个跟我同班，一个低我一年。换句话说，我被库柏兄弟夹在当中。这家的爸爸，一般都称呼他库柏先生，有个小卡车公司——公司经营得有声有色，而且获利丰厚。他的妻子是个亲切和善的女人，只要缠着她，保证可以吃到一块她做的姜饼。就算萨利纳斯有任何歧视黑人的事情，我也从未听说过，更没有感受过一丁点这种感觉。大家都很敬重库柏一家人，他们的自重一点都不勉强。库柏三兄弟中的老大尤里西斯，是我们镇上有史以来最好的撑竿跳选手之一。他是一个文静的高个子。我还记得他身穿径赛运动服活动时细长的优雅，也记得自己嫉妒他那流畅又完美的时间掌握。高三时他不幸过世，我是他的抬棺者之一，回想当初被选为抬棺者时的骄傲，觉得相当内疚。库柏家的二儿子伊格那荻亚斯是我的同班同学，他并不是我喜欢的那种人，但我现在发现，那是因为他是最优秀的学生。他的算术以及后来的数学都是全班最高分，还有他的拉丁文，不但成绩非常好，而且不作弊。谁会喜欢这样的同班同学？三兄弟中最小的——宝宝——总是满脸笑容。真奇怪，我竟然不记得他的名字。他是个天生的音乐家，我最后看到他时，他正沉迷在作曲当中，这些曲子，用我那音乐教育不太完整的耳力来听，似乎既大胆又具原创性，而且非常好听。撇开这些天赋不谈，库柏三兄弟全都是我的朋友。

问题是，在我那段捕蝇纸般的童年，他们是我唯一认识或有接触的黑人，因此你应该能够了解到我在面对这个大世界之前，准备有多么不足了。当我听到，譬如说，黑人是个次等种族时，我在想，一定是有关当局得到了错误的资讯。当我听到黑人都是脏鬼时，我记起了库柏太太晶亮的厨房。懒惰？库柏先生大型运货马车走在街上的哒哒马蹄声，总是在黎明时分扰我清梦。不诚实？库柏先生是萨利纳斯极少数欠钱绝不拖过当月十五号的人之一。

我现在了解到，库柏一家人之所以与我后来所看过与遇到的黑人如此不同，还有另外一些因素。从来没有人伤害和侮辱过库柏一家人，所以他们不需要防卫，也不需要争斗。他们有完整的自尊，所以他们没有必要目中无人，还有，从来没有人说过库柏家的男孩低人一等，所以他们的心智可以尽情发展，完全发挥。

这就是我完全长大成人之前与黑人相处的经验，那之后，或许我的个性已经发展得过于成熟，因此无法修正童年时期养成的死板性格。噢，后来我看到过许多黑人，也感受过那种暴力、绝望和迷惑所造成的支离破碎的动荡。我曾经看到过真正无法学习的黑人孩子，尤其是那些在婴儿时期就已经在脑子里深刻印下了别人说他们是次等种族的孩子。想起库柏一家人以及我们对他们这家人的感觉，我想自己最大的感触就是对恐惧的帷幕以及介于彼此之间的愤怒感到悲哀。我刚想到一种有趣的可能性。如果任何一个来自较聪明、较世故世界的人在萨利纳斯问我们："把你们的姐妹嫁到库柏家怎么样？"我想大家一定会哑然失笑。因为我们觉得彼此虽然都是好朋友，但库柏家的男孩可能不太愿意娶我们家的姐妹。

就因为这样，所以基本上我一直认为自己不适合在这项种族冲突中采取任何立场。我必须承认利用冷酷与外力来攻击我的弱点，会让我愤怒得想吐，但是强者用同样的手段对付弱者，也一样让我觉得厌恶。

撇开当不成种族歧视者这件事不谈，我知道美国南方根本就不欢迎我。人类在做些连自己都不引以为傲的事情时，总是不欢迎目击者。事实上，演变到后来，他们还会相信目击者全都是麻烦制造者。

我所提到的一切美国南部的争论，事实上都与废除种族隔离行动所引发的暴行有关——孩子上学的问题，年轻黑人要求使用餐厅、公交车与厕所等被大家视为令人质疑的特权的问题。我个人特别注意的是学校方面的事情，因为我觉得要消弭这种阴影的唯一方法，就是有千千万万和库柏一样的人。

最近有个亲爱的南方朋友热情地告诉我一个"平等但分离"的理论。"就是，"他说，"在我住的镇上有三所新的黑人学校，水平不但不比白人学校差，还比白人学校优秀。你会不会觉得黑人就此感到满意？公车站里的厕所也一模一样。你觉得怎么样？"

我说："也许整件事的问题就在于无知。如果可以换间学校、换个厕所，你就可以解决这个问题，并把他们摆回他们自己的地方。等到他们发现你们的学校其实没有他们学校好的时候，他们就会发觉原来错怪了你们。"

你知道我的朋友怎么回答吗？他说："你这个找麻烦的混蛋。"只不过他说这句话时，脸上带着微笑。

拉拉队员秀

一九六〇年年末我还在德州，当时的报纸最常报道与刊登照片的事件就是几个黑人小孩获准进入一所新奥尔良①学校就读的消息。在这些肤色深浓的小孩背后，是法律执行的威严与力量——当时不论局势或评论，都一面倒向这些未成年的孩子——但同时，也有一股反对这股趋势的力量，那是三百年来的害怕、愤怒以及在变动世界中对改变的恐惧。之前，我每天都在

---

① 新奥尔良（New Orleans），路易斯安那州东南部城市，地处密西西比河与庞恰特雷恩湖之间，市区沿河湾建立，故有"新月城"之称。

报上和电视屏幕中看到这则新闻的照片与影片。新闻从业人员之所以热爱这则新闻，是因为有一群肥硕的中年女人每天聚集在一起，对着这几个孩子大声恶言谩骂。这些女人的表现赋予了"母亲"这个词一些很奇怪的定义。更离谱的是，其中一小组人对此事已经熟稔到被称为"拉拉队员"的地步。除此之外，每天都有围观的群众聚集，一起欣赏这群女人的表演，并给予掌声。

这出奇怪的戏码似乎重要到让我觉得有必要亲眼目睹。这件事就像杂耍团里五条腿的小牛和两个头的胎儿一样吸引人，人们总是觉得扭曲的生命很有趣，所以甘心付钱观赏，或许大家这么做的目的，只是想向自己证明，我们只有两条腿、一个头。新奥尔良的这场表演，一方面让我体会到不可能出现的不正常多么有趣，一方面也让我感受到某种恐惧：这种事情竟然会发生。

从我离家开始就尾随在车后的冬天，这时突然用一阵黑色的强烈北风殴打我。北风带来了冰霜和一片严寒，黑色的冰覆住整条高速公路。我从华佗再世的兽医那儿接走了查理。出了院的查理看起来比实际年纪年轻了一半，而且非常开心，为了证明自己的健康，查理又跑又跳又打滚又笑，而且还发出像小狗一样表示绝对开心的汪汪叫声。有他重新陪在我身边，真是件非常快乐的事，他有时候正襟危坐地待在我身边的椅子上，眼睛直视着在前方展开的道路，有时候蜷成一团，把头枕在我的大腿上睡觉，碰到这种时候，他可笑的两只耳朵可以随意供人玩弄。不管你的抚弄如何老谋深算，查理都有本事处变不惊地熟睡不醒。

我们不再蹉跎时光，撇开大轮继续上路。因为路上结冰，所以车速不能太快，不过我们铆足劲开，几乎连看都不看一眼从我们身边闪过的德州。德州无止境的广大令人头痛——从甜水市①、巴林杰②到奥斯汀。我们经过休斯敦，但没有进入市区。我们还停下来加油，喝咖啡，外加吃几块派。查理的进餐与散步也都是在加油站解决的。夜晚阻挡不住我们，等到眼睛因为使用过度而感到烧灼与酸痛，肩膀的疼痛也在加剧时，我把车子停到路边的僻静处，像只老鼠一样蜷伏在床上，闭起来的眼皮后面，只看得到高速公路往前挣扎而去。这顿觉不到两个小时，我们再度进入酷寒的夜色中继续赶路。路边的水都已经结成了坚实的冰，每个在外面行动的人都在身上紧紧裹着围巾与毛衣，连耳朵都看不见。

我曾数度挥着汗，怀着渴望冰块与冷气的心情造访过博蒙特③。现在满是亮眼霓虹招牌的博蒙特市变成了大家称之为冷淡的地方。我在晚上穿过博蒙特，或更正确的说法是过了午夜之后的晚上。帮我加油的人，手指都冻僵了，当他看到车子里的查理时对我说："嗨，是只狗！我还以为里面有个黑鬼呢。"这并不是个常见的笑话——总是带着无礼的态度——而且他们从来

---

① 甜水市（Sweetwater），德州诺兰县的首府。原名为蓝鹅，一九一八年因甜水河而取名甜水市。
② 巴林杰（Ballinger），德州中西部城市，科罗拉多河与榆河在此交会。
③ 博蒙特（Beaumont），德州东南部城市。

不说黑人，永远都是黑鬼。这个字眼似乎特别重要，是个让说话者可以紧紧抓住某个结构，并因而保住这个结构，让它不至坍垮的安全字眼。

　　接着我来到了路易斯安那州，查尔斯湖市①在黑暗中从我身边闪过，但我的灯光仍在冰上闪耀，而且在菱形的霜块中发亮，必须一直在路上跋涉穿梭的人，为了御寒，身上的衣服也愈堆愈厚。我尾随着这些车子穿过了拉斐特（La Fayette）和摩根市（Morgan City）②，初晓时分，已经到了霍玛市（Houma），这个城市名字的念法与荷马（Homer）③相同。在我的记忆中，这儿是世界上最令人愉快的一个地方，因为我的老友圣马丁医师住在这儿。他是一位温柔又学富五车的人，也是一位"凯君"④，他为方圆数英里以内，为居住在贝冢的凯君接生、治疗疝痛。我猜他对凯君的了解比世上任何人都多，不过我带着饥渴之心念兹在兹的是圣马丁医师另外一项长才。他调制的马丁尼是世上最好喝、最细腻的马丁尼，调制的过程几乎是一场魔法。他的秘方

---

①　查尔斯湖市（Lake Charles），路易斯安那州西南部的商业中心。
②　以上两个城市均在路易斯安那州南部。
③　荷马，古希腊诗人，史诗《伊利亚特》与《奥德赛》的作者。
④　"凯君"（Cajun），主要是指从阿卡迪亚迁居美国路易斯安那州的法国人后裔。十七世纪定居在加拿大沿海诸省的法国人，被称为阿卡迪亚人，因为当时沿海诸省被称为阿卡迪亚。一七一〇年，阿卡迪亚人经法国至英国定居，但一七五五年，被英国人以武力驱逐出境，这次的驱逐，史上称为"大骚动"。经过了多年的流浪，部分被驱逐后幸存的阿卡迪亚人于一七六五年至一七八五年间辗转来到美国的路易斯安那州，开始新的生活。不过美国现在所谓的"凯君"虽然大多都是指阿卡迪亚的法国人后裔，仍涵盖了少数西班牙人、德国人、法国的克里尔奥人，甚至英国与苏格兰—爱尔兰血统的人。

中，我唯一知道的就是他的冰块是用他亲自蒸馏出来的蒸馏水制成的。我曾在他的餐桌上享用过黑鸭①大餐——两杯圣马丁的马丁尼，一对野鸭，外加一杯稍后为了庆祝即将诞生的宝宝所准备的勃艮第②葡萄酒。我们在一间遮住了黎明阳光，保存了夜里凉爽空气的微暗屋子里，享用这一切。在那张餐桌上，触感柔软但不锋利的银器，散发出像白铁一样的光芒，我记得举起的杯子中，盛着葡萄神圣的鲜血，医师艺术家般的有力手指抚摸着杯脚，即使是现在，我都能听到曾经是法国人，但现在已拥有自己独立特性的阿卡迪亚人，在歌词中对刚出世的健壮小家伙所表达出来愉快与欢迎之情。这幅画面弥漫在我那片已经结了霜的挡风玻璃上，如果这时路上车水马龙，我一定会是个很危险的司机。还好我当时正在霍玛市，而且时间是结了霜的淡黄色黎明时分。我知道如果停车去拜访圣马丁医师，自己的意愿与决心一定会因他所提供的欢愉而慢慢淡忘，我们会促膝长谈，忘记时间，直到一个晚上、两个晚上就这样从我们眼前消失。因此我只朝这位朋友住所的方向鞠了一个躬，然后继续往新奥尔良的方向疾驶，我想赶去看拉拉队员的表演。

　　我还没有蠢到开着一辆挂纽约车牌的车子去接近麻烦，尤

---

① 黑鸭(black duck)，美国黑鸭，学名为 Anas Rubripes，是加拿大西部池塘中常见的野鸭，主要的栖息地为北美洲的西部及中部。一九五〇年代，黑鸭数量锐减，八十年代数量为史上最低。现在其数量已趋稳定，但只有四十年前的一半。

② 勃艮第(burgundy)，法国中东部地区和旧省，包括科多尔、涅夫勒、索恩－卢瓦尔和约讷各区。五至十世纪为勃艮第王国。为著名的葡萄产区(如博若莱、博讷、沙布利)。

其我开的是"驽骈难得"。昨天才刚有一位记者被揍,他的照相机也被砸烂了。就算是赞成拉拉队员做法的选民,也不愿意让他们这段历史的瞬间被记录与保留下来。

我把车停在新奥尔良市区旁的停车场上。管理员走到我的窗前。"老天爷,天呀,我以为你车里有个黑鬼。老天爷,天呀,是只狗。我看到那张大黑老脸,以为是个大老黑鬼在里面。"

"他干净的时候,脸是蓝灰色的。"我冷冷地说。

"我见过一些肮脏的蓝灰色黑鬼。纽约啊?"

在我听来,他的声音中带着清晨的冷冽。"只是经过而已,"我说,"我想把车在这儿停几个小时。你可以帮我叫辆出租车吗?"

"我跟你打赌。我赌你一定是要去看拉拉队员。"

"没错。"

"希望你不是找麻烦的人或记者。"

"我只是想看看。"

"老天爷,天呀,你会看到很了不起的画面。那些拉拉队员很了不起吧? 老天爷,天呀,你一定从来没听过他们说的话。"

带管理员做了一趟介绍"驽骈难得"之旅、请他喝了一杯威士忌,又付了一美金之后,我把查理关在"驽骈难得"的屋子里。"我不在的时候,开车门时请务必小心,"我说,"查理在执行自己工作的时候相当认真。你可能会被咬掉一只手臂。"这是个漫天大谎,不过管理员说:"你放心,先生。我绝对不会在陌生的狗面前闲晃。"

出租车司机是个皮肤有点发黄,因为天冷而把脸皮皱成了一颗鹰嘴豆的家伙,他说:"我只能把你载到几条街以外的地方,不能再近了。我可不想让人家砸毁我的出租车。"

"有那么糟吗?"

"不是那么糟。是可能变得那么糟。的确可能变得那么糟。"

"什么时候开始?"

他看了看自己的手表。"除非真的很冷,否则从黎明就开始了,他们会陆续到达。还有十五分钟。往前走,你就什么都不会错过了,除非天气真的很冷。"

我把自己藏在一件蓝色的旧夹克和我的英国水兵帽中,我的假设根据是,在海港,没有人会对水手多看一眼,就像餐厅里没有人会注意服务生一样。在一般人的印象里,水手不具备任何特征,而且除了把自己搞得烂醉或因为打架而银铛入狱外,水手更没有特定的计划。至少那是一般人对水手的印象。我曾对这个假设做过实验。最常碰到的情况是听到一种威严的亲切声音对你说:"水手,干吗不回到自己的船上去。你该不会希望蹲在牢里想念你的海潮吧,水手?"说话的人五分钟之后就不会再记得你长什么样子了。我帽子上的狮子和独角兽只会让我更不起眼。但是我得警告任何想测试我这项理论的人,不要在离港口太远的地方进行这个试验。

"你是从哪儿来的?"司机完全没有兴趣地问我。

"利物浦①。"

---

① 利物浦(Liverpool),英格兰西北部默西塞德县首府,位于伦敦西北三一二公里默西河右岸,距爱尔兰海五海里。现为世界一大贸易中心和英国最重要的大西洋贸易口岸。

"你是英国水手啊？你不会有事的。所有的麻烦都是那些浑蛋的纽约犹太人惹出来的。"

我发现自己说话时竟带着英国腔，但绝不是利物浦的腔调。"老天啊——你说什么？他们怎么惹麻烦？"

"是这样的，先生。我们晓得怎么处理自己的事情。每个人都很开心，也都处得不错。我就蛮喜欢黑鬼的。但那些浑蛋的纽约犹太人跑进来插了一脚，煽动黑鬼。他们只要乖乖待在纽约就不会发生任何麻烦。应该把他们全拔光。"

"你是说把他们用私刑全处死吗？"

"当然是这个意思，先生。"

他让我下了车，我开始朝前走。"不要靠得太近，先生，"他叫住了我，"只要欣赏就好，不要搅和进去。"

"谢谢。"我把谢谢之前已经到了口边的"非常"两个字，硬生生地吞了回去。

我夹在一群全是往同一个方向前进的白人人潮之中走向学校。大家专心地走着，就像是要去看一场已经蔓烧了一段时间的火灾。这些人有的用手拍着自己的臀部，有的躲在外套内窃窃自喜，很多人头上都戴着帽子，脖子上围着围巾，高高竖起的围巾，把耳朵都给盖住了。

警察已经在学校的对街上架起了木制拒马，把人潮挡在外面，他们来回巡逻，漠视群众对他们叫嚣的笑话。校门前冷冷清清，但沿着路边却有些联邦法院的执行官站岗，他们并没有穿着制服，只戴着臂章以便辨识。放在外套里面的枪，端整地向外凸出，他们的眼睛紧张地来回张望，检视着过往行人的脸孔。我觉得他们仔细端详过我，想弄清楚我是不是普通人，结果判定我为无名小卒，放弃继续端详我。

拉拉队员的位置很明显，因为人群为了接近她们而拼命往前挤。她们站在拒马处的位置非常好，正对着学校大门，而且那个区域内集结了一堆踩着脚、把戴着特殊手套的手拉在一起的警察。

突然间，我被粗鲁地推挤，同时听到一个叫声："她来了。让她过去……快点，往后退。让她过去。你去哪儿了？今天上学比较晚。你到哪儿去了，内丽①？"

她的名字不是内丽。我忘了她叫什么名字。她在离我相当近的地方推开了人群，所以我可以清楚看到她身上的仿羊毛外套与黄澄澄的金耳环。她并不高，但是块头很大，很臃肿。我想她应该在五十岁上下。脸上厚厚的一层粉，让双下巴的线条看起来更黑。

她的脸上挂着凶残的微笑，一面推开成群的围观民众一面往前行，为了避免手中的剪报被群众挤坏，她把握着剪报的手高高举在半空中。因为她举起来的是左手，所以我特别注意看她有没有戴婚戒，结果没看到。我钻进人群中跟在她后面，让围着她的人潮把我往前推，但是群众人数实在太多，连我都被警告。"小心点，水手。大家都想听她讲话。"

---

①　内丽(Nellie)，源自希腊的女子名，涵义为"火把"。相信作者用此名有反讽的意思。

群众用欢呼的叫声迎接内丽。我不晓得有多少拉拉队员。拉拉队员与她们身后的群众之间没有固定的界线。我只看到一群人来来回回地发送剪报，并用一种欢愉的稍高音调，响亮地尖声读着那些剪报。

　　群众像是过了开演时间还没有看到表演的观众，愈来愈焦躁不安。我身边的人全都在看自己的手表。我也看看手表。九点差三分。

　　表演准时开始。警笛的声音。骑着摩托车的警察。接着两辆黑色大轿车在校门前停下来，车里挤满了戴着浅黄棕色毛帽的壮汉。群众似乎在屏息以待。两辆车子里各走出四位体格魁梧的联邦法院执行官，然后不晓得从车子里的什么地方，他们拎出了一个黑人小女孩，那是大家见过个子最小的黑人小女孩。她穿着亮闪闪、浆过的白衬衫，脚上的白色新鞋好小，小得几乎呈圆形。在白色的衬托下，她的脸和两条小小的腿显得特别黑。

　　硕大的执行官让她站在路边，拒马后面升起了一阵刺耳的嘲弄尖叫声。小女孩并没有朝咆哮的群众望过去，但从她眼角的眼白所表现出来的表情，却让人觉得她像只害怕的小鹿。执行官把她像个洋娃娃般转过来，然后这支奇怪的队伍开始向宽广的人行道上移动，朝着学校的方向前进。陪同的人员实在太过硕大，因此孩子显得更小。接着小女孩不寻常地跳了一下，我想我知道她这么做的原因。我猜小女孩长到这么大，一定从来没有不蹦不跳地好好走过十步路，但这时的她，才跨出第一次的蹦跳，就在跳一半的时候，被压迫感打了下来，她两只小圆脚踩着慎重、不情愿的脚步，走在高大的护卫者之间。这一行人慢慢爬上阶梯，进入学校内。

报纸曾报道过，针对这件事情的不平之鸣与揶揄之声既恶毒又下流，而事实也的确如此，但这还不是主秀。群众在等待一个胆敢带着他的白人小孩上学的白人男子。他正沿着护卫森严的人行道走过来，那是一个高个子的男人，穿着浅灰色的衣服，手里牵着他饱受惊吓的孩子。这名男子身体紧紧地绷着，就像一块叶片弹簧，正被足以拆散弹簧的拉扯力量拖拔；他的脸孔严肃而阴暗，眼睛直直地定在前面的路上。他面颊上的肌肉从紧闭着的下颚中凸出来，这是一个害怕的男人，但他用意志控制住自己的恐惧，就像一名了不起的骑师正在引导一匹受了惊的马。

突然人群中响起一阵尖锐刺耳的声音。他们的吼叫并非同时发出。大家轮流叫嚣，每次嘶喊的最后，群众都会爆发出一阵伴随着掌声的叫嚷、咆哮以及口哨。这就是群众到这儿来所要看、要听的东西。

没有任何一家报纸刊登出这些女人嘶吼的内容。大家只知道这些内容无礼至极，有些报纸甚至批评这些内容下流。电视新闻刻意模糊收录进来的声音，或者用群众的嘈杂声盖过嘶吼的内容。不过现在我亲耳听到了她们吼叫的话，残暴、卑劣、恶质。我这辈子长时间活在没有任何保护的环境中，因此曾经看过、听过凶暴人类口吐的恶言。既使如此，为什么这些尖叫仍让我浑身感到一种震惊与令人作呕的悲哀呢？

白纸上的黑字非常卑劣，那是一种精心而刻意选择出来的丑恶。但是实际发生的景况远比污垢还糟，这是一种令人恐惧的魔宴。出现在此时此地的怒吼与疯狂的残暴，一点都不自然。

或许这正是让我感到恶心以致很不舒服的原因。这儿没有好与坏的原则，没有方向。这些带着小帽、拿着剪报的粗俗女人，渴望得到的是其他人的注意。当群众为她们鼓掌时，她们就露出假笑，沉浸在快乐与一种几乎是无知的胜利之中。她们表现出来的行为，是一种自私的小孩子疯狂的残暴，不知什么缘故，她们残忍的兽行，让人更感悲痛。这些女人不是母亲，甚至连女人都称不上。她们是一群为疯狂观众表演的疯狂演员。

拒马后的群众兴奋地大声叫嚣、欢呼、彼此捶打。紧张的巡逻警员小心防范人群可能对拒马造成的任何破坏。他们紧闭着嘴唇，但有几个笑了一下，立刻又恢复原样。对街的美国联邦法院执行官一动也不动地站着。灰衣男子的双腿有一瞬间加快了速度，不过他再次用意志驾驭了自己，他放慢了速度，走进了校园。

群众安静了下来，现在轮到另一个拉拉队员表演。她的声音有如公牛的嚎叫，低沉而有力的叫声，单调急躁得就像马戏团里叫卖的人。没有必要记下来她所说的话。相同的模式，不同的节奏与腔调特质。任何一个曾经靠近过戏院的人，都会发现这些话很不自然。这些台词全都经过多次尝试、背诵与仔细排练。这儿就是戏院。我注视着那些聆听拉拉队员说话的群众，他们专注的脸孔，就是看戏观众的脸。响起的掌声，是送给表演者的礼物。

我的身体因为疲惫的反胃而剧烈抖动，但我走了这么远才到这儿来看、听实际的情况，我不能让疾病蒙蔽自己。突然间，我发现有些不对劲，一定有什么事情遭到了扭曲、走了样。我认识新奥尔良。这些年来，我在这个地方有许多朋友，他们都是体贴、温柔的人，秉持善良有礼的传统。我还记得莱尔·撒克逊，一个笑声温柔的巨汉。还有，我跟罗克·布拉德福德曾经共度过多少日子，他用路易斯安那的文化与景致，创造了上帝以及上帝要引导我们去的绿色牧场。我在群众中寻找这些人的脸，他们都不在此处。我曾在职业拳赛中听到过为了血而从心底发出的嚎叫，曾因有人在斗牛场被牛角刺进而感到极度兴奋，曾怀着心有戚戚焉的殷切期盼，盯着高速公路车祸现场，也曾耐心排队等着看各种痛苦与挣扎。但其他的人呢——会因为自己与灰衣男子属于同一种人而感到自豪的那些人——手臂会因为捍卫这个害怕的黑人小孩而疼痛的那些人在哪里？

我不知道那些人在哪儿。也许他们和我一样感到无助，但那些人放任世界误解新奥尔良。这批围观的群众无疑会赶回家看看自己出现在电视里的模样，他们看到的景象将传送到世界各地，没有任何事物挑战他们的作为，但我知道，不苟同这种做法的东西确实存在。

进退维谷

表演结束了，人潮开始散退。第二场表演将于放学铃响起时准时开演,那张小小的黑脸必须再次面对指责她的群众。我身处在众多好餐厅云集的新奥尔良市。我认识这儿所有的餐厅,大多数的餐厅也都认识我。但我现在无法再去加拉托餐厅①吃煎蛋卷、喝香槟,就像我不会到坟场跳舞一样。连把这些经历写下来,都让我再次感到疲惫、无助的反胃。这时,写作的目的不在乐趣。这一点都不好玩。

我买了一份阳春三明治后直接出城。没走多远,就发现一个令人愉快的休息处,这个地方可以让我坐下来咀嚼三明治,仔细思考事情,并望着庄严的河之父②缓慢流动的棕色河水,满足心灵的需要。查理并没有到处乱逛,他紧靠在我身边坐下,肩膀抵着我的膝盖。他只有在我生病的时候,才会这么做,所以我想我一定是病了,病因是某种悲哀。

我忘了时间,不过一会儿之后,太阳已经从天空的最高点滑了下去,有个男人朝我走过来,我们彼此道了午安。他是个属于过去的人,穿着简洁,有一张格列柯的脸,一头被风挑起的优雅白发,以及一部修剪整齐的白胡须。他接受了我的邀请和我一起聊聊天,于是我进屋去把咖啡煮上,我想起了罗克·布拉德福德非常喜欢我煮的咖啡,因此多放了一倍的咖啡,尖尖两瓢咖啡煮一杯,煮出满满的两杯。我打了一个蛋,弄出蛋黄,把蛋白与蛋壳丢进咖啡壶中,我知道要想让咖啡壶光亮如新,没有什么东

---

① 加拉托餐厅(Gallatoir),新奥尔良著名餐厅,位于法国区的波旁街。
② 河之父(Father of Waters),指密西西比河,因其印第安名而得此称号,misi 意谓"大",sipi 意指"水"。

西会比蛋白与蛋壳更有效了。天气还是非常冷,料峭的夜晚又正在接近,因此从冷水煮成的滚烫咖啡,发出了足以与其他美味匹敌的香气。

我的客人很满意,他用手握住塑胶杯取暖。"从你的车牌判断,你应该是外地人,"他说,"你怎么会对咖啡知道这么多?"

"我在波旁街①上跟世界上的大师们学过煮咖啡,"我说,"不过他们都会要求你使用烘培较久的咖啡豆,喝咖啡时还喜欢配上些菊苣②。"

"你真的很了解咖啡,"他说,"总算不是外行。你会煮魔鬼咖啡③吗?"

"宴会上喝的,会。你是本地人吗?"

"好几代了,久得都不需要证明了,不过在圣路易斯市,我被归类成'长眠在此的人'④。"

"懂了。原来你是那种人。很高兴你中途停下来和我作伴。以前我对圣路易斯很熟,还在那儿搜集过碑文上的诗句。"

"真的?那么你一定记得那首很奇怪的诗。"

"如果我们想的是同一首诗的话,我可以试着背诵。你是不是指开头是'悲叹啊,那个……得到欢乐的人……'"

"就是这首。死者是罗伯特·约翰·克雷斯韦尔,一八四五

---

① 波旁街(Bourbon Street),新奥尔良市著名的法国区中的著名街道。
② 菊苣(chicory),叶子可以当作生菜,根可磨成粉取代咖啡。
③ 魔鬼咖啡(diablo),加入白兰地酒与咖啡酒调味的咖啡。
④ 原文为法文,指躺在这儿。

年过世,享年二十六岁。"

"真希望自己还记得全文。"

"有纸吗? 你可以记下来。"

当我把小记事本放在膝盖上时,他说:"悲叹,信任天堂将赋予至高快乐的人应可开心了,在世时的希望与温柔,突然让你得到了期待的快乐。即使远离一切烦杂始终是你所爱,长眠于地下时,还是得凭由世人道说你的身前难。"

"太好了,"我说,"像是路易斯·卡罗①写的东西。我几乎可以懂得其中的意思。"

"每个人都懂。你是为了玩乐而旅游吗?"

"今天以前都是。我看到了拉拉队。"

"噢,是,我知道了。"他说,一股压力与阴郁罩住了他。

"事情会演变成什么样子?"

"我不知道。真的不知道。我也不敢去想。干吗去想呢?我太老了。让其他人解决这个问题吧。"

"你觉得事情会结束吗?"

"噢,当然会结束。现在是手段——手段。不过你住在北方。所以这不是你的问题。"

"我想这是所有人的问题。这并不是地区性的事件。你要不要再来杯咖啡,我们继续谈谈这件事? 我没有任何立场。我是说我只想听听大家怎么说。"

----

① 路易斯·卡罗(Lowis Carroll,1832—1898),英国作家与数学家,《爱丽丝梦游仙境》就是他的作品。

"没有任何值得学习的东西，"他说，"这儿好像换了一张脸，你是谁、曾去过哪里、你的感觉——不是想法，而是感觉，好像全变了。你不喜欢自己所看到的画面吗？"

"你喜欢吗？"

"也许不像你那么讨厌，因为我知道这儿所有痛苦的过去，也知道一些令人厌恶的未来。'令人厌恶'是个很不好的字眼，不过，先生，没有其他的词可以形容了。"

"黑人只不过是想当正常人而已。你觉得有什么不妥吗？"

"天啊，当然没有，先生。但是想做正常人，他们就必须对抗那些不满足于只当正常人的人。"

"你是说没有得到实质利益的黑人不满足？"

"要是你，你会满足吗？这儿有你认识的人吗？"

"如果让他们当正常人，你会满意吗？"

"够满意了，不过我还是无法了解这件事。我在这儿有太多长眠的家人。我该怎么对你说呢？嗯，拿你这只狗当例子好了，他看起来像只非常聪明的狗——"

"他是很聪明。"

"嗯，假设你的狗会说话、会用两条后腿站立。或者他在所有方面都表现得很好。或许你还会邀他到家里吃晚饭，但是你会把他当人看吗？"

"你的意思是说，我愿不愿意把自己的姐妹嫁给他？"

他笑了出来。"我只是告诉你，要改变对某种事物的感觉有多么困难。你信不信，要改变黑人对我们的感觉，就像我们要改变自己对他们的感觉一样困难？这并不是什么新的想法，这种想法已经流传很长一段时间了。"

"不管怎么说，这个话题减少了一大堆对话的乐趣。"

"的确，先生。我想我应该是你们可能会称为受到教化的南方人吧，错把侮辱当成赞美。在现在这个新生的混杂时代，我知道很久以后会发生什么事情。非洲和亚洲都已经开始了。"

"你是指吸收作用——黑人会消失？"

"如果他们的人数超过我们，我们就会消失，或者更可能的情况是，我们都会消失，然后变出一种新的东西。"

"演变过程中会发生什么事情？"

"令我害怕的就是演变的过程，先生。老祖先同时把爱与战争交到彼此亲密的同族神祇手上。这并不是巧合。先生，那是人类深奥的知识。"

"你说得非常有道理。"

"你今天看到的那些人根本就不讲道理。他们是一群可能会让神有所警觉的人。"

"那么你觉得事情不可能和平落幕？"

"我不知道，"他大声地说，"我想最糟糕的就是这个。我真的不知道。有时候我非常渴望成为名副其实的'长眠在此的人'。"

"我真希望你能与我一起上路。你也在旅行吗？"

"不。我在那片树丛下有个小房子。我在那儿消磨很多时间，大多都是在看书——老书——大都在看的——老东西。这是我刻意逃避这个议题的方法，因为我很怕提到这个问题。"

"我想大家多多少少都有些害怕吧。"

他笑了。"我请了一对和我一样年迈的黑人老夫妇照顾我。有时候到了晚上我们会把全部都忘了。他们忘了忌妒我,我也忘了记得他们可能会忌妒我,那时候,我们只是三个开心的……东西,住在一起闻着花香。"

"东西,"我重复着他的话,"真有趣——不是人也不是野兽,不是黑也不是白,而是开心的东西。我的太太告诉过我,有位老人曾这么说:'我还记得黑人没有灵魂的那个时代。那时情况好多了,事情也容易多了。现在,一切都乱糟糟的。'"

"我不记得那个时候,不过当时一定是那个样子。我猜我们可以把自己与生俱来的罪恶感,像生日蛋糕那样切开分割,"他说。如果刮掉他的胡子,他看起来就像格列柯笔下的圣保罗,手中握着一本合起来的书。"我的祖先当然拥有过奴隶,不过把奴隶抓起来卖给我们的人,很可能是你的祖先。"

"我的祖先都是清教徒,所以这是很可能的事情。"

"如果你用武力迫使一种生物像野兽一样生活、工作,你就必须把这种生物当成野兽,否则移情作用会把人搞疯。这种生物一旦在你心中被归了类,你的感觉就安全了。"他注视着河水,被微风吹乱的头发像一阵白烟。"如果你的心中还有前人留下来并被男人视为美德的勇气与愤怒的痕迹,那么你对危险的野兽就会产生恐惧,但是因为你有一颗既聪明又具创造力的心,还有一份隐藏恐惧的才能,因此你怀着畏惧过日子。然后,你必须击碎生物与人类之间相似的特质,让他变成你需要的温驯野兽。

如果你能从一开始就教导下一代关于野兽的一切,将来孩子在心中就不会出现你所有的迷惑。"

"我听说以前的黑人又唱又跳,很满足于现状。"

"以前的黑人也会逃跑。逃亡法就足以证明黑奴逃跑的频率有多高。"

"你不像一般北方人想象中的南方人。"

"也许不是。不过像我这样的人不止一个。"他站起身,用手指拍了拍裤子上的灰。"不,不止我一个。我现在要去当开心的东西了。"

"我还没请教大名,先生,也还没告诉你我的名字。"

"长眠在此人,"他说,"长眠在此先生——一个大家族,一个普通的名字。"

如果音乐能够为感觉到有点寒意的皮肤带来欢愉的话,那么他离开的时候,我感觉到的就是一种像音乐般的甜美感觉。

如果不与其他也可能发生这类事情的日子相比,对我来说,这是个比一天还长的一天。当天晚上,在知道自己不该再继续睡下去之前,我小睡了片刻。我非常疲倦,但疲倦有时会变成一种兴奋与冲动。疲惫感迫使我加满了油箱,也驱使我停下车来,邀请一个拖着沉重步伐、走在长满野草的水泥路边的黑人搭便车。他并不愿意接受我的好意,后来他还是上了车,不过好像只是因为他无力拒绝我的邀请。他穿着种田人的破旧衣服以及一件宽幅布料制成的旧外套,久远的历史与长年的使用,把外套磨出一层光泽。他咖啡色的脸上横孵着一百万条细微的皱纹,下眼睑就像寻血警犬的眼睛般有着红色的边。他把双手紧紧握着放在大腿上，手上像樱桃树般长满了节瘤，整个人似乎在座位上缩小了，就好像他吸入了自己的身形，想要让自己变小一点。

他一直没有正眼看过我。我也看不到他是不是正在看任何东西。不过他先开口问："狗会咬人吗？长官先生。"

"不会。他很和善。"

沉默了很长一段时间后，我问他："你好吗？"

"不错，还不错，长官先生。"

"你对现在发生的事情有什么看法？"

他没有回答。

"我是指学校和示威的事情。"

"那件事，我什么都不知道，长官先生。"

"在农场工作？"

"种棉田，先生。"

"靠那个为生吗？"

"我过得很好，长官先生。"

我们一路无话地往绵延的河流上游走。树木和热带的草地因为残暴的北风而变得焦黄与悲伤。过了一会儿，我说了些话，这些话与其说是在对他讲，还不如说是在对自己讲："你究竟为什么要相信我？问题是陷阱，答案则让你陷进去。"我记起了一幕景象——某件在纽约发生过的事情——一件让我感动得想把他告诉同车人的事情，然而我很快就放弃了这股冲动，因为从眼角望过去，我可以看到他尽可能地往另外一边靠，他把自己紧紧地挤在车子的另一边。即使这样，我记忆中的景象依然鲜明。

那时候我住在曼哈顿的一间小砖屋里，因为当时经济情况还过得去，所以我雇用了一名黑人。我住的对街街角有家酒吧兼餐厅。在一个人行道都结了冰的冬天黄昏，我站在窗边往外看，看到一个喝醉的女人从酒吧里走出来，她在冰上滑了一跤，摔成四脚朝天。她挣扎着站起来，不过又摔了下去，于是她就躺在地上伤感地哭叫。那时候，替我工作的黑人刚好转过街角，他一看到那个女人，就立即过街，尽可能跟她保持最大的距离。

他进门时，我对他说："我看到你避开了。为什么不帮那个女人一把？"

"先生，因为她喝醉了，而我是个黑人。如果我碰到她，她很容易就会大叫强暴，接着就会出现围观的人群，谁会相信我？"

"你一定是反应很快才能闪避得那么迅速。"

"噢，不是这样的，先生！"他说，"我练习当黑人已经很久了。"

现在在"驽骍难得"里，我竟然愚蠢地试着去破坏一个人一辈子的练习结果。

"我不会再问你任何问题了。"我对他说。

但是他依然不安地扭动身体。"你可以让我在这里下车吗？拜托，长官。我住得很近。"

我让他下了车，从镜子里，我看到他继续在路边拖着沉重的步子。他住得一点都不近，但是走路比搭我的车安全。

疲惫彻底把我击垮，于是我在一间舒适的汽车旅馆前停车。床很舒服，但我睡不着。灰衣男子走过我的眼前，还有拉拉队员的脸,不过眼前看到的,大半还是那个尽可能往旁边挤、希望离我远一点的老人,我像个带着传染病菌的人,或许我的确带着传染的病菌。我出来的目的在于学习。我在学习什么？我所感受到的紧张以及一种野蛮恐惧的重量,连一刻都不放过我。身为一个初来乍到的人,我的感觉无疑更强烈,但这些事情早就存在了;这些问题并不是我带来的。每个人,不论白人或黑人,都活在同样的环境中,也都呼吸着同样的空气——不论年纪、不论职业、不论阶级。对大家而言,这只是个存在的事实。但这些事情却一直像疔疮一样,不断地加压。这个疔疮是不是一直要到爆裂的时候,才能释出里面的压力呢？

我只看到整个大冰山微不足道的一个小角。我并没有见太多第二次世界大战的场面——一百次的登陆中,只参与过一次;极少数的几次单独战斗;几百万个战死沙场的人,我只见过几千个——但这些所见所感已经足够让我相信,战争并不是陌生人。所以在这里——只要一小段插曲及少数几个人,就可以让恐惧的气息笼罩所有地方。我想逃开——或许这是懦夫的行径,但否认这种感觉更懦弱。可是我周遭的人全都住在这里。他们不但接受了这种感觉,还让这种感觉成为一种永久的生活方式,他们从来没有从其他的角度审视过这种感觉,也没有期待过有一天让这种感觉消失。以前在战时,伦敦的居民习惯了有敌军轰炸的生活模式,于是当敌军不再轰炸时,伦敦人的孩子竟然显得焦躁不安。

我在床上辗转反侧,难以成眠,直到查理开始生我的气,并数度对我说出"夫特"。可是查理没有我们这类的问题。他不属于那种聪明到可以分裂原子,却又蠢到无法与自己和平共存的物种。他甚至连什么是种族都不知道,也不关心他姐妹的婚姻。他刚好跟我们相反。有一次查理爱上了一条腊肠狗,这段罗曼史,从种族的角度看,根本不相称,从体型的角度看,荒谬至极,从机械力学的角度看,更是完全不可能。但查理漠视所有的问题。他深深地去爱,顽固地去试。要向狗解释清楚一千个人聚在一起咒骂一个小小的人类所代表的良善与道德目的,会是一件非常困难的事情。我曾经见过狗眼中流露出来的表情,一种快速闪过的表情:惊愕的轻蔑,因此我相信,基本上狗觉得人全都是精神病。

　　第二天并不是我选择了搭便车的客人,他选上了我。他坐在我旁边的凳子上,吃着汉堡,我的手中也握着个一模一样的汉堡。他大概介于三十岁到三十五岁之间,身材修长、肌肉发达,长得也很帅。长而柔软的金发几乎是浅灰色,他很宝贝自己的长发,因为他常常下意识地用放在口袋里的小梳子重重地敲打头发。他穿着浅灰色的西装,沾了污渍的西装上有旅行留下来的绉褶;西装外套搭在肩上。螺旋状花纹的淡色呢料领带挂在他的脖子上,领带结从喉头拉了下来,因此白色衬衫领口上的扣子也没扣。他有美国最南部的腔调,这是截至目前我所听过最重的南方腔。他问我要去哪儿,我告诉他我打算去杰克逊市①

---

① 杰克逊市(Jackson),密西西比州首府,位于州中部海恩兹县境内珀尔河畔。杰克逊为州内最大的城市,系以美国杰克逊总统之姓氏命名。二十世纪六十年代发生多次民权示威游行。

与蒙哥马利市①,于是他央求我带他同行。当他看到查理时,第一个念头就是以为我车里藏了个黑鬼。这套戏码一定已经变成了个固定的模式。

我们把自己舒服地安顿在车子里。他一边把头发往后梳,一边对我赞美"弩骍难得"。"当然,"他说,"我一眼就可以看出来你是北方人。"

"你的耳力很好。"我这么说,也戏谑地这么想。

"噢,我去过很多地方。"他承认道。

我想我应该对接下来发生的事情负起责任。如果我不张口,或许可以听到些有价值的东西。一定是前一个晚上没睡好、旅途太长,我又太紧张的缘故。另外还有一个原因,圣诞节快到了,我发现自己愈来愈想回家,而且这么想的频率愈来愈高,但这种频率对我一点好处都没有。

我们彼此查明了对方的目的:我在旅游,他在找工作。

"你是从下游上来的,"他说,"看到新奥尔良发生的事情了吗?"

"看到了。"

"他们很了不起吧,尤其是那个内丽? 她真的把天花板都掀掉了。"

"的确。"

---

① 蒙哥马利市(Montgomery),阿拉巴马州首府,位于蒙哥马利县境内阿拉巴马河畔。一八六一年南部邦联成立于此。一九五五年黑人为抗议种族隔离,在此进行抵制乘公共汽车的运动,促进了民权运动的发展。

"看到有人在克尽自己的义务,你的心情一定很好。"

我想这里就是让我失控的地方。我实在应该只要嘟囔几句,然后让他从我的嘟囔中判读出他想要收到的讯号。但是可恶的愤怒小虫开始令我情绪激动。"他们在克尽自己的义务?"

"当然,上帝保佑他们。总得有人把混蛋的黑鬼挡在我们学校外面吧。"拉拉队放射出来的自我牺牲的高尚情操完全淹没了他。"男人总会碰到这种时候,让自己坐下来好好思考,这个时候他必须下定决心,用自己的生命去换取某件令他全心相信的事情。"

"你决定去做了吗?"

"当然决定了,而且还有很多和我一样的人。"

"你全心相信的是什么?"

"就是不准备把自己的孩子送去有黑鬼的学校读书。没错,先生。我的确可以先牺牲自己的生命,但死之前,我一定会杀掉一大群他妈的黑鬼当垫背。"

"你有几个孩子?"

他转过身来看着我。"我现在没有小孩,不过我打算生几个,我向你保证,他们绝不会去念有黑鬼的学校。"

我必须看着路,所以只能从眼角瞥视他的表情,那种表情让人相当不愉快。"我听起来,你好像是个爱黑鬼的家伙。我早就该知道了。找麻烦的家伙——到这儿来告诉我们应该怎么过日子。我告诉你,先生,你跑不掉的。我们都在看着你,爱黑鬼的共产党。"

"我的脑子里才刚刚出现了一幅让你牺牲自己性命的英勇画面。"

"老天爷,我说对了。你真的是个爱黑鬼的家伙。"

"不是。不过如果那些高贵的拉拉队员也算是白人的话,那么我也不是个爱白人的人。"

他的脸离我很近。"你想要听听我怎么看你吗?"

"不想。我昨天已经听内丽使用过那些字眼了。"我踩下煞车,把"驽骍难得"停在路边。

他看来有点迷惑。"你停车干什么?"

"下车。"我说。

"噢,你想回避这个话题。"

"不是。我想要把你赶出去。下车。"

"你打算来硬的吗?"

我把手伸到座位与车门间的空隙中,那儿其实什么都没有。

"好,好。"他说,然后走下车,重重地把门摔上,用力之大,连查理都觉得讨厌而且发出了牢骚。

我立刻开车,不过还是听得到他的嘶吼,从镜子里我看到了他忿恨的脸以及唾沫横飞的嘴巴。他尖声高叫着:"爱黑鬼的家伙、爱黑鬼的家伙、爱黑鬼的家伙……"一直到我看不到他时,他还在高喊,不知道那之后他又高声喊叫了多久。如果说是我煽动他,一点都没错,但我实在按捺不住了。如果大家要征募和事佬,我想最好别把我算进去。

在杰克逊市与蒙哥马利市中间,我又载了一个搭便车的人,那是个年轻的黑人学生，尖尖的脸，外表以及给人的感觉都露出一种不耐烦的凶猛。他胸口的口袋里插着三支圆珠笔，纸张从内袋中凸出来。我之所以知道他是学生，是因为我问了他这个问题。他很有戒心。不过车牌与谈话内容却让他放松到他想要放松的程度。

我们谈到了示威。他曾参与过示威活动，也曾加入巴士抵制活动。我告诉他我在新奥尔良看到的事情。他也去过那儿。那些让我感到震惊的事情，他都已经事先料到了。

最后我们谈到了马丁·路德·金以及他所倡导的被动却坚定抗拒的行动。

"效果太慢，"他说，"要花的时间也太长。"

"已经有进步了，一直都在进步。甘地①就证明了这是唯一可以战胜暴力的武器。"

"这些我都知道。我也都研究过。但收获却像水滴，而时间正在流逝。我想要效果快一点的做法，我要行动——现在就行动。"

"那样做可能会让你全盘皆输。"

"在我有机会成为大人之前，可能已经先变成老头子了。甚至在那之前，我就可能已经死了。"

"这倒是真的。而且甘地也过世了。有很多像你这样希望行动的人吗？"

---

① 甘地(1869—1948)，印度民族运动领袖与社会改革者。被尊称为圣雄。

"是的。我的意思是说，有一些——我是说，我不晓得有多少。"

之后我们又谈了很多事。他是个很热情、条理分明的年轻人，但在表面下，他充满着焦虑与凶暴。我在蒙哥马利市让他下车，走到车外后，他弯下腰，把头伸进车子里笑了起来。"我觉得很丢脸，"他说，"我只是很自私。可是我想要看到结果，而且——要在我——还没死的时候看到。在这里！我！我想要看到结果——很快就看到结果。"然后他转身，用手擦了擦眼睛，快步走开。

如此多的民意与舆论调查结果，以及刊登在报纸上，比新闻更多的大众意见，让我们不再分得清各个意见之间的差别，不过我要严正声明一件事。我从来没有计划过，也没有想过要呈现任何一种具有代表性的意见，好让我的读者可以说："他认为他呈现了美国南方的真实画面。"我没有。我只是告诉大家少数人对我说的话以及我所看到的景象。我并不晓得这些是不是典型的意见、景象，也不知道能不能从这些见闻中作出结论。但是我确实知道，那是个不安的地方，一个种族正被夹在中间，进退两难。我还知道即使解决方法出现，执行的过程也是既不容易，又不简单。我对"长眠在此"先生的说法深有同感，最后的结果并不是问题。有问题的是手段——是手段令人感觉到恐怖的不确定。

旅程结束

在着手开始撰写这份报告之际，我就试着探究这些旅程的本质,思考着所有的事情如何都是独立的个体。没有任何相似的两段旅程或两个人。我带着一种惊叹的态度推测着各个旅程的特质所涵盖的力量,结果我假定出一个理论,不是人在旅行——而是旅行在引导着人。然而这个辩证议题却没有融入旅游本身的寿命。这个假设似乎变化无常,而且无法预料。一段旅程在游者回家之前就已经结束、死亡了,是所有人都听说过的事情吧?反过来说也成立:许多旅程在时空都已经停止之后,还继续进行了好长一段时间。我记得有个住在萨利纳斯的人,他在中年时去了一趟檀香山(Honolulu),之后这趟旅行就在他的有生之年一直继续进行。我们会看到他坐在前阳台的摇椅上,眼睛半闭地眯着,无边无际地想着在檀香山旅游的情况。

我的旅程早在出发前就开始,在回家前就结束了。我清楚地知道自己旅程终止的地点与时间。一个风大午后的四点钟,在弗吉尼亚州急弯区靠近阿宾登①的地方,我的旅程在完全没有预警,也没有向我正式道别或吻别的情况下,就这么离我而去,留我一人在离家很远的地方,进退维谷。我试着呼唤他,也试着追赶他——但全都是愚蠢而无益的努力,因为这趟旅程已经断然而永远地结束了。路变成了一条永无止境的石缎带,山岳碍眼、绿树模糊,人们只是一群有头无脸的移动形体。沿路所有的食物吃起来都像在喝汤,连汤也不例外。我不再铺床。在不规律的长休息期间里,我会钻进被窝里小睡。屋里的炉子不

---

① 阿宾登(Abingdon),弗吉尼亚州西南部华盛顿县首府,位于阿巴拉契亚山脉的蓝岭高地上。

再燃烧，一条面包在切菜板上长霉。一英里一英里的路在我轮子下翻滚而不自觉。我知道天气很冷，但我一点都感觉不到；我知道乡间一定非常美丽，但我一点都没看到。我盲目地埋头冲过西弗吉尼亚，然后一头栽进宾州，之后又把"驽骍难得"驶到又大又宽的高速公路上。没夜、没日、没有距离。我一定曾经停车加油、带查理散步、喂查理吃饭、喂自己吃饭、打电话，可是这一切，我一点印象也没有。

这种感觉非常奇怪。在经过弗吉尼亚州的阿宾登之前，我可以像放映影片一样滔滔不绝地讲述自己走过的旅程。我几乎有完全的记忆力，每张脸、每个山岳、每棵树、每种颜色、每个说话的声音、每幅细小的景色，都在我的脑子里，随时准备重新播放。但是一过阿宾登——什么都没留下。路变成了一条平静而无边的灰蒙蒙的隧道，但是隧道的尽头却闪耀着一个现实——自己的妻子、自己街上的房子、自己的床。这些全都在隧道的尽头，我笨重地往那个目标前进。"驽骍难得"可以跑得很快，不过我并没有开太快。"驽骍难得"在我沉重而残酷的脚下跳跃，风在屋角尖啸。如果你认为我放任自己耽溺于这趟旅程已经终结了的奇幻梦想中，那么你又要怎么解释查理也知道旅程已经结束了呢？至少他不是个爱做梦的家伙，也不是情绪的创造者。他把头枕在我的大腿上睡觉，不再看窗外，不再说"夫特"，也不再督促我把车停到僻静处。他切实履行自己当个梦游者的职责——漠视一整排垃圾桶。如果这还不足以证明我论点的真实性，其他的证据就更不可取了。

新泽西州是另外一条高速公路。我的身体处于一种没有神经，也不会疲惫的真空状态。朝纽约而去的车潮愈滚愈大，推着我往前走，突然间，大张欢迎之臂的荷兰隧道①魔口出现在眼前，我的家在隧道的那一边。

一位警察招手让我出了像蛇一样的车阵，并打信号叫我停车。"带着丁烷不能进隧道。"他说。

"可是警官，我已经把丁烷桶关起来了。"

"还是一样。这是规定。不可以带瓦斯进入隧道。"

我突然间崩溃了，坍垮成一团疲惫的果冻。"但是我想回家，"我呜咽着说，"我怎么样才能回家呢？"

这位警官对我很好，也很有耐心。或许他在某个地方也有一个家吧。"你可以往上走，经过乔治·华盛顿大桥，或者你也可以搭渡轮。"

当时正值交通高峰，不过这位好心的警察一定看出了我潜在的狂乱。他阻止了野蛮的车潮让我先行通过，并极细心地引导我。我想他一定有一股想亲自开车送我回家的冲动。

我神奇地上了霍博肯②渡轮，然后登岸，在前面，远方的市区依然陷入通勤者每天一面追、赶、跑、跳、碰，一面完全漠视交通号志的疯狂忙碌中。在纽约的南部，每天都是潘普洛纳③。

---

① 荷兰隧道(Holland Tunnel)，连接纽约与新泽西的隧道。
② 霍博肯(Hoboken)，新泽西州东北部的城市。
③ 潘普洛纳(Pamplona)，西班牙纳瓦拉省的首府，位于阿尔加河畔，马德里以北四〇七公里。十世纪时是纳瓦拉王国的首府。每年七月举行圣费尔明节，街上有奔牛活动；九月举行契基塔节。

我转了一个弯后再转一个弯,结果错入了一条跟我反向而行的单行道中,因此我必须倒车出去,却又陷入一群正在转弯的快速人潮中,进退不得。

突然间,我把车开到一个禁止停车区的路缘上,熄掉了火,靠在座椅上大笑,完全停不下来。因为在路上时的神经紧张,我的双手、手臂和肩膀一直在发抖。

一位脸色红润、有一对雾蓝色眼睛的老警察朝我弯下身来。"怎么了,老兄,喝醉了?"他问。

我说:"警官,我开着这家伙跑遍了各地——山岳、平原、沙漠。现在终于回到自己的镇上,我住的地方——可是我迷路了。"

他开心地微笑。"别放在心上,老兄,"他说,"我只有星期六才会在布鲁克林区迷路。好了,你想去哪儿啊?"

旅行的人就这么又回到了家。

附录一

斯坦贝克年表

一九〇二年　二月二十七日出生于加州蒙特里县萨利纳斯，约翰·恩斯特·斯坦贝克二世和奥丽芙·汉弥尔顿·斯坦贝克之子。排行老三，有两个姐姐一个妹妹。

一九一九年　萨利纳斯高中毕业。

一九二〇年　秋天入斯坦福大学就读。

一九二一年　休学，到牧场、农场，及筑路队当工人。

一九二二年　复学。

一九二五年　退学，没有取得学位。立志当作家。抵达纽约，一度担任《美国人》的记者，后又改当工人。

一九二六年　返回加州。辗转各种职业，继续写作。

一九二七年　受雇在太浩湖畔的小屋当看守人。

一九二九年　八月，由纽约出版社麦克布莱德(McBride)出版长篇处女作《金杯》，评语不佳。

一九三〇年　一月十四日，与卡萝·海宁(Carol Henning)结婚。十月，结识海洋生物学家爱德华·李克茨，他终生的朋友。

一九三一年　将《大地的象征》草稿送纽约出版代理商,但无出版希望。撤回两个长篇。

一九三二年　十月,出版最初的短篇小说集《天堂牧场》,虽获好评,但销路不佳。

一九三三年　年末,出版《大地的象征》,销路惨淡,曾靠一艘小船钓鱼维生。在《北美评论》杂志十一、十二月号发表《小红驹》前两部,为首次刊载于杂志的作品。

一九三四年　短篇《杀人》获得欧·亨利奖,大为振奋。母亲过世。

一九三五年　五月,出版《薄饼坪》,成为畅销书,获得改编电影版税四千美元,又得加利福尼亚民主俱乐部奖。九月,与妻子驾车同游墨西哥,年底返国。

一九三六年　一月,出版《相持》。自费出版《奇怪的故事》和《圣女凯蒂》。十月,在《旧金山新闻报》连载外来劳工的采访报道。父亲过世。

一九三七年　二月,出版《人鼠之间》,被选为"读者俱乐部"的推荐书,又成为畅销书,销售量达七万五千本,确立了作家的地位。五月中旬,访问英国、爱尔兰、瑞典、苏联等国,八月上旬返国。出版剧曲《人鼠之间》,十一月二十三日在纽约上演,创下长期演出的纪录。出版《小红驹》。《相持》获得加利福尼亚民主俱乐部奖。

一九三八年　出版短篇集《长谷》。重印时评小册《他们的血气方刚》。短篇《约定》得欧·亨利奖。三幕剧曲《人鼠之间》

得纽约剧评家联盟奖。《薄饼坪》改编戏剧后上演。

一九三九年　四月，维京出版社出版《愤怒的葡萄》，成为自《飘》(1936)以来的畅销书。初版售完五十余万册之后，在俄克拉荷马引发禁书争议。与李克茨于年末去旧金山北部沿海地区采集海洋生物。

一九四○年　三月，与李克茨赴加利福尼亚湾采集海洋生物。春季，《愤怒的葡萄》获得普利策奖和国家图书奖。《人鼠之间》和《愤怒的葡萄》分别在一月、三月拍成电影上演，均获好评。夏天，为写纪录片《被遗忘的乡村》的剧本而前往墨西哥。

一九四一年　春天与卡萝分居；秋天与歌手葛多琳·康格(Gwydolyn Conger，即葛雯)搬往纽约市。十二月，出版《被遗忘的乡村》及与李克茨合著的《柯提兹海》。

一九四二年　三月，卡萝诉请离婚；出版小说《月亮下去了》。四月，《月亮下去了》改编为二幕剧在纽约上演，并被译成多国语言。五月，《薄饼坪》电影上演。十一月，出版《投弹了》。

一九四三年　《月亮下去了》改编之电影上演。与康格结婚。四月至十月，担任《纽约先锋论坛报》特派员，前往欧洲战线。十月，返国定居纽约。出版《R.S.L.的故事》。

一九四四年　为希区柯克的电影《救生艇》写剧本，一月上演。八月，长子汤姆(Thom)出生。

一九四五年　出版《制罐巷》，在《妇人家庭伴侣》杂志发表《珍珠》。

一九四六年　《月亮下去了》获挪威国王颁赠"自由十字勋

章"。六月,次子约翰四世出生。

一九四七年　出版《前进的客车》。担任《纽约先锋论坛报》特派员,与卡帕访问苏联。出版中篇小说《珍珠》。

一九四八年　四月,出版《俄罗斯纪行》。五月,好友李克茨因车祸去世。八月,与康格离婚。十二月,被选为美国艺术暨文学学会院士。

一九四九年　二月,改写剧本《小红驹》上演。

一九五〇年　出版戏剧形式的小说《炽热的光》。十月,在纽约上演,但未获好评。十二月,与伊莲·司各特(Elaine Anderson Scott)结婚。

一九五一年　再版《柯提兹海》,附李克茨小传。

一九五二年　出版《萨巴达传》。出版《伊甸之东》。

一九五三年　出版《斯坦贝克短篇小说选集》。

一九五四年　出版小说《甜蜜星期四》。

一九五五年　电影《伊甸之东》上演。十二月,《甜蜜星期四》改编之音乐剧在纽约上演。

一九五六年　短篇《银行小偷》在《大西洋月刊》三月号发表。

一九五七年　出版《比宾四世瞬息王朝》。电影《前进的客车》上映。

一九五八年　出版《烽火一度》。

一九五九年　二月至十月,在英格兰和威尔斯旅游,研究现代英文版马洛里爵士的《亚瑟王之死》背景。

一九六〇年　九月至十一月，跟鬈毛狗查理一起旅游美国。

一九六一年　出版《烦恼的冬天》。

一九六二年　出版《横越美国》。十月二十五日获得诺贝尔文学奖（美国第六人）。其作品被译为三十三国语言。

一九六三年　十月至十二月，与剧作家爱德华·艾尔比（Edward Albee）至斯堪的纳维亚、东欧以及苏联旅行。

一九六四年　获颁"自由新闻勋章"和"合众国自由勋章"。

一九六五年　十一月至次年四月在欧洲与中东，见闻录《给爱利茜亚的信》登载于《每日新闻》。

一九六六年　十二月至次年五月，在越南实地报道越战战况。继续撰写《给爱利茜亚的信》。出版《美国与美国人》。

一九六八年　十二月二十日，因动脉硬化死于纽约寓所，享年六十六。

附录二

斯坦贝克重要作品简介

（依初版年序）

●《金杯》(*Cup of Gold*，1929)

追溯英国海盗亨利·摩根(Henry Morgan)一生从他威尔士峡谷的童年开始，至死时为牙买加副总督的故事。

●《天堂牧场》(*The Pastures of Heaven*，1932)

一系列关于一群住在加州隐蔽山谷中的人的短篇故事。

●《大地的象征》(*To a God Unknown*，1933)

关于约瑟夫·韦恩(Joseph Wayne)与其家人，以及他们在加州肥沃山谷地区的新家园的一部象征性和神秘小说。

●《小红驹》(*The Red Pony*，1933)

短篇小说集。

●《薄饼坪》(*Tortilla Flat*，1935)；一译《平原传奇》

故事背景设定在加州蒙特雷破败不堪的地区，斯坦贝克的这部幽默小说描绘出流浪汉丹尼和其友人的生活及大胆之举。

●《相持》(*In Dubious Battle*，1936)

叙述加州山谷的工人冒险反抗植物栽种协会强大势力的劳工小说。

●《农工吉卜赛》(*Harvest Gypsies*，1936)

七篇关于移民农场工人的文章结集出版。

●《人鼠之间》(*Of Mice and Man*，1937)

背景设定在萨利纳斯山谷，描绘两个梦想拥有自己土地的牧场工人间的奇怪关系的小说。

●《长谷》(*The Long Valley*，1938)

描绘萨利纳斯谷地生活的十三个短篇故事集。

●《愤怒的葡萄》(*The Grapes of Wrath*，1939)

斯坦贝克的史诗叙事，描写被撵出原居地的佃农一家，一路上穿越沙漠，直达加州的果园和田野，找寻新的栖身之所的一连串拼命求生的故事。

●《被遗忘的乡村》(*The Forgotten Village*，1941)

呈现出一个墨西哥乡村的原始质朴面的记事。

●《柯提兹海》(*Sea of Cortez*，1941)

李克茨和斯坦贝克写下海洋无脊椎生物如何被杀、防腐及分类的过程；斯坦贝克加上他自己对生命哲学的看法。

●《投弹了》(*Bombs Away*，1942)

六个年轻人的故事，书中记录他们的日常生活、他们上训练学校的过程，并描写他们如何成为空军的经过。

●《月亮下去了》(*The Moon is Down*，1942)

斯坦贝克短篇小说之一；描写一个无名小矿城被一支身份不明的军队占领的故事。

●《制罐巷》(*Cannery Row*，1945)

斯坦贝克记录了加州蒙特雷海岸线(制罐巷)上一排排棚屋的角色与当地的氛围。

●《前进的客车》(*The Wayward Bus*，1947)，一译《抛锚汽车》

一群陌生人被困在加州郊区一个加油站和快餐店过夜的故事。

●《珍珠》(*The Pearl*，1947)

重写一个古老的墨西哥乡野传说：采到一颗极品珍珠的渔夫，他的生活却因此而发生种种不幸。

●《俄罗斯纪行》(*The Russian Journal*，1948)

前往苏联的旅行记录，斯坦贝克的文字，配上罗伯特·卡帕的照片。

●《炽热的光》(*Burning Bright*，1950)

一个男人无视于自己的性无能，却又一心要生儿育女，恢复自己这方面的尊严，于是他的妻子就与别人发生了只求生个孩子而别无意义的性关系。

●《柯提兹海航海记》(*The Log from the Sea of Cortez*，1951)

《柯提兹海》的再版，斯坦贝克加上了李克茨的小传。

●《伊甸之东》(*East of Eden*，1952)

两个美国家庭塔斯克(Trasks)和汉弥尔顿(Hamiltons)自十九世纪和二十世纪之交到第二次世界大战期间的故事，是斯坦贝克的自传体小说。

●《甜蜜星期四》(*Sweet Thursday*，1954)

斯坦贝克的喜剧故事，续写第二次世界大战后，几个《制罐巷》角色的故事。

●《比宾四世瞬息王朝》(*The Short Reign of Pippen* Ⅳ：*A Fabrication*，1957)

法国人企图让一个查理曼大帝的后裔复辟不成的讽刺故事。

●《烽火一度》(*Once There was a war*，1958)

背景设定在英格兰、非洲和意大利，是斯坦贝克在一九四三年后半年为《纽约先锋论坛报》所写的第二次世界大战的报道结集。

●《烦恼的冬天》(*The Winter of Our Discontent*，1961)

透过新英格兰贵族家庭的生活，作者描绘出人性中对诚实与成功的一些劣等态度。

●《横越美国》(*Travel with Charley in Search of America*，1962)

斯坦贝克带着他的鬈毛狗重游美国的旅行记事。

●《给爱利茜亚的信》(*Letters Alicia*，1965—66)

斯坦贝克在欧洲与中东旅游时的见闻录。

●《美国和美国人》(*America and Americans*，1966)

斯坦贝克的文字搭配上许多照片，显现出美国的多种面貌，他的景致之美及其多样的人种。

●《伊甸之东写作日记书信录》(*Journal of a Novel*：*The East of Eden Letters*，1969)

写作《伊甸之东》的日记，原本是一系列写给斯坦贝克的友人，维京出版社编辑帕斯卡·柯维奇(Pascal Covici)的信件。

●《萨巴达传》(*Viva Zapata!*，1975)

萨巴达(Emiliano Zapata)在墨西哥革命中所扮演角色的故事。

●《斯坦贝克书信人生》(*Steinbeck：A Life in Letters*，1975)

斯坦贝克最重要的书信选集，由其遗孀伊莲和其友人罗伯特·瓦斯顿(Robert Wallsten)编选。

●《亚瑟王及其高贵武士行谊》(*The Acts of King Arthur and His Noble Knights*，1976)

斯坦贝克身后第一部出版的作品。在一九五九年，斯坦贝克重新诠释马洛里爵士①的七个故事，他尝试将马洛里翻译"……成现代英语，同时……企图重新创造一种节奏与语调……"类似中古世纪的英文。

●《斯坦贝克日记选》(*Working Days：The Journals of The Grapes of Wrath*，1989)；一译《愤怒葡萄写作日记》

斯坦贝克在写作《愤怒的葡萄》期间的日志，并附有罗伯特·狄莫(Robert DeMott)的注记。

---

① 马洛里爵士(Sir Thomas Malory，1405—1471)，英国作家，以作品《亚瑟王之死》(*Le Morte d'Arthur*)而闻名。